古典詩歌研究彙刊

第六輯

龔鵬程 主編

第 25 冊

三絕之美鄭板橋

衣若芬 著

蘇曼殊詩析論

顧蕙倩 著

國家圖書館出版品預行編目資料

三絕之美鄭板橋　衣若芬著／蘇曼殊詩析論　顧蕙倩著 ── 初
版 ── 台北縣永和市：花木蘭文化出版社，2009〔民 98〕

目 2+142 面／目 2+118 面；17×24 公分
（古典詩歌研究彙刊 第六輯：第 25 冊）
ISBN　978-986-6449-76-5（精裝）
1. （清）鄭燮　2. 蘇曼殊　3. 學術思想　4. 文學評論
5. 詩評

847.4　　　　　　　　　　　　　　　　　　98014127

ISBN - 978-986-6449-76-5

9 789866 449765

古典詩歌研究彙刊
第六輯　第二五冊　　　　　　ISBN：978-986-6449-76-5

三絕之美鄭板橋
蘇曼殊詩析論

作　　者　衣若芬／顧蕙倩
主　　編　龔鵬程
總 編 輯　杜潔祥
出　　版　花木蘭文化出版社
發 行 所　花木蘭文化出版社
發 行 人　高小娟
聯絡地址　台北縣永和市中正路五九五號七樓之三
　　　　　電話：02-2923-1455／傳眞：02-2923-1452
網　　址　http://www.huamulan.tw 信箱 sut81518@ms59.hinet.net
印　　刷　普羅文化出版廣告事業
初　　版　2009 年 9 月
定　　價　第六輯 25 冊（精裝）新台幣 35,000 元

三絕之美鄭板橋

衣若芬 著

作者簡介

衣若芬

台灣大學中國文學研究所博士。

曾任職中央研究院中國文哲研究所，現任教於新加坡南洋理工大學中文系。

榮獲中央研究院年輕學者研究著作獎。吳大猷先生紀念獎。

研究領域為題畫文學、唐宋文學與文化、東亞漢文學與文化交流。

學術專著有《蘇軾題畫文學研究》、《赤壁漫游與西園雅集——蘇軾研究論集》、《觀看·敘述·審美——唐宋題畫文學論集》等書。

另著有小說《踏花歸去》、《衣若芬極短篇》。散文《青春祭》。編撰《文房之美》、《梵谷》、《觀人——面具底下的祕密》等。

提　要

　　本書勾勒中國自先秦至清代題畫文學的歷史發展脈絡，從中西美學觀點，分析鄭板橋「詩書畫三絕」的藝術成就。鄭板橋為「揚州八怪」之一，揚州的地理位置與社會文化環境提供職業畫家發揮創新風格的場域。獨特的「六分半書」，是鄭板橋融合漢隸、楷書、篆書和草書，再加以變化而成。經由書法鮮明的視覺印象，吸引觀者閱讀鄭板橋淺白流暢的題畫文字，繼而感受其自我主張與藝術理念。在鄭板橋筆下，傳統文人蘭竹畫變得大眾化，展現平易通俗的意趣。

目

次

緒　論

　　所謂「題畫文學」〔註1〕有廣義和狹義的解釋。

　　狹義的題畫文學，是指「直接題寫在畫上的詩詞散文等文學作品」。畫上題寫的詩文也可稱爲「題跋」、「題款」、「款識」等等，但都不如「題畫文學」的稱呼明確。例如「題跋」，據明人徐師增《文體明辨》卷四十五云：「按題跋者，簡編之後語也，凡經傳、子、史、詩文、圖、書（徐註：字也）之類，前有序引，後有後序，可謂盡矣。其後覽者或因人之請求；或因感而有得，則復撰詞以綴於末簡，而總謂之題跋。」可見「題跋」涵蓋的範圍很廣。又如「款識」，也指古代鐘鼎彝器上的文字，〔註2〕而「題款」又可以僅指畫上所寫的畫題、作者姓名與作畫時間等，〔註3〕因此爲避免名詞上混淆不清，本文以「題畫文學」統稱之。

　　廣義的「題畫文學」則包括狹義的解釋以及「詠畫」、「賞畫」的作品，這些作品不一定被題寫在所歌詠和觀賞的畫上，但它們是「以

〔註1〕「題畫文學」之名稱見於《青木正兒全集》（東京：春秋社，1983），第 2 卷，〈題畫文學の發展〉，頁 491～504。
〔註2〕如《史記》卷十二〈孝武帝本紀〉云：「……鼎大異於眾鼎，文鏤，毋款識。」《索隱》云：「韋昭云：『款，刻也。』按：識，猶表識也。」
〔註3〕如莊申〈中國繪畫題款的類型〉文中所指即是狹義的「題款」。收於莊申編著：《根源之美》（臺北：東大圖書公司，1988），頁 661～666。

畫爲題」，融和作者對畫面視覺美感的客觀描寫和由畫而興起的主觀
抒情，如庾信（513～581）的〈詠畫屏風〉二十四首〔註4〕其六云：

　　高閣千尋起，長廊四注連。歌聲上扇月，舞影入琴弦。

　　澗水繞窗外，山花即眼前。但願長歡樂，從今盡百年。

此類作品亦爲詠物詩的一種，我們可從中領略繪畫給予人的啓示，分
享作者觀畫的心得和感懷。祝君波先生於〈論中國古代題畫詩〉一文
中，即認爲題畫詩包括「以繪畫作品爲欣賞對象，表達自己審美感受
爲主的賞畫詩」，並云：「作者以觀賞者的身份處於審美主體觀照作
品，以豐富原有的意境。」，〔註5〕可見將「詠畫詩」和「賞畫詩」納
入「題畫文學」的範圍應不成問題。

　　畫上題寫的詩文來源有二：一爲創作；一爲引用。針對畫而創作
的詩文無論是畫家自己題寫、請人代筆、或是由觀賞者、收藏者題寫，
站在文藝作品強調「自出己意」及「直抒胸懷」的觀點，都比借用他
人的文字還值得研究，尤其像鄭板橋自畫自題，詩文結合繪畫，且以
書法的筆墨出之，更能「詩畫相發，情景交融」，〔註6〕達到完滿的藝
術意境。

　　至於引用他人的詩文入畫則有兩種情形：其一是以繪畫說明詩文
的內容；其二是畫家臆想詩文的意境作畫。如宋代畫家李公麟（1049
～1106）曾畫「九歌圖」，上有米芾（1052～1109）書屈原〈九歌〉
歌辭；又如明代畫家文嘉（1501～1583）曾畫「寫杜甫詩意」冊頁，
上題杜甫〈九日藍田崔氏莊〉詩（《杜詩鏡詮》卷五）：「藍水遠從千
澗落，玉山高並兩峰寒」，他們都是以前人的作品爲素材，作畫以闡

〔註4〕　見《庾子山集》（臺北：臺灣商務印書館四部叢刊本）卷五。青木正
　　　　兒（註1引文）誤爲二十五首，歷來研究題畫文學者多沿用而不知
　　　　有誤。

〔註5〕　祝君波：〈論中國古代題畫詩〉，《朵雲》第14期（上海，1987），頁
　　　　70～77。

〔註6〕　見鄭騫先生講述，劉翔飛筆記：〈題畫詩與畫題詩〉，《中外文學》8
　　　　卷6期（臺北，1979），頁5。鄭先生以此八字說明題畫詩的意義和
　　　　作用。

述之，這一類被畫家引用的詩文，虞君質先生稱爲「變態的題跋」，〔註7〕如果我們以文學的角度來看，這些作品只是換了一種表達的方式和傳遞意念的媒體，對其內容並無影響，比較沒有單獨視爲「題畫文學」而加以探討的意義，倒是以繪畫的角度看畫家如何表現出詩意可能比較恰當。因此嚴格說起來，「變態的題跋」可以摒除於「題畫文學」之外，不過古人在引用他人的詩文時往往未加註明，辨識畫上題字的來源尚需一番考察的工夫。

　　行文至此，我們可以將題畫文學廣義和狹義的兩種解釋結合起來，界義如下：「凡以畫爲題，以畫爲命意，或讚賞，或寄興，或議論，或諷諭，而出之以詩詞歌賦及散文等體裁的文學作品，即是題畫文學。」〔註8〕

　　題畫文學具有很多方面的研究價值，例如：

1. 文學價值：我們可將題畫文學當作文學作品來閱讀，從中領略作者的人生觀和道德觀等。

2. 社會價值：鑑賞繪畫並加以品評是古代文人的社交活動之一，我們可以自題畫文學了解當時社會風氣和文人生活的情況等。

3. 歷史價值：題畫文學可以補史料之不足，像鄭板橋的題畫作品多爲晚年所寫，記錄了他晚年的心境和生平事蹟。我們並可將題畫的內容、書法和年款等當作鑑別畫蹟眞僞的參考。

4. 美學價值：題畫作品中陳述了作者的藝術理念，包括創作的動機、美感經驗、審美觀等。

5. 藝術價值：「詩書畫合一」是中國繪畫的理想，而直接題寫於

〔註7〕　見虞君質：〈中國畫題跋之研究〉，《故宮季刊》1 卷 2 期（臺北，1966），頁 21。虞先生舉金農的一幅山水小品上寫了全部的〈黃岡竹樓記〉爲例，而稱之爲「變態的題跋」。

〔註8〕　此定義參考廖慧美：〈咫尺應須論萬里——論杜甫的題畫詩〉，《東海大學中文學報》第 8 期（臺中，1988 年 7 月），頁 120。

畫上的題畫文學正是對此理想的具體實踐。畫上的詩文能夠陳述畫意、闡發畫境，更重要的是文學與繪畫契合融通，共同開創出傑出的藝術成就。

孔壽山先生於〈杜甫的題畫詩〉一文中曾說：「畫上題詩，是我國繪畫藝術特有的一種民族風格。」〔註9〕的確如此，西方的繪畫上通常只有作者的簽名，文字所占的面積很小，而中國畫上的題詩卻往往洋洋灑灑，不僅置於畫面裡，有時還滿幅詩文以至侵占畫位，可見題詩於畫上的風氣很盛，「詩畫結合出現」已經成為中國畫的特徵之一。

法國人類學家李維斯陀（Le'vi Strauss）認為：「整個文化最終被看作是一種巨型的語言。」〔註10〕則構成文化的整個社會行為領域或許事實上也表現了一種按照語言的模式進行「編碼」（encoding）的活動。因此，假若我們將「畫上題詩」視為中國有別於西方的一種特殊文化現象，本文的首要目的便是觀察這個文化現象，並加以「解碼」，而取鄭板橋為解碼的樣本。

我們之所以以鄭板橋為研究的對象，是因為整個中國題畫文學發展至清代已經完全成熟，而鄭板橋正處於中國題畫文學發展史中的最後一個高峰，而且他兼具文人與畫家的身份，他的題畫作品內容豐富，可作為我們研究題畫文學的一個典型。

在這個簡單的前提之下，本文的研究工作似乎是從中國題畫文學史的終點出發，雖然得以窺知其演進的最後成果，但是由於歷來對題畫文學的探討並不多，如日本學者青木正兒曾作〈題畫文學の發展〉，敘述題畫文學的各種類型，可惜徵引資料時偶有錯誤（詳見本章及第一章註解）；又以為「題跋」僅限於他人題寫，於元代以後的題畫文學發展情形較為簡略。又如鄭騫先生曾作〈題畫詩與畫題詩〉，許海

〔註9〕《中國畫論》（臺北：駱駝出版社，1987），頁258。

〔註10〕Terence Hawkes 著，陳永寬譯：《結構主義與符號學》（臺北：南方叢書出版社，1988），頁27。

欽作《論題跋》（文化大學藝術研究所碩士論文），前者僅止於詩的體例；後者則牽涉鐘鼎款識，因此我們必須重新在零星的資料裡披沙揀金，為題畫文學整理出一條歷史的脈絡。

張維屏輯《國朝詩人徵略》卷二十八引《松軒隨筆》云：「板橋大令有三絕，曰畫、曰詩、曰書。三絕之中有三真，曰真氣、曰真意、曰真趣。」〔註11〕這句話已經成了後人對鄭板橋詩書畫和他個人情性的註腳，然而所謂「三絕三真」的真貌究竟如何？歷來研究鄭板橋其人及其作品的文章很少針對他的題畫文學作討論，所以本文在解析中國題詩於畫的文化現象之餘，還希望透過板橋題畫文學，從文學、美學等方向多瞭解他，以打開研究鄭板橋的一個新的視野。

關於板橋的作品集名稱不一，本文以《鄭板橋全集》稱之。〔註12〕我們在臺灣目前所能見到最早的《鄭板橋全集》版本，是清代清暉書屋重刊本，〔註13〕現藏臺北故宮博物院圖書館和臺灣大學研究生圖書館烏石文庫。關於這個版本的刊行時間有三種說法，但是據筆者考證，這三種說法都不對，所以有必要在此加以說明，這三種說法是：

1. 臺灣大學烏石文庫繫於乾隆八年。
2. 王錫榮《鄭板橋集詳注》云：「本書採用乾隆乙卯清暉書屋翻刻原寫本為底本。」〔註14〕乾隆乙卯即乾隆六十年。
3. 《故宮善本書目》登記為清道光辛卯（十一）年。

〔註11〕《松軒隨筆》一書，作者不可考，或以為即張維屏，然尚無明據足證。此書之名亦見於馬宗霍《書林藻鑑》卷12，未錄作者名姓，馬宗霍所引文句無「大令」二字。

〔註12〕有云《板橋集》者，如同治七年重刊「大文堂」藏版、有云《鄭版橋集》者，如1962年上海中華書局出版鉛字排印本。有的則以《板橋詩鈔》概括，如臺大研究生圖書館烏石文庫清暉書屋重刊本。最常見的就是《鄭板橋全集》，如上海席氏掃葉山房石印本。故本文以《鄭板橋全集》稱之，以免淆亂。

〔註13〕關於《鄭板橋全集》的所有版本詳見本文所列參考書目，此外，又有酉山堂、善成堂、玉書樓等翻印本，見卞孝萱主編：《揚州八怪詩文集》（南京：江蘇美術出版社，1985），頁10。

〔註14〕王錫榮：《鄭板橋集詳注》（長春：吉林文史出版社，1986），頁14。

　　《鄭板橋全集》的內容包括詩鈔、詞鈔、小唱（道情）、十六通家書以及題畫作品，根據乾隆二十五年板橋爲劉柳村寫的冊子云：「五十歲爲范縣令，乃刻拙集。是時乾隆七年也。」又云：「拙集詩詞二種。」可知板橋的詩鈔和詞鈔最早刻於乾隆七年。此後板橋創作不輟，現存的詩鈔中有乾隆二十八年〈和雅雨山人紅橋修禊〉之作，所以清暉書屋重刊本不可能刊刻於乾隆八年。

　　清暉書屋重刊本有茶坨子題識曰：「……予偶購諸賈人，竊喜得窺全豹，……恐傳刻無多，積久就湮，因重付剞劂，以供同好，歲昭易單閼如月之望，延陵茶坨子識于清暉書屋。」據《爾雅‧釋天》：「太歲……在癸曰昭陽。」又云：「太歲……在卯曰單閼。」因此，「昭易單閼」便是指癸卯年。而「如月」，據《爾雅‧釋天》云：「二月爲如。」故「如月」即「二月」。自板橋卒後至民國前共經過三次癸卯年，分別是：乾隆四十八年、道光二十三年和光緒二十九年，無論是哪一年，以上第二和第三種說法都應該被推翻。

　　至於確切的時間，我們可以從書中的「題畫」部分來判斷。李斗《揚州畫舫錄》中記載故實的時間是「自（乾隆）甲申至乙卯，凡三十年」，該書卷十敘述鄭板橋「著有板橋詩、詞鈔及家書、小唱。」可見在乾隆六十年以前，板橋的作品集裡還沒有收錄題畫作品，故清暉書屋本不可能刊於乾隆四十八年。又，《花近樓叢書》有管庭芬（1797～1880）於咸豐十年寫的〈板橋題畫跋〉、日本文久三年（即清同治二年）的《巾箱小品》和光緒十四年馮兆年輯的《翠琅玕館叢書》都蒐集了板橋題畫作品，可見在光緒二十九年以前，板橋的作品已經很普遍，甚至還流傳到日本，若茶坨子是在光緒二十九年刊刻，當不至像題識中所說的如此珍貴。

　　既非乾隆四十八年，亦非光緒二十九年，所以清暉書屋重刊本應刊刻於道光二十三年（1843）。

　　清暉書屋重刊本中的題畫部分共收錄板橋題畫作品六十五則，除詩之外，還有詞、散文，或是詩文相連，故不以「首」爲計算單位。

茲將其所題畫作內容配合作品數量整理如下：〔註 15〕

畫作內容	竹	蘭	石	竹石	竹蘭	竹蘭石	菊	其他
數　量	23	20	7	2	6	5	1	1

　　其實板橋題畫作品的數量並不止於此，且這六十五則裡有五則和詩鈔部分所錄的作品重複，但內容不盡相同，令人疑惑何者才是板橋的原作？既然板橋的題畫作品幾乎都是直接題寫在畫上，我們或許可以找板橋的畫作來核對，然而要為題畫作品作校勘非常困難。首先，訪求畫蹟就是一件不容易的工作。現在臺灣所能見到的鄭板橋畫冊，只有民國七十二年藝術圖書公司何恭上先生編《鄭板橋書畫選》（該書目前絕版），不過囿於版面，圖版並不完整。另外根據《臺灣公藏普通本線裝書索引》，日本昭和三十九年（1964）清雅堂曾影印《鄭板橋畫竹冊》，登記收藏於臺灣師範大學和臺灣大學研究生圖書館，可惜經筆者尋查，這兩處的畫冊都只剩書卡空名，原作已遺失。至於中國大陸方面，就筆者所見，有周積寅先生編著，1982 年天津人民美術社出版《鄭板橋書畫藝術》，和山東省文物局與濰坊地區出版辦公室合編，1984 年山東美術出版社出版《鄭板橋書畫》等，但是所蒐集的板橋畫作數量仍嫌不夠，所以必須翻檢其他如「揚州八怪」畫家的畫冊來補充。

　　就算我們蒐集到板橋的畫作，還有一個更大的難題，那就是畫蹟真偽的鑑別。徐復觀先生曾經提出一種判定的方式，是從畫上的署名著手，認為凡是畫上的款識寫成俗體字「爕」者都是偽作，因為板橋是進士出身，在署名時不致於用此俗體字。〔註 16〕這種判定方式是否正確還有待考察，至少筆者曾在臺北故宮博物院看過兩幅鄭板橋的作

〔註 15〕表中所謂「其他」類的作品是指〈韜光庵為松岳上人作畫〉，其詩曰：「天陰作圖畫，紙墨俱潤澤：更愛嫩晴天，寥寥三五筆。」從詩中難以判斷畫作的內容，此詩亦見於詩鈔部分，為〈江晴〉二首之二。

〔註 16〕詳見徐復觀：〈石濤晚年棄僧入道的若干問題〉，《東海學報》9 卷 1 期（臺中，1968），頁 24。

品，上面的署名都是寫成俗體字「燮」，一幅是蘭千山館藏的書法軸，寫於乾隆戊寅（二十三年）；另一幅爲竹石圖。〔註17〕如果僅從署名的字體就可以判斷眞僞，則目前我們看到的板橋畫蹟很多都是假的，要拿這些僞作上的題畫作品來研究就會產生很大的錯誤，而畫蹟眞僞的鑑別又是一門學問，在沒有十足的把握之前，我們只好放棄對板橋題畫作品的校勘工作，採用《鄭板橋全集》裡所有與題畫有關的作品（也就是包括詩鈔部分的作品）。

將板橋作品集裡的題畫作品和他畫作上的題字互相比較，我們發現有文字歧異的現象，而且許多見於畫作卻不見於作品集中，於是我們知道板橋實際創作的題畫作品不只六十五則。板橋爲何沒有把全部的題畫作品收錄於作品集裡？是因爲集外的作品水準較爲遜色？還是創作時間較晚，來不及編輯成書？抑或是《鄭板橋全集》中的題畫作品與其他作品的編刻方式不同，根本不是板橋親自編輯付梓？關於這個問題，我們將在附錄中另以專文討論。

既然板橋實際創作的題畫作品不只作品集中所收錄的六十五則，而要一一從他的畫作抄出題畫的文句也非易事，所以我們只好尋找蒐集板橋的作品最齊全的版本，就筆者所見，是卞孝萱先生所編《鄭板橋全集》（1985 年濟南齊魯書社出版）。本書廣求公私藏家收藏板橋畫作上的題畫作品，以補清暉書屋之類的重刊本之不足，其多於重刊本者有：題畫竹一百零二則、題畫蘭三十一則、題畫石三則、題畫蘭竹石一百三十二則，以上皆爲自畫自題。另有題在他人畫作上的作品九十則，共計三百五十八則。〔註18〕並且根據墨蹟校勘異文，卞先生說：「板橋墨蹟，贋品甚多，有一些贋品，書畫雖係摹仿，題句尚

〔註17〕此外，筆者從圖冊中還看過三幅署名寫成「燮」的作品，分別是：藏於美國舊金山 De Young Memorial Museum 的「蘭竹軸」、紐約大都會美術館的「廣陵種竹圖」、日本大阪市立美術館的「墨竹圖卷」。

〔註18〕這是經筆者一一數算，刪除內容重複及明顯爲訛作的結果。如頁 382 有云：「竹與石，皆君子也，君子與君子同局。……乾隆壬子秋日，……」按乾隆壬子爲五十七年，而板橋卒於三十年，故知此作爲贋品。

是根據板橋原作，從史料角度看，還是可供參考的。」〔註19〕書中還有周斯達先生輯《板橋題畫佚稿》共八十則，但輯者未曾拍攝過一張照片，也說不出具體的畫作出處，我們無法確定是否為板橋的作品，遂姑且存疑。本文採用的板橋題畫資料便是原存於板橋作品集的六十五則與卞先生所輯的三百五十八則，總計四百二十三則。

　　本書第一章首先探討中國題畫文學的發展過程，將中國歷史分為三個段落，從繪畫與文學作品中整理出題畫文學的演變痕跡，以見鄭板橋之前的題畫文學的梗概。第二章從板橋所處的社會環境、他個人的生平事蹟和他所題畫作的題材三方面，敘述板橋題畫文學的背景。第三章依板橋題畫作品的內容分為四類，以解讀文學作品的方式析論其涵義。第四章嘗試融會中國傳統美學與西方如現象學（Phenomenology）學者的看法，選擇具有代表性的篇什，討論板橋題畫文學中所傳達的藝術理念。第五章重新檢討文學與繪畫的關係，兼採西方符號學（Semiotics）學者的觀點，釐清所謂的「詩畫融通」的真義，並舉板橋的畫作為例，以明其對詩畫融通的具體實踐情形。行文中盡量註明引用文章的作者生卒年或書籍的出版年，希望建立一套題畫文學的歷史體系。

〔註19〕頁 7。

第一章　題畫文學發展史略

　　題畫文學的類型和發展過程，與文藝思想、繪畫題材、文學體裁的演進有關，因此題畫文學發展史其實就是繪畫藝術史和文學史的交集。本書既以鄭板橋為研究對象，所以在敘述題畫文學發展過程時側重於清代，清代以前的題畫文學僅取其要，以見其流變痕跡。

第一節　先秦至魏晉南北朝

　　漢代以前的題畫文學史料並不多，也未必可信，青木正兒認為題畫文學起源於先秦，其所根據者有二：[註1]

1. 《晉書》卷五十一〈束皙傳〉云：「初，太康二年，汲郡人不準盜發魏襄王墓，或言安釐王冢，得竹書數十車。……圖詩一篇，畫贊之屬也。」

2. 王逸〈楚辭天問章句〉云：「屈原放逐，憂心愁悴，……見楚有先王之廟及公卿祠堂，圖畫天地山川神靈，琦瑋僑佹，及古賢聖怪物行事，周流罷倦，休息其下，仰見圖畫，因書其壁。」

　　然而不準所掘出的圖詩還有待進一步考察，且王逸（東漢安帝時〔107～124〕為校書郎）上距屈原（343 BC.～？）已有四百餘年，

〔註1〕《青木正兒全集》，頁491～492。

其所云屈原之事不知何據，因為在還未找到其他足以證明的資料之前，我們只能確定題畫文學在漢代已經出現。

漢代的繪畫主要是人物畫，內容可分為三類：傳寫經史故事、實寫風俗現狀和意寫神怪祥瑞，後二者為當時的民間藝術作品，前者則受朝廷所重視。〔註2〕宮中並繪功臣名將圖像，以警世勸戒或紀功頌德，具有濃厚的政治教化意味。如東漢蔡質〈漢官典職儀式〉云：「尚書奏事於明光殿，省中畫古烈士，重行書讚。」又云：「省中皆以胡粉塗壁，紫素界之，畫古烈士。」〔註3〕漢代題畫文學的代表作家如蔡邕（133～192），據唐代張彥遠《歷代名畫記》（847）卷四云：「蔡邕，……工書畫，善鼓琴。……靈帝詔邕畫赤侯五代將相於省，兼命為讚及書，邕書畫與讚皆擅名於代，時稱三美。」〔註4〕

漢代的題畫文學一般稱為「畫讚」，但是「畫讚」一詞有二義，除了指「為畫而寫的讚詞」外，還有「以畫讚揚」的意思。如《歷代名畫記》卷三「漢明帝畫宮圖」下註云：「漢明帝雅好圖畫，別立畫官，詔博洽之士班固、賈逵輩，取諸經史事，命尚方畫工圖畫，謂之畫讚。」〔註5〕因此我們使用「畫讚」一詞時必須加以辨別。依《文心雕龍‧頌讚》云：「讚者，明也，助也。……必結言於四字之句，盤桓乎數韻之辭」，與漢代繪畫的題材推測，漢代的題畫文學當為四言韻文的畫像讚。

到了魏晉南北朝，文學與繪畫不再僅僅做為服務朝廷，宣揚教化的工具，「魏晉玄學盛行的結果，引起了中國藝術精神的普遍自覺」，〔註6〕表現於題畫文學方面，即為繪畫題材擴增，除人物畫外，也有山水、花鳥雜畫等，文以由四言韻文演進至五言韻文，詩人「為情造

〔註2〕 見鄭昶：《中國畫學全史》（臺北：臺灣中華書局，1957），頁34。
〔註3〕 孫星衍刊：《平津館叢書》甲集，光緒刊本。
〔註4〕 見楊家駱主編：《藝術叢編》第一集第八冊《南朝唐五代人畫學論著》（臺北：世界書局，1967），頁159。
〔註5〕 《南朝唐五代人畫學論著》，卷3，頁150。
〔註6〕 徐復觀：《中國藝術精神》（臺北：學生書局，1984），頁481。

文」(《文心雕龍·情采》)，於詠讚之外，注入了較多個人主觀的情感。

例如與潘岳（247～300）相友善的夏侯湛，作〈東方朔畫贊〉，形式與內涵皆承襲漢代遺緒，以四言韻文作歌頌之語（見《文選》卷四十七）。而江淹（444～505）的〈雲山讚〉四首，〔註7〕則脫離了傳統的模式，以五言韻文記敘作者觀畫後的感懷，作者雖題爲「讚」，其實已是五言詩，茲錄其第一首〈王太子〉如下：

> 子喬好輕舉，不待練銀丹。控鶴去窈窕，學鳳對巉岏。
> 山無一春草，谷有千年蘭，雲衣不蹢躅，龍駕何時還。

隨著詠物詩興起，詠畫之作也相繼出現，如前文所引庾信〈詠畫屏風詩〉之外，又如南朝梁鮑子卿〈詠畫扇詩〉：

> 細絲本自輕，弱彩何足晒。直爲發紅顏，謬成握中扇。
> 乍奉長門泣，時承柏梁宴，思妝開已掩，歌容隱而見。
> 但畫雙黃鵠，莫畫孤飛燕。〔註8〕

這首詩以詠扇爲主，旁及扇上的畫，是將畫當作扇的一部分，其內容比較接近詠物詩，故我們也可視之爲詠物詩的一種類型。

魏晉南北朝的畫讚和詠畫詩可能已經有部分和所詠讚的繪畫呈現於同一個畫面上，但是我們能見到的畫蹟並不多，關於這一個問題，我們將於第五章第三節作較有系統的討論。根據現存文學作品來看，此時尚未出現明確訂爲「題某人畫」的題目，而多是猶如詠物詩形態的「詠畫詩」，且所詠的畫以屏風畫和扇畫爲主，明確稱爲「題畫詩」的作品，到唐朝才產生。

第二節　唐　宋

清人沈德潛（1673～1769）《說詩晬語》卷下云：「唐以前未見題

〔註7〕　《江文通集》卷10（臺北：臺灣商務印書館四部叢刊本）。青木正兒誤爲〈雪山讚〉，後人沿用其文者多誤，〈雲山讚〉序已云：「壁上有雜畫，皆作山水好勢，仙者五六，雲氣生焉」，故不可能爲「雪山」。
〔註8〕　逯欽立輯：《先秦漢魏晉南北朝詩》（臺北：學海出版社，1984），頁2117。

畫詩,開此體者老杜也。」其實檢閱《全唐詩》,張九齡、李白等人均有題畫詩,不必自杜甫始。然而從作品數量、寫作技巧和蘊含的藝術思想等方面考量,則杜甫堪為唐代題畫文學的代表作家。

《全唐詩》中共收錄杜甫(712～770)題畫詩十八首(包括詠畫詩、賞畫詩和泛題畫人的〈能畫〉一詩),以及畫贊一首,數量之多,為唐人之冠。杜甫題畫詩的特色,在於以詩意發揮畫意,以詩境開拓畫境,不僅客觀地描述畫面,更夾入議論和感慨,流露個人的藝術理念和審美觀,如在〈丹青引贈曹將軍霸〉中提出畫家「意匠慘淡經營」的創作過程;在〈奉先劉少府新畫山水障歌〉中提出「真宰上訴」、「乘興遣畫」的觀念,同時題畫馬畫鷹必從真馬真鷹出,更可見他認為繪畫必須反映現實,以求形神兼備。

杜甫題畫詩有古體也有近體,這種不拘形式表達豐富內容的作品,使題畫文學得以多元化發展,確立了題畫文學的抒情言志傳統,因此成為後世之模範。如《國朝詩話》卷二云:「題畫詩沈鬱淋漓,少陵獨步,自後作者,凡遇珍玩碑碣,多師其意,用全力出奇。」〔註9〕至於散文體的題畫記亦見於諸家文集中,如白居易(772～846)〈記畫〉即提出「以真為師」的創作原則。〔註10〕

宋代的題畫文學有四個值得注意的現象:一為文人兼擅繪畫者漸多;二為將詩文直接題寫在畫作上;三為以詞題畫;四為刊刻第一部題畫詩合集。

由於皇帝大力提倡,以及翰林圖書院的成立,本來被視為小道技藝的繪畫受到空前的重視,畫家的地位因而提升。在畫院之外,另有一群抱持「君子不器」觀念的文人也從事繪畫創作,這些文人畫家雖然不再輕視繪畫,但是傳統的士大夫意識使他們在繪畫內涵和風格上與院體畫有著明顯的差別。例如他們愛畫象徵君子的梅蘭竹,並且不

〔註9〕郭紹虞編:《清詩話續編》(臺北:木鐸出版社,1983),頁1719。
〔註10〕《白氏長慶集》(臺北:臺灣商務印書館四部叢刊本),卷26。其言曰:「學無常師,以真為師。」

甘調粉塗脂，而以淡雅的水墨代替設色。在他們的筆下，繪畫感染了文學的趣味，實利的用途更爲減弱，而成爲純供賞玩，進而能夠陶冶性情，寄託思想，如李公麟云：「吾爲畫，如騷人賦詩，吟詠性情而已。」〔註11〕他們的作品，便是後世所謂的「文人畫」。〔註12〕

　　既然文人作畫與作詩的態度相同，爲畫而作的題詠更能多方發揮個人的志趣與藝術觀。例如蘇軾（1037～1101）本身即兼擅繪畫，因此頗能掌握畫家所要表達的意念，適切評論其作畫技巧，如〈書吳道子畫後〉云：「出新意於法度之中，寄妙理於豪放之外。」〔註13〕宋代文人鑑賞繪畫的活動十分頻繁，觀東坡及曾鞏（1019～1083）、黃庭堅（1045～1105）等人諸多題詠時人的作品便知，欣賞繪畫之後加以題詠儼然成爲文人交往的重要節目。宋人並且認爲文學修養和繪畫藝術的鑑賞能力有密切關係，如鄧椿《畫繼》（約1167）卷九云：「畫者，文之極也，……其爲人也多文，雖有不曉畫者寡矣；其爲人也無文，雖有曉畫者寡矣。」〔註14〕此外，宋人對詩與畫的關係的思考，更影響了中國詩與中國畫融合，我們將於第五章繼續討論。

　　雖然早在魏晉南北朝時期，已有少數直接題在畫作上的圖贊，但是作者自畫自題，詩畫完美地結合出現於同一個畫面裡，依我們目前

〔註11〕《宣和畫譜》卷7，《藝術叢編》第一集第九冊。

〔註12〕「文人畫」一詞在宋代還未出現，它的定義，據陳衡恪云：「即畫中帶有文人性質，含有文人之趣味，不在畫中考究藝術上之工夫，必須於畫外看出許多文人之感想。」見《畫論叢刊》，頁692。蕭璠則認爲界定「文人畫」時，繪畫者的社會地位比繪畫風格上的特徵還值得重視，見〈從文人畫的相關語詞的社會意蘊看文人畫的起源〉，東吳大學《中國藝術史集刊》卷15，1987。宋代雖無「文人畫」一詞，但已有和「文人畫」同義的「士人畫」，蘇軾〈跋宋漢傑畫山〉云：「觀士人畫，如閱天下馬，取其意氣所到。乃若畫工，往往只取鞭策皮毛槽櫪芻秣，無一點俊發，看數尺許便倦。漢傑眞士人畫也。」（《東坡題跋》卷五）。又，文人畫家非自宋代始，如東漢蔡邕兼擅書、畫、讚，即是文人畫家。

〔註13〕《東坡題跋》卷5，《藝術叢編》第一集第二十三冊，《宋人題跋》，上冊，頁95。

〔註14〕見《畫史叢書》（臺北：文史哲出版社，1974），第一冊，頁69。

所能見到的畫蹟，當屬宋徽宗（1082～1135）的畫作爲最早。

　　收藏於臺北故宮博物院的徽宗「蠟梅山禽圖」〔註15〕（圖 1），畫面的構圖是一株梅花橫斜由右向上，枝枒上有白頭鳥，畫面左下留下了一大塊空白，徽宗便以他獨特的瘦金體書法，題下了一首五言絕句：「山禽矜逸態，梅粉弄輕柔；已有丹青約，千秋指白頭。」畫上的題詩不但補足了空白，還達到均衡整個畫面布局的效果。不過直接在畫面上題詩落款的風氣在宋代並未大開，例如被尊爲臺北故宮博物院鎮院之寶的范寬「谿山行旅圖」（圖 2），一直到民國四十七年被李霖燦先生發現圖的右下角有「范寬」二字的簽名（圖 3），才解決千百年來不明作者的大疑。簽名即須隱藏，何況題詩？至於作者爲何故意隱藏簽名？李先生認爲：「一爲藏拙，這是他們的謙遜美德。一爲統一，他們不願以顯著的字蹟來破壞整個畫面的氣氛。」〔註16〕除此之外，畫家的身份地位或許也是原因之一。

　　詞爲兩宋的代表文學，以當時流行的文體題畫自然不成問題，如南宋揚補之擅畫墨梅，曾繪未開、欲開、盛開、將殘四個階段的梅花，並各繫以〈柳梢青〉詞（作於 1165），茲舉其第三首盛開梅花爲例：〔註17〕

> 粉牆斜搭，被伊勾引，不忘時霎。一夜幽香，惱人無寐，
> 可堪開市。曉來起看芳叢，只怕裡，危梢欲壓。折向膽瓶，
> 移歸芸閣，休薰金鴨。

此詞後人和作不少，〔註18〕可見其影響。題畫作品雖然以詩爲多，但以詞曲的格式題畫者亦不乏。如明代的徐渭（1521～1593），清代的洪昇（1645～1704），都有以曲題畫的例子，使題畫文學因表達體裁

〔註15〕此畫在中興館閣中題爲「香梅山白頭」，見李霖燦：《藝術欣賞與人生》（臺北：雄獅圖書股份有限公司，1987），頁 7。
〔註16〕李霖燦：《中國畫史研究論集》（臺北：臺灣商務印書館，1970），頁 26。
〔註17〕卞永譽：《式古堂書畫彙考》（臺北：正中書局，1953），畫卷 14，頁 56～57。
〔註18〕此詞之和作者自宋至清至少有九人，詳參饒宗頤〈詞與畫——論藝術的換位問題〉，《故宮季刊》8 卷 3 期（臺北，1974），頁 10～12。

不同而顯現不同情味。

　　此外，由於題畫詩的創作日益蓬勃，佳作輩出，南宋孫紹遠將自唐至宋的詩作「擇其為畫而作者，編成一集」，〔註19〕並用「有聲畫，無聲詩」之意，取名為《聲畫集》（序作於 1187），這是我們目前所見最早的題畫詩合集。

第三節　元明清

　　自從宋代的文人逐漸參與繪畫，並將詩的抒情寫意傳統延伸到繪畫的領域，「詩書畫三絕」成為文人畫家的最高理想，但是兼擅此三種藝能者畢竟不多。

　　到了元代，基於知識份子的民族自覺，以及蒙古人對漢人在科舉制度方面的不平等待遇，讀書人一向「學而優則仕」的路途受到阻礙，於是紛紛以詩畫抒發胸中抑鬱之氣，藉詩畫追尋心中的理想國度，奉蘇軾等人對詩畫結合的理論為主導——所謂「詩中有畫，畫中有詩」〔註20〕、「詩畫本一律，天工與清新」，〔註21〕因此兼擅詩書畫成為文人畫家的基本要求，畫家自畫自題的風氣大開，題畫文學發展至元代，已燦然完備。清人錢杜（1763～1844）記述題畫文學自唐至元明的演進過程云：「畫之款識，唐人只小字藏樹根石罅，……至宋始有年月紀之，然猶是細楷一線，無書兩行者，惟東坡款皆大行楷，或有跋語三五行，已開元人一派矣。元惟趙承旨猶有古風，至雲林不獨跋兼以詩，往往有百餘字者。……明之文沈皆宗元人意也。」〔註22〕

〔註19〕《聲畫集》序，文淵閣四庫全書本。又，關於「無聲畫，有聲詩」之涵義，詳參第五章第一節。

〔註20〕蘇軾〈書摩詰藍田煙雨圖〉云：「味摩詰之詩，詩中有畫；觀摩詰之畫，畫中有詩。」見《東坡題跋》卷5，頁94。

〔註21〕蘇軾〈書鄢陵王主簿所畫折枝二首〉，見《集註分類東坡先生詩》（臺北：臺灣商務印書館四部叢刊本），卷11，頁227。

〔註22〕楊家駱主編：《畫論叢刊》（臺北：鼎文書局，1972），頁479～480。

　　元代雖有御局使，但無畫院，畫家失去了晉身之階，卻也由此擺脫了「希承帝旨」作畫的束縛，本來與院體畫抗衡的文人畫遂成為主流。明朝皇室一心復古，重新建立畫院制度，然而畫院畫家只知墨守成規，不求創新，因此元明二朝的題畫文學仍以文人畫家所作較為可觀，著名的作者如錢杜所舉的趙孟頫（1254～1322）、倪瓚（1301～1374）、文徵明（1470～1559）、沈周（1427～1509）均為其中的佼佼者。

　　這些文人畫家不但每畫必題，以優美的書法題寫詩文，使文學與繪畫在畫面構圖和內容意境上達到和諧的組合，進而組織畫社，〔註23〕加強藝術家彼此的交流，於是題畫文學作品中，除了畫家自己申述畫意、觀賞者品評之外，還記錄了以畫會友的雅集的盛況，因此畫家每創作一幅畫，題詠者便非常多，例如元代畫家高克恭（1248～1310）的「夜山圖」，題詠者多達二十九人，可以說被當時的詩文家詠頌迨遍了。〔註24〕

　　題詠者既多，難免良莠不齊，有時為了應酬，個人的情思感慨便受到影響，鄭騫先生認為：「明朝的題畫詩多半是『有景無情，有境無意』」，〔註25〕就是因為畫家可能為了應付索畫的人，或是作畫賣錢，沒有以真性情題寫的緣故。

　　從明代開始，題畫文學的專集日益刊行，如李流芳（萬曆間舉人）著有《西湖臥遊圖題跋》、李日華（1565～1635）門人徐節之等人抄錄其師題畫之作而成《竹懶畫媵》。明人又蒐集整理前代作品，如錢棻輯吳鎮（1280～1354）墨蹟，作《梅道人遺墨》。由專集的刊行，我們知道明代已將題畫文學視為一種專門的文體，並且廣為流行。

　　題畫文學發展至清代而臻頂峰，我們可以從以下四點得知：

<hr>

〔註23〕如明人王文耀，據姜紹書《無聲詩史》云：「王文耀，……金陵人。善畫，結畫社於秦淮，連袂入社者皆一時名勝。」見《畫史叢書》第二冊，頁51。

〔註24〕莊申：《中國畫史研究》（臺北：正中書局，1969），頁155。

〔註25〕鄭騫：〈題畫詩與畫題詩〉，頁10。

一、帝王的喜好

　　自世祖、聖祖至高宗，均頗雅好繪畫，尤其是乾隆皇帝特別熱愛於名畫上題詠，觀故宮所藏便知，歷代畫作上蓋有「乾隆御覽」之印，畫有御筆親題之詩文者不勝枚舉，甚至詩文印璽屢侵畫位，爲後人所詬病。

二、畫家輩出，亦有頗能詩文者

　　由於帝王喜好，清代雖無畫院，亦設有內廷供奉以禮遇畫家。在仁宗以前有一百多年的太平盛世，國家有餘力，百姓有閒情，附庸風雅者遂紛紛而起。有清一代，畫家之見於記載者竟達五六千人，〔註 26〕數量之多，爲歷代之冠。自元代以來，題詩於畫上已成爲傳統，清代畫家眾多，亦有頗能詩文者，僅以與鄭板橋並稱爲「揚州八怪」〔註 27〕的畫家爲例：高翔（1688～1752）著有《西唐詩鈔》、羅聘（1733～1799）著有《香葉草堂詩集》和《白下集》、汪士慎（1686～1759）著有《巢林詩集》、金農（1687～1764）著有《畫竹題記》、《畫梅題記》等。〔註 28〕畫家既然能詩，自題畫作者亦必有可觀。

三、文人與畫家相友善，兼擅繪畫者亦多

　　以張庚（1685～1760）《國朝畫徵錄》所記載爲例：如吳偉業（1609～1671）與董其昌（1555～1636）、王時敏（1592～1680）等九人號稱「畫中九友」。〔註 29〕畫家龔賢（1618～1689）因家貧，逝世後不

〔註 26〕俞劍方：《中國繪畫史》（臺北：臺灣商務印書館，1984），下冊，頁 157。

〔註 27〕關於「揚州八怪」的成員，最早的說法見於李玉棻《甌鉢羅室書畫過目考》（作於 1873）卷 3，李氏認爲包括羅聘、李方膺、李復堂、金農、黃愼、鄭燮、高翔；汪士慎。除此之外，還有其他的說法，詳參《揚州八怪詩文集》（南京：江蘇美術出版社，1985），頁 8。

〔註 28〕參莊申：〈揚州八怪簡論〉，《大陸雜誌》48 卷 4 期（臺北，1974 年 4 月）。

〔註 29〕張庚：《國朝畫徵錄》，卷上，見《畫史叢書》第三冊，頁 20。

能具棺殮，由孔尚任（1648～？）爲其經理後事，撫其孤子，收其遺文。〔註30〕而與朱彝尊（1629～1709）、王士禛（1634～1711）交遊的畫家也相當多，他們或請朱、王題作，或學詩於朱、王之門，朱彝尊還曾爲文徵明的裔孫文點撰寫墓誌銘。〔註31〕此外，華嵒（1682～1756）、金農、汪士慎都與厲鶚（1692～1752）相友善；李方膺、鄭板橋又與袁枚（1716～1797）有所來往，由他們彼此交往的情形看來，爲畫題作的機會必然不少，如袁枚《小倉山房詩文集》中便有多首題詠時人畫作的作品。而文人之擅畫者如宋犖（1634～1713）的水墨蘭竹超逸絕倫，家中收藏名畫甚富，著有《漫堂書畫跋》，鑑賞頗爲精到。大儒毛奇齡（1623～1716）擅畫梅；〔註32〕錢大昕（1728～1804）一家皆擅畫花卉；〔註33〕以翻譯歐美小說著名的桐城派古文家林紓（1852～1924）晚年肆力山水。〔註34〕這些文人雖未全力投注於繪畫，但是閒來弄筆，圖中吟哦，作畫題詩已成爲怡情養性的文人雅趣，所以清代題畫文學作品廣見於各家詩文集中。

四、蒐集整理前人作品，刊行專集

清代皇帝對題畫的喜愛已如前述，康熙四十六年（1707）陳邦彥（1678～1752）奉敕彙鈔清代以前的各體題畫詩作，成《佩文齋題畫詩》一百二十卷，共收錄詩八千九百六十二首，長篇短什，自題畫作或題人之畫無不備具，爲題畫文學史中最浩大的工程，也爲後人研究題畫文學提供了可貴的史料。其他各家刊行題畫文學專集者比明代更多，如朱彝尊有《曝書亭書畫跋》、惲壽平（1632～1697）有《南田畫跋》、王原祁（1672～1715）有《麓臺題畫稿》等等。

葉慶炳老師曾云：「清代文學在中國文學史上之意義，爲各種舊

〔註30〕《國朝畫徵錄》，頁11。
〔註31〕《國朝畫徵錄》，頁17。
〔註32〕《國朝畫徵錄》，頁87。
〔註33〕俞劍方：《中國繪畫史》，頁223。
〔註34〕《中國繪畫史》，頁189。

文學體裁之復興與總結束」，〔註35〕題畫文學便是如此。自漢代以來，題畫文學歷久不衰，在清代達到鼎盛。清代以後，由於文學體裁的演變和繪畫形式的多樣化，題畫文學有逐漸式微的趨向，因此，我們概述題畫文學的發展過程便至清代告一段落。我們可以發現：鄭板橋正處於題畫文學的高峰時期，他以詩詞散文題寫在自己的畫作上，抒發個人的懷抱與藝術觀，或將鑑賞品評的意見題寫在友人的畫作上，並被後人集結入他的作品集中刊刻發行，在在可由題畫文學演進的軌跡裡尋出歷史的脈絡。

〔註35〕《中國文學史》（臺北：學生書局，1984），下卷，頁660。

第二章　板橋題畫文學的背景

　　「一種藝術現象的產生或者存在，總有它的時代的、歷史的、個別的根源。」〔註1〕題畫文學也不例外。我們已在第一章討論過板橋承繼題畫文學的歷史傳統，本章則就當時的社會環境、板橋的生平事蹟，以及他所題畫作的題材，進一步勾勒出板橋題畫文學的面貌。

第一節　社會環境

　　當我們提到鄭板橋的畫家身份時，總會提及他與李復堂、金農等人並稱「揚州八怪」，我們在上一節註釋中已經說明所謂的「八怪」成員，說法不一，其實「揚州八怪」並沒有提出共同的藝術宣言，也沒有一致的繪畫風格，甚至他們彼此未必認識，〔註2〕「八怪」的名稱是後人所加，或許有「醜八怪」的嘲諷意味。如汪鋆《揚州畫苑錄》卷二云：「怪以八名，畫非一體。似蘇、張捭闔，偭徐、黃之遺規。率汰三筆五筆，復醬嫌糊，胡謅五言七言，打油自喜，非無異趣，適赴歧途。」〔註3〕認為他們的藝術猶如蘇秦、張儀之流的詭辯，草率落筆，用來蓋醬缸還嫌粗糙。《揚州畫苑錄》約成書於1883年，距離

〔註1〕　金維諾：《中國美術史論集》（臺北：明文書局，1984），頁257～258。
〔註2〕　詳參莊素娥：《李鱓研究》，文化大學藝術研究所碩士論文，1978，頁22～39。
〔註3〕　見陳恆和編：《揚州叢刻》（臺北：成文出版社，1970），卷2。

「八怪」活動的時期已過一百多年，對他們的作品仍不能接受，頗令人懷疑這些怪誕畫家（eccentrics）〔註4〕何以能名噪一時，並受到歡迎？關於這一個問題，必須從揚州特殊的社會文化環境去解釋。

揚州位於今江蘇省，地處長江和大運河的交會口，爲漕運終點，水陸交通要衝，由於得天獨厚的地理位置，自古以來便是南北貨物轉運中心和食鹽的集散地。唐朝詩人王建（767～830）描寫揚州的繁華云：「夜市千燈照碧雲，高樓紅袖客紛紛。如今不似時平日，猶自笙歌徹曉聞。」〔註5〕

明末清兵入關，圍攻揚州，史可法雖誓死抵抗，但終究寡不敵眾，揚州城陷後，清兵大肆燒殺擄掠，使揚州城受到嚴重的破壞。後來清廷設置揚州府（包括八屬，即江都、甘泉、儀徵、東台、興化、寶應六縣和秦、高郵二州），勵精圖治，揚州才又以新興都市的姿態出現。如鄭板橋〈揚州〉詩云：「畫舫乘春破曉煙，滿城絲管拂榆錢。千家養女先教曲，十里栽花算種田。」〔註6〕

在鄭板橋活躍於揚州的時期，揚州已經是全國的經濟重鎮。清初國家的歲收有百分之四十仰賴鹽的專賣，除了雲南一地是官運官銷，其他各地都是官督商銷——即商人向官府繳交銀兩，領取「鹽引」（營業執照），由鹽運使監督買賣，〔註7〕因此造就了不少經營鹽業致富的商人。

例如鹽商汪廷璋，他的先世由歙州遷到揚州，以鹽笑起家，他的父親交如「守財帛，富至千萬」。〔註8〕經濟富庶的結果，生活上難免

〔註4〕 高居翰（James Cahill）著，李渝譯：《中國繪畫史》（臺北：雄獅圖書股份有限公司，1986），頁 161。

〔註5〕 王建：〈夜看揚州市〉，見《全唐詩》（臺北：明倫出版社，1971），冊五，卷 301，頁 3430。

〔註6〕 卞孝萱編：《鄭板橋全集》（以下簡稱《全集》）（濟南：齊魯書社，1985），頁 37。

〔註7〕 詳參左步青：〈清代鹽商的盛衰述略〉，北京《故宮博物院院刊》1986年第 1 期。

〔註8〕 李斗：《揚州畫舫錄》（臺北：世界書局，1979），卷 15，頁 350。

窮耳目之好，極聲色之欲，雍正元年（1723）八月的上諭即曰：「奢靡之習，莫甚於商人。聞各省鹽商，內實空虛，而外事奢靡。衣服屋宇，窮極華靡，飲食器具，備求工巧，俳優伎樂，恆歌酣舞，宴會遊戲，殆無虛日。金錢珠貝，視爲泥沙；甚至悍僕豪奴，服食起居，同於仕官，越禮犯分，罔知自檢，驕奢淫佚，相習成風，各處鹽商皆然，而淮揚尤甚。」〔註9〕李斗《揚州畫舫錄》也記載了乾隆年間鹽商的奢華情形：「揚州鹽務競尙奢麗，一昏嫁喪葬，堂室飲食，衣服輿馬，動輒費數十萬。」〔註10〕

　　在中國人的傳統觀念裡，一個人的社會地位並不完全取決於財富，多金而缺乏文化素養只不過是暴發戶，得不到大眾的尊崇，因此揚州的鹽商一方面揮金如土，追求外表的體面與物質的享受；另一方面不忘附庸風雅，沉迷於書畫古董珍玩之收藏，成爲新崛起的重要文化消費者，並且招攬文人名士，贊助他們的文化藝術活動。

　　鹽商中最著名的，要屬馬曰琯（1688～1755）、馬曰璐兄弟，時稱「揚州二馬」。馬曰琯字秋玉，「好學博古，考校文藝，評騭史傳，旁逮金石文字。……所與遊者皆當時名家，四方之士過之，適館授餐，終身無倦色。」〔註11〕二馬築有「小玲瓏山館」，「藏書百廚」，〔註12〕多藏珍本孤本，乾隆修四庫全書時，其家所進藏書，「可備採者七百七十六種」。〔註13〕馬氏兄弟曾在「讓圃」結詩社，號稱「韓江雅集」，詩人們在景致優美的園林裡隱酒作詩，佐以珍美佳餚，詩成之後，主人還請聽曲，招待十分殷勤。〔註14〕馬氏兄弟並曾爲朱彝尊刊刻《經

〔註9〕鐵保監修，單渠總纂：《嘉慶兩淮鹽法志》，同治九年重刊本，卷首一，頁6。並詳參徐泓：《清代兩淮鹽場的研究》（臺北：嘉新水泥公司文化基金會叢書，1972）。

〔註10〕李斗：《揚州畫舫錄》，卷6，頁148。

〔註11〕李斗：《揚州畫舫錄》，卷4，頁86～88。

〔註12〕同上註，頁88。

〔註13〕同上註。

〔註14〕李斗：《揚州畫舫錄》，卷8，頁180。

義考》；〔註15〕為厲鶚割宅蓄婢；〔註16〕為全祖望（1705～1755）延
醫治疾，〔註17〕門下的賓客皆頗受禮遇，鄭板橋也嘗與之往來唱和，
板橋〈為馬秋玉畫扇〉云：「縮寫修篁小扇中，一般落握有清風。牆
東便是行庵竹，長向君家學化工。」〔註18〕馬秋玉亦有〈秋日題鄭板
橋墨竹畫幅〉，詩云：「如君落落似晨星，相見時當清露零。贈我修篁
何限意，兩竿秋節一窗青。」〔註19〕

　　揚州的文風早在康熙時期便很蓬勃，當時的領導人物是任揚州府
推官的王士禛，吳偉業云：「貽上在廣陵，晝了公事，夜接詞人。」
〔註20〕王士禛並與名士修禊於平山堂側的虹橋，遊讌無虛日。

　　到了乾隆朝，虹橋修禊的詩會更是盛況空前，如兩淮鹽運使盧見
曾（1690～1768）在揚州「築蘇亭於使署，日與詩人相酬詠。」〔註21〕
乾隆二十二年（1757）在虹橋修禊，參與唱和者近七千餘人，編成詩集
三百餘卷。後來有人賦詩云：「虹橋修禊客題詩，傳是揚州極盛時。」
〔註22〕戴震（1723～1777）、惠棟（1697～1758）、鄭板橋皆為座上客。
板橋曾作〈和雅雨山人虹橋修禊〉四首，其第四首云：「草頭初日露華
明，已有游船歌板聲。詞客關河千里至，使君風度百年清。青山駿馬旌
旗隊，翠袖香車繡畫城。十二紅樓都倚醉，夜歸疑聽景陽更。」〔註23〕

　　根據《揚州畫舫錄》的記載，從乾隆二十九年至六十年間，往來
揚州的文人、畫家、書法家就有上百人之多，當時「海內文士，半在
維揚」，〔註24〕這多半要歸功於揚州經濟發展的成果。揚州的富商巨

〔註15〕李斗：《揚州畫舫錄》，卷4，頁86～88。
〔註16〕同上註，頁90。
〔註17〕同上註，頁92。
〔註18〕《全集》，頁206。
〔註19〕《全集》，頁623。
〔註20〕李斗：《揚州畫舫錄》，卷10，頁221。
〔註21〕同上註，頁228。
〔註22〕同上註，頁228～229。
〔註23〕《全集》，頁130。
〔註24〕蔣寶齡：《墨林今話》（臺北：學海出版社，1975），卷1。

賈多為徽、歙兩州出身，這些外地來的商人非但沒有受到排斥，反而使揚州具有多樣性與包容性，呈現活潑的氣息。他們不拘於傳統的藝術觀，於是式樣新穎而多變，甚至有些怪異的藝術品，正好能滿足他們鬥新愛奇的心理，裝飾他們的生活。

　　當然，在揚州的文人知識份子和藝術家們不見得是為了迎合這些商人的胃口而故意標新立異，至少鄭板橋對此是有所自覺的，他說：「凡米鹽船算之事，聽氣候于商人。未聞文章學問，亦聽氣候于商人者也。吾揚之士，奔走躞蹀于其門，以其一言之是非為欣戚，其損士品而喪士氣，真不可復述矣。」〔註25〕我們可以肯定的是：揚州提供了一個足以讓當時的藝術家們自由發揮個人藝術理念的場景，大家同在這個舞台上賣力演出，締造各自的藝術成就。板橋在出仕之前和罷官之後都在揚州賣畫，所以揚州的社會環境對板橋影響至深。

　　我們不妨再回過頭來看看汪鋆對「揚州八怪」的貶抑，汪氏是在評論揚州山水畫的盛衰時，感嘆揚州畫壇自方士庶（1692～1751）之後便無傳人，而山水並不是八怪主要的繪畫題材，因此我們不可以偏概全，關於繪畫題材的問題，我們將在本章第三節繼續討論。

第二節　板橋生平事蹟

　　鄭板橋名燮，字克柔，號板橋，揚州興化縣人。生於康熙三十二年（1693）年十月二十五日，〔註26〕卒於乾隆三十年（1765）十二月十二日，享年七十三歲。〈板橋自敘〉云：「板橋居士，姓鄭氏，揚州興化人。興化有三鄭氏，其一為『鐵鄭』，其一為『糖鄭』，其一為『板

〔註25〕〈與江昱江恂書〉，《全集》，頁263。
〔註26〕關於板橋的生日，有的學者根據板橋〈和高相公給賑山東，道中喜雨并五日自壽之作〉（《全集》，頁120）云：「五日生辰道上過」，認為是六月五日。然而徐兆豐《風月談餘錄》卷6〈板橋先生印冊〉記載了板橋有「雪婆婆同日生」印章，並云：「俗以十月廿五為雪婆婆生日，燮與之同日生，故有是刻。」（《全集》，頁250）又，《昭陽鄭氏族譜》亦記載板橋為十月廿五日生，所以本文採取第二種說法。

橋鄭』。居士自喜其名，故天下咸稱爲『鄭板橋』云。」〔註27〕

板橋生於書香門第，祖父名湜，曾任儒官。父親名之本，字立庵，號夢陽，廩生。〈板橋自敘〉云：「板橋外王父汪氏，名翊文，奇才博學，隱居不仕。生女一人，端嚴聰慧特絕，即板橋之母也。板橋文學性分，得外家氣居多。父立庵先生，以文章品性爲士先。教授生徒數百輩，皆成就。板橋幼隨其父學，無他師也。」〔註28〕

板橋三、四歲時，母親汪夫人去世，育於乳母費氏，板橋曾作〈乳母〉詩感念費氏撫養之恩：「平生所負恩，不獨一乳母；長恨富貴遲，遂今慚惡久。黃泉路迂闊，白髮人老醜；食祿千萬鍾，不如餅在手。」〔註29〕繼母郝夫人亦對板橋疼愛有加，板橋後來追憶道：「無端涕泗橫闌干，思我後母心悲酸。十載持家足辛苦，使我不復憂飢寒。」〔註30〕叔父之標，字省庵，生子墨，字五橋，庠生。鄭墨比板橋小二十四歲，他們倆如同手足，由《鄭板橋全集》中的十六封家書可以得見深厚的情誼。

年歲稍長，板橋到眞州（儀徵）毛家橋讀書，他在題畫作品中記載了當時的情景：「余少時讀書眞州之毛家橋，日在竹中閑步。潮去則淫泥軟沙，潮來則溶溶漾漾，水淺沙明，綠蔭澄鮮可愛。……」〔註31〕每日徜徉竹林間，自然對他日後畫竹多所助益。

板橋二十歲，從鄉先輩陸種園學塡詞，與王竹樓、顧桐峰同塾。陸種園，名震，「少負才氣，傲睨狂放，不爲齷齪小謹。……澹於名利，厭制藝，攻古文辭及行草書。」〔註32〕板橋〈七歌〉詩云：「種園先生是吾師，竹樓桐峰文字奇；十載鄉園共遊憩，壯心磊落無不爲。」

〔註27〕《全集》，頁 240～242。

〔註28〕同上註。

〔註29〕《全集》，頁 80。

〔註30〕〈七歌〉，《全集》，頁 40。

〔註31〕《全集》，頁 207。

〔註32〕劉熙載等：《重修興化縣志》（臺北：成文出版社，1970），卷 8，頁 953。

〔註33〕板橋「有奇才，性曠達，不拘小節」〔註34〕的性格或許也受到
陸震的影響。

後來，板橋參加歲科同試，舉秀才，然而他的仕途並未因此一帆
風順，於是和他的父親一樣，做一個私塾的老師，設塾於眞州的江村。
對於教書生涯，板橋並不滿意，他做官後於〈自嘲〉詩云：「教館原
來是下流，傍人門戶過春秋。半飢半飽清閒客，無鎖無枷自在囚。課
少父兄嫌懶惰，功多子弟結冤仇。而今幸作青雲客，遮卻當年一半羞。」
〔註35〕

大約三十歲時，板橋的父親去世，一家生活的重擔都落到板橋身
上，偏偏他「幾年落拓向江海，謀事十事九事殆」，〔註36〕只好「學
詩不成，去而學寫；學寫不成，去而學畫」。〔註37〕然後他到揚州賣
畫，但是無籍籍之名，生意清淡：「日賣百錢，以代耕稼；實救貧困，
託名風雅。免謁當途，乞求官舍；座有清風，門無車馬。」〔註38〕於
是他便離開家鄉，開始北遊。

板橋到江西廬山時，結識無方上人，可能因無方上人的引見，板
橋得以在三十三歲時認識乾隆的叔父──愼郡王允禧。〔註39〕依板橋
的經濟情況來看，他這次北遊當然不是純粹爲了博覽山水，而是爲了
尋找謀生的機會，或者爲開拓仕途而準備。他在北京「喜與禪宗尊宿

〔註33〕〈七歌〉，《全集》，頁 40。
〔註34〕姚文田等：《重修揚州府志》（臺北：成文出版社，1970），卷 48。
〔註35〕《全集》，頁 315。
〔註36〕〈七歌〉，《全集》，頁 40。
〔註37〕〈署中示舍弟墨〉，《全集》，頁 111。
〔註38〕同上註。
〔註39〕關於板橋何時結識愼郡王，一般討論板橋生平的文章均據任乃賡
《鄭板橋年譜》，繫於乾隆六年板橋爲范縣令之前，然而允禧《紫瓊
岩詩鈔》卷中有〈喜鄭板橋書自濰縣寄到〉，詩云：「二十年前晤鄭
公，談諧親見古人風。……」板橋自乾隆十一年至十八年春爲濰縣
令，以此推算，當在雍正三年左右便已認識愼郡王，又徐石橋、馬
鴻增〈鄭板橋一門書畫──關於鄭板橋研究的新資料〉亦刊載了愼
郡王的書卷可爲佐證，詳參北京《故宮博物院院刊》1985 年第 4 期。

及期門、羽林諸弟子遊，日放言高談，臧否人物，無所忌諱，坐是得狂名。」〔註40〕這樣的行為固然因為他天生「好大言，自負太過，漫罵無擇」，〔註41〕另一方面卻也因此而不再沒沒無聞。

我們知道，自明代以來，文人往往狂傲自高，板橋的「狂名」未必是負面的評價，甚至我們可以認為：對於一個普通的秀才來說，想躋身於文士匯萃的首都，並且打出一片天下，「狂名」總比「無名」好。結交僧人或是朝廷侍從官員諸弟子，正能開擴他的生活層面，進而認識在上者，例如慎郡王，雖然當時慎郡王並沒有協助他謀得一官半職。

在北京找不到出路，板橋遂南返，到揚州的天寧寺讀書，在那裡以默記的方式完成「四書手讀」，〔註42〕他「創為真隸相參之法，而雜以行草」。〔註43〕這種字體即是他後來所自號的「六分半書」。〔註44〕板橋三十七歲時，完成〈道情〉十首初稿。三十九歲，妻子徐氏病歿，他於痛悼之餘，決定第二年參加南京鄉試，可惜阮囊羞澀，只好向興化縣令汪芳藻告貸，〔註45〕汪氏慨然持金相助，板橋才得以成行，〔註46〕且不負眾望，高中舉人。然而此時父親、妻子和唯一的兒子均已不在世，雖然得到小小的功名，卻也因無人可堪告慰而悲傷，〈得南闈捷音〉詩云：「忽漫泥金入破籬，舉家歡樂又增悲。一枝桂影功名小，十載征途發達遲。何處寧親惟哭墓，無人對鏡嬾窺帷。他年縱有毛公檄，捧入華堂卻慰誰？」〔註47〕

〔註40〕鄭方坤：《本朝名家詩鈔小傳》，《全集》，頁546。

〔註41〕《全集》，頁240。

〔註42〕見《鄭板橋四子書真蹟》序（臺北：漢聲出版社，1976），本書板橋自題為「四書手讀」。

〔註43〕同上註。

〔註44〕見〈板橋自敘〉，《全集》，頁240。

〔註45〕板橋〈除夕前一日上中尊汪夫子〉詩云：「明年又值掄才會，願向秋風借羽翰。」見《全集》，頁51。

〔註46〕周榘：〈題板橋先生行吟圖〉註云：「汪邑宰芳藻，余之舊識也。曾于除夕見板橋詩，即大贈金，……邑中之美談也。」見《全集》，頁569。

〔註47〕《全集》，頁52。

　　中了舉人，在宦途上又進了一步。板橋四十三歲時，到鎮江的焦山讀書，準備應考，其間寫了四封家書給鄭墨，討論讀書做人的道理。第二年赴北京應試禮部，中進士，〈板橋自敘〉云：「板橋康熙秀才，雍正壬子舉人，乾隆丙辰進士」，〔註48〕類似的文句也出現在他的印章中，可見他對這份得來不易的榮耀相當引以爲豪。畢竟「十年寒窗無人問，一舉成名天下知」，由於身份地位提高，交遊更廣，其中不乏政壇新秀，如當年的主考官鄂爾泰之子鄂容安、大學士張廷玉之子張若靄，板橋都曾與他們往來唱和。〔註49〕

　　大部分研究鄭板橋的學者，總以板橋自謂「十年不肯由科甲，老去無聊掛姓名」〔註50〕爲例，說明板橋出仕乃是生活所迫，不得已而然。這樣的解釋並不完全，其實板橋對於仕宦生涯一直抱持著興趣和理想，否則他大可不必「乞食山僧廟，縫衣歌妓家」，〔註51〕「倒不如蓬門僻巷，教幾個小小蒙童」，〔註52〕以他的才學，謀一個教書的生計糊口絕不成問題。研究板橋作品者往往一心突出他不同流俗的一面，而忽略或有意掩飾他向現實妥協的另一面，我們不必爲古人諱，也不必強調其中的矛盾性，不妨視之爲板橋的一體兩面，以客觀的態度去了解他。

　　前文說過，以「狂」批評文人未必有貶損之意，板橋雖狂，但他也「內行醇謹，胸中具有涇渭」，〔註53〕鄭方坤云：「昔晉文王稱阮嗣宗爲至愼，吾于板橋亦云。」〔註54〕板橋題畫石詩亦云：「卻似武鄉侯氣象，側身謹愼幾多年。」〔註55〕可見他的疏狂仍是有原則的。

〔註48〕《全集》，頁241。
〔註49〕如〈訪青崖和尚，和壁間晴嵐學士、盧亭侍讀原韻〉，及〈鶚公子左邊〉詩，分別見《全集》，頁67、95。
〔註50〕〈范縣呈姚太守〉，《全集》，頁77。
〔註51〕〈落拓〉，《全集》，頁56。
〔註52〕〈道情〉，《全集》，頁171。
〔註53〕《本朝名家詩鈔小傳》，《全集》，頁546。
〔註54〕同上註。
〔註55〕《全集》，頁216。

　　從板橋所受的家庭教育判斷，他是一個相當擁護儒家道統的讀書人，他說「英雄何必讀書史」、「不仙不佛不聖賢」，〔註56〕是針對那些只會「抄經摘史餖飣強」〔註57〕的小儒而言，他的詩文仍要「理必歸於聖賢，文必切於日用」，〔註58〕這和沈德潛「詩以載道」的主張雷同。〔註59〕他並認為讀書人要「得志澤加於民，不得志則修身見於世」。〔註60〕儘管在詩作中，他曾屢次表達「我已無家不願歸，請來了此前生果」，〔註61〕想斷絕塵俗出家為僧的意願，或是顯示自己對隱逸生活的嚮往，不過那些作品多半是在他極為潦倒時所寫，而且是寫給僧人，基本上他的人生觀還是入世而積極的。

　　我們更不可忽視板橋對八股制藝的推崇，他說：「明清兩朝，以制藝取士，雖有奇才異能，必從此出，乃為正途。」〔註62〕他在〈題高鳳翰畫冊〉亦云：「不知詩古不從制藝出，皆無倫雜湊。……聖天子以制藝取士，士以此應之，明清兩朝士人，精神會聚，正在此處。」〔註63〕何況板橋年事已長，「老去翻思踏軟塵，一官聊以庇此身」，〔註64〕他在〈儀真縣江村茶社寄舍弟書〉中更是滿紙「宜場屋，利科名」、「厚福澤」

〔註56〕〈偶然作〉，《全集》，頁35。

〔註57〕同上註。

〔註58〕〈板橋自敘〉，《全集》，頁241。

〔註59〕研究板橋的文藝思想者往往因板橋自云：「直攄血性為文章」（見〈偶然作〉），而將他的主張與袁枚的「性靈說」類比。其實袁枚比板橋小二十三歲，與其說他的見解近似袁枚，不如說近似晚明袁宗道等公安派文人。我們再觀板橋所有的作品，不難發現他有著強烈的載道意識，這和袁枚不避風花雪月的態度大不相同，反而像沈德潛在《清詩別裁》凡例所云：「詩必原本性情，關乎人倫日用，……所謂其言有物也。」板橋並云：「文章以沈著痛快為最。」除了絕句詩和小令詞，他反對司空圖等人強調的「言外有言，味外有味」的說法，這一點又和神韻派的王士禎不同，詳見〈濰縣署中與舍弟第五書〉，《全集》，頁195～196。

〔註60〕〈范縣署中與舍弟第四書〉，《全集》，頁187。

〔註61〕〈韜光〉，《全集》，頁58～59。

〔註62〕〈板橋自敘〉，《全集》，頁241。

〔註63〕《全集》，頁410。

〔註64〕〈飲李復堂宅賦贈〉，《全集》，頁59。

之言，〔註65〕如果科舉功名非板橋所願，他又何必在中進士等待任職時，一再向晏斯盛等人請求引薦做官？〔註66〕

　　從乾隆元年中進士，直到乾隆七年，板橋才因慎郡王薦舉而爲山東范縣令。〔註67〕板橋是個關心民間疾苦的父母官，他在乾隆十一年調升濰縣令，乾隆十八年因請賑災忤大吏而罷官，總共在山東待了十二年，這其間他時常接近百姓，了解他們的生活，詩作中多描寫社會現況，留下史詩般的篇什。例如乾隆十一、十二年山東大飢荒，濰縣居民出關覓食，板橋感慨萬千，賦〈逃荒行〉，等到飢民返鄉，板橋又作〈還家行〉，這些作品頗有老杜風格，深刻描繪出天災所釀成的人間悲劇。板橋在處理公事之餘，除了寫詩還繼續作畫，畫名隨官名日益遠播，「乾隆十三年，大駕東巡，變爲書畫史，治頓所，臥泰山絕頂四十餘日，亦足豪矣。」〔註68〕他並刻「乾隆東封書畫史」印章以資紀念。

　　板橋縱然在山東「無留牘，無怨民」，〔註69〕從他的判詞可知他辦案十分的認眞公正，但他「嶔崎歷落，于州縣一席實不相宜。世方以武健嚴酷爲能，而板橋以一書生，欲清淨無爲，坐臻上理，聞者實應且憎，不則怒罵譴訶及矣。」〔註70〕於是他無意再浮沉宦海，而愀然思歸。板橋「去官日，百姓痛哭遮留，家家畫像以祀。」〔註71〕濰縣百姓爲感念他，特建生祠，與周亮工、賴光表同祀。〔註72〕

〔註65〕《全集》，頁179～180。

〔註66〕見〈上江南大方伯晏老夫子〉、〈呈長者〉、〈讀昌黎上宰相書因呈執政〉，《全集》，頁62、65、66。

〔註67〕見〈將之范縣拜辭紫瓊崖主人〉，及慎郡王〈紫瓊崖主人送板橋鄭燮爲范縣令〉，《全集》，頁90。

〔註68〕〈板橋自敘〉，《全集》，頁241。

〔註69〕《重修揚州府志》，卷48。

〔註70〕《本朝名家詩鈔小傳》，《全集》，頁546。

〔註71〕葉衍蘭：《清代學者象傳》（臺北：文海出版社，1969），第1集第2冊。

〔註72〕見王衍梅：〈題鄭板橋先生像〉，《全集》，頁570。郭楡壽：《楡園雜錄》卷1，《全集》，頁804。

　　乾隆十九年，板橋六十二歲，他回到故鄉興化，住在李復堂宅隔壁的「擁綠園」，此後往來於興化與揚州之間，以賣畫維生。從前他「十載揚州作畫師，長將赭墨代胭脂；寫來竹柏無顏色，賣與東風不合時。」〔註73〕而今已經改觀。他引劉禹錫〈楊柳枝詞〉句，刻了一枚印章：「二十年前舊板橋」，從畫師到縣令，再重回畫師生涯，個中的冷暖辛酸，真不足為外人道也。由於這段時期畫作頗多，題畫作品也相當豐盛。

　　板橋七十一歲那年清明日，受盧見曾之邀泛舟虹橋，席上，與袁枚首次相晤，袁枚有〈投板橋明府〉詩：「鄭虔三絕聞名久，相見邗江意倍歡。遇晚共憐雙鬢短，才難不覺九州寬。虹橋酒影風燈亂，山左官聲竹馬寒。底事誤傳坡老死，費君老淚竟虛彈。」〔註74〕《隨園詩話》記載：「興化鄭板橋作宰山東，與余從未識面。有誤傳余死者，板橋大哭，以足蹋地，余聞而感焉。」〔註75〕同樣的誤傳也曾發生在金農身上，〔註76〕可見其性情之真率。

　　板橋的晚年，便在書畫以及與友人的唱和中度過，乾隆三十年，板橋逝世，葬於興化縣城東管阮莊。〔註77〕

第三節　板橋所題畫作之題材

　　在我們討論板橋題畫文學的內容之前，我們還要先討論一個和內

〔註73〕〈和學使者于殿元枉贈之作〉，《全集》，頁 121。

〔註74〕《小倉山房詩集》（上海：中華書局，四部備要本），卷 14。

〔註75〕《隨園詩話》（上海：中華書局，四部備要本），卷 9。

〔註76〕〈冬心先生自寫真題記〉云：「十年前臥疾江鄉，吾友鄭進士板橋宰濰縣，聞予捐世，服緦麻，設位而哭，沈上舍、房仲道赴東萊乃云：『冬心先生雖攖二豎，至今無恙也。』板橋始破涕改容，千里致書慰問，予感其生死不渝，賦詩報謝之。」見《藝術叢編》第一集第二十六冊，《明清人題跋》，下冊，頁 112。

〔註77〕1964 年「興化縣人民委員會」遷板橋墓於鸚鵡橋東，1983 年「鄭板橋紀念館」於興化縣成立。詳參黃俶成：〈鄭板橋的晚年生活及身後事〉，《南京師大學報》1984 年第 4 期。

容息息相關的問題，那便是板橋所題畫作的題材（subject），因爲板橋的題畫作品大多都直接寫在畫上，而且依畫而發，所以畫的題材決定了題畫作品的內容。

板橋自云：「專畫蘭竹，五十餘年，不畫他物。」〔註78〕因此他所題畫作之題材也以蘭竹爲多，旁及石和菊，在題他人畫作中才有山水和人物等。

我們不禁要問：板橋爲何喜歡選擇蘭竹石之類的題材作畫？這個題材有何意義？它又透露出什麼訊息？關於這個問題，我們可以從三個方面去解釋。

一、題材本身的象徵涵義

《詩經》〈衛風・淇奧〉云：「瞻彼淇奧，綠竹猗猗，有匪君子，如切如磋，如琢如磨。」〈小雅・斯干〉云：「秩秩斯干，幽幽南山，如竹苞矣，如松茂矣。」屈原〈離騷〉云：「余既滋蘭之九畹兮，又樹蕙之百畝。」又云：「朝飲木蘭之墜露兮，夕餐秋菊之落英。」竹的虛心勁節，蘭的優雅馨香，遠自先秦便作爲君子德行的象徵，因此中國文人特別偏愛歌詠它們。尤其是竹，魏晉的「竹林七賢」，唐代的「竹溪六逸」，〔註79〕將嗜竹好竹視爲風雅的行徑，白居易〈養竹記〉更明白指出竹對於君子的啓發：「竹似賢何哉？竹本固，固以樹德，君子見其本，則思建善不拔者。竹性直，直以立身，君子見其性，則思中立不倚者。竹心空，空以體道，君子見其心，則思應用虛受者。竹節貞，貞以立志，君子見其節，則思砥礪名行，夷險一致者。夫如是故號君子。」〔註80〕

當文人也拿起畫筆來從事繪畫，蘭竹便成爲絕佳的題材，他們往往藉著蘭竹表達自己清高的德行，或者以之期勉自己修身養性，不隨

〔註78〕《全集》，頁218。
〔註79〕山濤、阮籍、向秀、劉伶、嵇康、阮咸、王戎，常集於竹林下，文酒清談，世稱「竹林七賢」。孔巢父、李白、韓準、裴政、張叔明、陶沔等酒友六人，在山東結社竹溪，時號「竹溪六逸」。
〔註80〕《白氏長慶集》（臺北：臺灣商務印書館，四部叢刊本），卷26。

同流俗。如李衎（1245～1320）《竹譜》云：「竹之爲物，……散生者有長幼之序，叢生者有父子之親。密而不繁，疏而不陋，沖虛簡靜，妙粹靈通，其可比於全德君子矣。」〔註81〕則畫竹的意義在於畫家「因事物的某些自然屬性（如性質、形態），而發生聯想，然後移情於景，通過對景物的描繪來表達自己的情懷與氣質，因此景物皆經作者選擇，最合自己情趣，既有其客觀屬性，又有作者主觀意識，『寫物』乃是爲了『寫我』。」〔註82〕

　　畫竹如此，畫蘭亦然。如南宋畫蘭名家鄭思肖（1241～1318）畫蘭不畫土，表示對國土淪亡的哀痛，他曾畫墨蘭，並題詩云：「鍾得至清氣，精神欲照人。抱香懷古意，戀國憶前身。空色微開曉，晴光淡弄春。淒涼如怨望，今日有遺民。」〔註83〕

　　由上所述，我們知道蘭竹是文人畫家常常選擇的題材，板橋承繼傳統，因此也愛蘭竹。

二、當時的風尚

　　《揚州畫舫錄》卷六引劉大觀言：「杭州以湖山勝，蘇州以市肆勝，揚州以園亭勝。」〔註84〕清初，官方在揚州便建有著名的「八大名園」。〔註85〕乾隆六度巡視江南，揚州的紳商大賈爲了迎接御駕，更大事修建園林，自瘦西湖至平山堂「兩堤花柳全依水，一路樓臺直到山」，袁枚於《揚州畫舫錄》序云：「自辛未歲天子南巡，官吏因商民子來之意，賦工屬役，增榮飾觀，夯而張之。水則洋洋然回淵九折矣；山則峨峨然鄧約橫斜矣；樹則焚槎發等，桃梅鋪粉矣；苑落則鱗

〔註81〕俞崑編著：《中國畫論類編》，（臺北：華正書局，1984），下冊，頁1058。

〔註82〕曾揚華：〈曹雪芹與鄭板橋〉，《紅樓夢學刊》第3輯（天津，1984），頁196。

〔註83〕《鐵函心史》（臺北：世界書局，1962），卷上，頁16～17。

〔註84〕《揚州畫舫錄》，卷6，頁151。

〔註85〕即王洗馬園、卞園、員園、賀園、冶春園、南園、鄭御史園、篠園等。見《揚州畫舫錄》，卷1，頁22～23。

羅布列，……猗歟休哉，其壯觀異彩，顧陸所不能畫，班揚所不能賦也。」〔註86〕揚州園林之盛，可見一斑。

　　園林既盛，則園中的花木樹石自然成爲生活中不可或缺的裝飾。〔註87〕前文已說過，揚州的富商喜歡邀請文人雅士到自己的家中做客，他們往往在景致優美的庭園裡舉行宴會，酒足飯飽之後，便即席賦詩，或是當場揮毫，以詩文圖畫答謝主人的招待。這些文人或記敘當日聚會之樂，或就地取材，描繪主人園林之美，有時還聯手創作，例如現藏美國克利夫蘭美術館的「九日行庵文讌圖」（圖4），由葉震初畫人物、方士庶作園景、厲鶚題記，〔註88〕就是描寫馬曰琯家文會的情形。

　　此外，由於贊助畫家創作以及購買他們的作品者多爲商人，正統的、嚴肅的山水畫便不如平易通俗的花鳥畫討好，《揚州畫苑錄》云：「昔揚州舊有畫謠曰：『金臉銀花卉，要討飯，畫山水。』」〔註89〕可見山水畫之不受重視。因此揚州的畫家們經常畫花鳥，尤其是雅俗共賞的蘭、竹、石。

三、畫法與書法相通

　　中國的象形文字是「畫成其物，隨體詰詘」，〔註90〕具有圖案性的趣味。文字孳衍既繁，才和繪畫分道揚鑣。然而中國繪畫使用的工具特殊，作畫和寫字都是用毛筆，書法的筆墨情致，以及帶有韻律性的抽象線條，和中國畫著重的水墨鉤染，無論是創作方式或欣賞角度

〔註86〕《揚州畫舫錄》，頁7。
〔註87〕如《揚州畫舫錄》卷2云：「揚州以名園勝，名園以疊石勝。」（頁41）畫家石濤便是著名的疊石高手，所以除了花木之外，石也是園林中重要的點綴。
〔註88〕詳參石守謙：〈賦彩製形──傳統美學思想與藝術批評〉，收於郭繼生編：《中國文化新論・藝術篇》（臺北：聯經出版事業公司，1982），頁58。及丘良任：〈二馬及其「小玲瓏山館圖記」〉，《揚州師院學報》1983年第3期，頁123～125。
〔註89〕《揚州叢刻》，卷2。
〔註90〕許慎：《說文解字》序。

都有相合之處，因此《歷代名畫記》卷一〈敘畫之源流〉云：「……是故知書畫，異名而同體也。」〔註91〕

擅寫書法是古代文人的基本能力，當文人也開始創作繪畫，書法的用筆便逐漸融入繪畫中，如趙孟頫云：「石如飛白木如籀，寫竹還應八法通。若也有人能會此，須知書畫本來同。」〔註92〕我們稱「畫」蘭竹爲「寫」，即是因爲蘭葉細勁，竹幹挺直，最適合運用字書的筆劃。元代的畫竹名家柯九思（1290～1343）曾詳細敘述道：「寫竹幹用篆法，枝用草書法，葉用八分法，或用魯公撇筆法，木石用折釵股屋陋痕之遺意。」〔註93〕

由於歷來的畫論多爲文人所作，文人畫家所擅長以及他們所欣賞的畫法便成爲正統，行之既久，不以書法兼融畫法反而變得不入流，板橋對這一點也有所體會，他說：「山谷寫字如畫竹，東坡畫竹如寫字」，〔註94〕又說：「要知畫法通書法，蘭竹如同草隸然。」〔註95〕對於能「以書之關紐，透入於畫」，〔註96〕他相當自得，曾作長篇記論之。後人遂以此稱許板橋，如蔣士銓（1725～1784）云：「板橋作字如寫蘭，波磔奇古形翩翻。板橋寫蘭如作字，秀葉疏花見姿致。」〔註97〕

其實，我們也可以認爲板橋只會畫蘭竹石，因此蘭竹石等題材最易學習，文人畫家往往可以無師自通，板橋在《全集》中只提到他和李復堂討論畫藝，並沒有說他曾拜誰爲師學畫，或許他是「轉益多師」，也可能鄭思肖、徐渭、石濤等人給他很大的啓發，再加上他個人的喜好以及當時的風尙，所以他所題畫作的題材以蘭竹石爲最多。

〔註91〕《歷代名畫記》，卷1，頁9。
〔註92〕《中國畫論類編》，下冊，頁1063。
〔註93〕《中國畫論類編》，下冊，頁1064。
〔註94〕《全集》，頁361。
〔註95〕《全集》，頁381。
〔註96〕《全集》，頁202。
〔註97〕《忠雅堂詩集》卷18，見《全集》，頁629。

第三章　板橋題畫文學的內容分析

　　我們知道，蘭竹之類的四君子畫是相當討好的題材，對文人畫家而言，它既容易創作，又擁有較廣大的市場消費群，更重要的是：它具有眾人皆知的象徵涵義，畫家不會因從事繪畫創作而失去他的文人身份，以及傳統社會對知識份子的尊重，因此揚州的文人畫家們頗愛畫蘭竹。爲了推陳出新，他們紛紛在繪畫技巧和題跋內涵上尋求變化，使作品兼俱知性和美感，並將蘭竹的可塑性充分發揮，觀板橋的畫作即可得知：同樣的題材，因酬贈或購買對象不同而題上不同的詞句，便可表達不同的情感，或感時傷事；或祝賀喜慶，於是題畫的詞句說明了畫意，也決定了畫面的氣氛，成爲我們欣賞的重點。

　　本章擬從文學的角度討論板橋題畫作品的內容，由於板橋在題寫時未一一署明年月，且題贈的對象亦多不可考，所以僅能求其文字內涵分爲四類逐一敘述。

第一節　純粹詠物

　　在這一類的作品中，板橋用通俗淺白的語言描述植物的生長形態，如：「細細的葉，疏疏的節，雪壓不垂，風吹不折。」〔註1〕這種極爲口語化的筆法與他歸於〈詩鈔〉類中的作品大異其趣，既不用典

〔註1〕《全集》，頁354。

故，且頗富樸素平實的況味。他有時將物象擬人化，園林裡一塊老石，彷彿閱盡人世的滄桑：

> 頑然一塊石，臥此苔階碧，雨露亦不知，霜雪亦不識。
>
> 園林幾盛衰，花樹幾更易，但問石先生，先生俱記得。〔註2〕

而幾枝小竹圍繞著一枝高竹，或是老石搭配幼竹的情景，在板橋眼中便成為一幅天倫之樂圖：

> 一枝高竹獨當風，小竹因依籠蓋中，畫出人間眞具慶，諸孫羅抱阿家翁。〔註3〕
>
> 石如叟，竹如孫，或老或幼皆可人。〔註4〕

瓶中帶露的蘭花有如新浴後的楊貴妃，羞怯而嬌柔；而芙蓉則如西施，板橋云：

> 曉風含露不曾乾，誰插晶瓶一箭蘭？好似楊妃新浴罷，薄羅裙繫怯君看。〔註5〕
>
> 最憐紅粉幾條痕，水外橋邊小竹門。照影自驚還自惜，西施原住苧蘿村。〔註6〕

在〈題李方膺墨竹畫冊〉中，一向挺拔的竹子也有醉態可掬的時候：

> 一枝瘦影橫窗前，昨夜東風雨太顚。不是傍人扶不起，須知酣醉欲成眠。〔註7〕

東坡有詩云：「可使食無肉，不可居無竹。無肉令人瘦，無竹令人俗。」〔註8〕竹子在中國的園林藝術中扮演著舉足輕重的角色，再搭配幾塊石，便是一方有情有味的天地，板橋云：

> 十笏茅齋，一方天井，修竹數竿，百筍數尺，其地無多，其貴亦無多也。而風中雨中有聲，日中月中有影，詩中酒

〔註2〕 《全集》，頁216。
〔註3〕 《全集》，頁367。
〔註4〕 《全集》，頁402。
〔註5〕 《全集》，頁213。
〔註6〕 〈題李方膺畫冊〉，《全集》，頁420。
〔註7〕 《全集》，頁419。
〔註8〕 〈於潛僧綠筠軒〉，見《集註分類東坡先生詩》卷13，頁259。

> 中有情，閒中悶中有伴，非唯我愛竹石，即竹石亦愛我也。
> 彼千金萬金造園亭，或遊宦四方，終其身不能歸享。而吾
> 輩欲遊名山大川，又一時不得即住，何如一室小景，有情
> 有味，歷久彌新乎！〔註91〕

這個看似簡單的景致，經由板橋細細品味而呈現了清雅的生活情趣，
我們彷彿也可以從板橋對情景結合和物我交融的體會中領受那一分
悠遊自在，以及板橋所謂「非唯我愛竹石，即竹石亦愛我」的那種自
然的和諧。板橋偏好以「清」字形容竹石，而「清和」、「清味」、「清
趣」、「清奇」之類的詞彙亦曾屢次出現，如：

> 晨起江邊看竹枝，一團青翠影離離。牡丹芍藥誇顏色，我
> 亦清和得意時。〔註10〕

> 曲曲溶溶漾漾來，穿沙隱竹破莓苔。此間清味誰分得，只
> 合高人入茗杯。〔註11〕

> 一塊石，兩竿竹，小窗前，清趣足。伴讀書，戛寒玉，夜
> 燈紅，窗紙綠。〔註12〕

> 竹枝石塊兩相宜，群卉群芳盡棄之。春夏秋時全不變，雪
> 中風味更清奇。〔註13〕

　　竹子除了能讓我們觀賞，同時又具有經濟價值，一般畫家畫竹總
歌詠它超塵絕俗，很少提及它在現實生活的功用，板橋則不然，他不
但不避諱談竹的世俗面，反而讚揚它對人們的貢獻，如：

> 江南鮮筍趁鰣魚，爛煮春風三月初。分付廚人休斫盡，清
> 光留此照攤書。

> 筍菜沿江二月新，家家廚爨剝春筠。此身願劈千絲蔑，織
> 就湘簾護美人。〔註14〕

〔註91〕〈竹石〉，《全集》，頁 223。
〔註10〕《全集》，頁 349。
〔註11〕《全集》，頁 355。
〔註12〕《全集》，頁 357。
〔註13〕《全集》，頁 388。
〔註14〕〈筍竹〉，《全集》，頁 205。

鮮嫩的竹筍是江南的佳餚，板橋在山東作官期間久不嘗此味，頗爲懷念，遂題詩道：

> 滿目黃沙沒奈何，山東只是吃饃饃。偶然畫到江南竹，便想春風燕筍多。〔註15〕

竹筍可食，竹枝還能做掃帚和釣竿：

> 石縫山腰是我家，棋枰茶灶足煙霞。有人編縛爲條帚，也與神仙掃落花。〔註16〕

> 從今不復畫芳蘭，但寫蕭蕭竹韻寒。短節零枝千萬個，憑君揀取釣魚竿。〔註17〕

由這些生活化的描述，可見板橋題畫作品之平易近人。此外，板橋筆下的景物很少見蕭條的氣氛，而多是子孫滿堂，充滿了蓬勃的生命活力和對未來的期許，如：

> 新竹高於舊竹枝，全憑老幹爲扶持。明年再有新生者，十丈龍孫繞鳳池。〔註18〕

> 買塊蘭花要整根，神完力足長兒孫。莫嫌今歲花猶少，請看明年花滿盆。〔註19〕

可能因爲板橋的題畫作品多爲酬贈或出售用，所以類似「龍孫」等含有福份、團聚、熱鬧、展望意義的語詞出現的頻率相當高。

我們不妨再從板橋個人的遭遇去設想：他的元配徐夫人爲他所生的兒子犉兒因飢寒交迫而不幸早夭，此後他便常爲無子而感到遺憾。五十二歲那年，板橋之妾饒氏亦生一子，板橋十分珍愛他，並曾寫信給鄭墨囑咐教子之道，可惜老來所得之子亦天不假年，板橋卒後，乃以鄭墨之子鄭田爲嗣。板橋無緣得子是否與他素好「餘桃口齒」〔註20〕有關我們不得而知，至少在古人「無後爲大」的觀念之下，板橋或許

〔註15〕《全集》，頁351。
〔註16〕《全集》，頁373。
〔註17〕《全集》，頁361。
〔註18〕《全集》，頁360。
〔註19〕〈盆蘭〉，《全集》，頁403。
〔註20〕見〈板橋自敘〉，《全集》，頁241。

藉著題畫作品表達了他對求子的渴切，尋得補償的心理。

第二節　蘊含教化意義

我們已於第二章說過中國傳統觀念以蘭竹象徵君子，本節則要探討象徵的意義從何而來？在板橋的題畫作品中，具有君子氣節與道德教化意義的內容占了最大的篇幅，板橋何以特別重視它？板橋又賦予它怎樣的新意義？

所謂「象徵」（symbol），根據韋氏（Webster）英語大字典的解釋是：「象徵係用以代表或暗示某種事物，出之於理性的關聯、聯想、約定俗成或偶然而非故意的相似，特別是以一種看得見的符號，來表現看不見的事物。」勞倫斯（Laurence Perrine）也說：「象徵是指事物本身及其以外的意義。」〔註21〕我們以兩則題畫為例：

一節復一節，千枝攢萬葉，我自不開花，免撩蜂與蝶。〔註22〕

咬定青山不放鬆，立根原在破岩中，千磨萬擊還堅勁。任爾東南西北風。〔註23〕

在這兩則題畫裡，板橋描述竹子樸素、挺立、多節的本質，這些天然的形態和質性基於中國自《詩經》、《離騷》以來深厚的歷史文化背景，令人聯想到一個有為有守的君子堅毅不屈、含蓄內斂的節操。於是在我們共同的意識形態中，竹子成為一種代表符碼（code），它和「君子」這個象徵意義之間有著約定俗成（convention）的關係。無論是文學作品、園林藝術、繪畫、雕刻，凡是出現竹的語詞或造形，都會給人清新高雅的感覺，因為它的象徵意義已根植我們的心中。

至於板橋為何大量創作具有道教化意義的作品？我們可以從他對從事繪畫工作的評價得知一二。

〔註21〕 Laurence Perrine, *"Sound and Sence "*（臺北：雙葉書店，1983），頁76。

〔註22〕《全集》，頁199。

〔註23〕〈竹石〉，《全集》，頁221。

　　板橋曾告誡鄭墨說：「寫字作畫是雅事，亦是俗事。大丈夫不能立功天地，字養生民，而以區區筆墨供人玩好，非俗事而何？東坡居士刻刻以天地萬物爲心，以其餘閑作爲枯木竹石，不害也。」〔註24〕作爲一個傳統的讀書人，板橋認爲參加科舉考試，「得志澤加於民」才是正途，寫字作畫只能當作業餘休閑的調劑，因此他看不起那些紳商大賈家中的賓客，他說：「門館才情，游客伎倆，只合剪樹枝、造亭樹、辨古玩、鬥茗茶，爲掃除小吏作頭目而已，何足數哉！何足數哉！」〔註25〕

　　然而他「少而無業，長而無成，老而窮窘」，〔註26〕爲了生活「不得已亦借此筆墨爲糊口覓食之資，其實可羞可賤」，〔註27〕爲了維持他的文人自尊，他希望旁人不要將他的作品歸入畫工藝匠之流，因此他一再提醒賞畫者要「紙外更相尋」，〔註28〕他曾題畫道（圖5）：

　　　　幾枝修竹幾枝蘭，不畏春殘，不怕秋寒。飄飄遠在碧雲端，
　　　　雲裡湘山，夢裡巫山。畫工老興未全刪，筆也清閒，墨也
　　　　爛斑。借君莫作畫圖看，文裡機關，字裡機關。〔註29〕

板橋所謂的「機關」當是指更深一層的涵義，亦即他所強調的高貴情操，包括：寬容、平等、博愛、奮發、正直、中庸、尚賢、樸實、含蓄、謙退、謹愼等等，茲舉其要說明如下：

〈爲侶松上人畫荊棘蘭花〉云：

　　　　不容荊棘不成蘭，外道天魔冷眼看。門徑有芳還有穢，始
　　　　知佛法浩漫漫。〔註30〕

〔註24〕〈濰縣署中與舍弟第五書〉，《全集》，頁196。
〔註25〕同上註。
〔註26〕同上註。
〔註27〕同上註。
〔註28〕《全集》，頁357。
〔註29〕這一則題畫各版本均作「文裡機開」，如《全集》，頁219，然而周積寅先生編著的《鄭板橋書法集》（南京：江蘇美術出版社，1983）圖版71有墨跡作「文裡機關」，就詞意判斷，當從墨跡。
〔註30〕《全集》，頁213。

板橋認爲造物者創生萬物皆有它的道理，無論它們是否對我們有益，我們都應以博愛之心包容一切，他說：

> 莫漫鋤荊棘，由他與竹高。西銘原有說，萬物總同胞。〔註31〕

我們要順應其本性讓它們自由生長，不要爲了圖一己之樂而違背了上天的好生之德：

> 昔人云：「入芝蘭之室，久而忘其香。」夫芝蘭入室，室則美矣，芝蘭勿樂也。吾願居深山絕谷之間，有芝弗採，有蘭弗掇，各適其天，各全其性。乃爲詩曰：「高山峻壁見芝蘭，竹影遮斜幾片寒。便以乾坤爲巨室，老夫高枕臥其間。」
>
> 〔註32〕

他曾寫信給鄭墨，談論教養兒子的原則說：「平生最不喜籠中養鳥，我圖娛悅，彼在因牢，何情何理，而必屈物之性以適吾性乎！……夫天地生物，化育劬勞，一蟻一虫，皆本陰陽五行之氣絪縕而出，上帝亦心心愛念。而萬物之性人爲貴，吾輩竟不能體天之心以爲心，萬物將何所託命乎？」〔註33〕

他還以親身種蘭的經驗爲例，題畫云：

> 余種蘭數十盆，三春告暮，皆有憔悴思歸之色。因移植於太湖石黃石之間，山之陰，石之縫，……來年忽發箭數十，挺然直上，香味堅厚而遠。又一年更茂。乃知物亦各有本性。贈以詩曰：「蘭花本是山中草，還向山中種此花。塵世紛紛植盆盎，不如留與伴煙霞。……」〔註34〕

因此最適合蘭花成長的不是人爲的盆栽，而是自然環境，使其情趣天生：

> 畫蘭切莫畫盆甖，石縫山腰寄此生。總要完他天趣在，世間栽種枉多神。……〔註35〕

〔註31〕　《全集》，頁352。
〔註32〕　《全集》，頁397。
〔註33〕　〈濰縣署中與舍弟墨第二書〉，《全集》，頁190～191。
〔註34〕　《全集》，頁209。
〔註35〕　《全集》，頁348。

板橋並將蘭花旁叢生荊棘的構圖自創新的詮釋：

> 東坡畫蘭，常帶荊棘，見君子能容小人也。吾謂荊棘不當
> 畫以小人目之，如國之爪牙，王之虎臣，自不可廢。蘭在
> 深山，已無塵囂之擾，而鼠將食之，鹿將齧之，豕將啄之，
> 熊、虎、豺、麝、兔、狐之屬將嚙之，又有樵人將拔之割
> 之。若得荊棘爲之護撼，其害斯遠矣。……〔註36〕

如此一來，荊棘也不是那麼醜惡了，相反地，成爲護衛君上的忠臣，
而幽芳的蘭能容荊棘，將荊棘的多刺視爲優點，寬宏地接納它、欣賞
它，則猶如我見青山多嫵媚，青山見我亦如是，君子的氣度可化暴戾
爲祥和。

前人畫蘭多是枝葉繁茂，板橋則獨出新意，畫半盆乃至破盆的蘭
花，勉勵世人體會「半」的眞趣，韜光養晦，不外露鋒芒，世間若無
知己，不如像空谷幽蘭潔身自好，不求聞達：

> 盆是半藏，花是半含。不求發洩，不畏凋殘。〔註37〕

> 兩峰夾蘭竹，幽香在空谷。何必世人知，相知有樵牧。〔註38〕

板橋筆下的竹子往往英姿勃發，充滿了向上的進取心以及扭轉乾
坤的氣勢，它們勇於掃除雲霧，剷平所有的惡勢力：

> 靜室焦山十五家，家家有竹有籬笆。畫來出紙飛騰上，欲
> 向天邊掃暮霞。〔註39〕

而即使天生高低不同，板橋仍一視同仁：

> 兩枝修竹出重宵，幾葉新篁倒挂梢。本是同根復同氣，有
> 何卑下有何高！〔註40〕

這些蘊含教化意義的題畫作品使得日益平淺通俗的君子畫更加
多樣化，擴大了文人歌詠的範圍，也更見板橋獨運的用心。

〔註36〕〈叢蘭棘刺圖〉，《全集》，頁214。
〔註37〕〈半盆蘭蕊〉，《全集》，頁210。
〔註38〕《全集》，頁386。
〔註39〕〈題自然庵墨竹〉，《全集》，頁362。
〔註40〕《全集》，頁356。

第三節　寄託身世懷抱

　　對板橋而言，題畫文學不僅能蘊含教化意義，作爲與世人共勉的佳言，他還將個人的一生遭遇與人生態度寄託於題畫之中，使我們得以更爲了解他。在這一類記敘自己身世懷抱的作品裡，板橋頗多感慨之詞，有時不免以嘲諷的語氣表達人浮於世的無奈與傷懷，如：

> 今日醉，明日飽，說我情形頗顛倒，那知腹中皆畫稿。畫他一幅與太守，太守慌慌鑼來了。四旁觀者多驚異，又說畫卷畫的好。請問世人此中情，一言反覆何多少，吁嗟乎，一日反覆何多少。〔註41〕

這種類似歌行的作品半以嬉笑怒罵的口吻寫出世態人情的炎涼，個中的滋味實在是「如人飲水，冷暖自知」。

　　大部份研究鄭板橋者都會引板橋所云：「索我畫，偏不畫，不索我畫，偏要畫」，〔註42〕證明他名列「揚州八怪」是由於性格之非比尋常，這樣的解釋雖然不能算錯，但未必是板橋性格的全貌。我們已於前文說過板橋之一體兩面，僅就「索畫」這件事來說，如何能處理得妥貼，既順人情又不失己意，的確需要圓滑的技巧，板橋曾云：「板橋生平，無不知己，無一知己。其詩文字畫，每爲人愛，求索無休時，略不遂意，則怫然而去。故今日好，爲兄弟，明日便成陌路。」〔註43〕爲了避免因索畫不成而弄得不歡而散，即使遇到強橫如綠林豪客者，也只有委婉地在題畫時一吐不平之氣，例如：

> 昔李涉過皖桐江上，有賊劫之。問是涉，不索物而索詩。涉曰：「細雨微風江上春，綠林豪客也知文。相逢不用相迴避，世上于今半是君。」書民二哥，晚過寓齋，強索予畫，且橫甚，因亦題詩誚讓之曰：「細雨微風枝上村，綠林豪客暮敲門。相逢不用相迴避，翠竹芝蘭畫幾盆。」狂夫之言，

〔註41〕《全集》，頁359。
〔註42〕《全集》，頁217。
〔註43〕〈板橋自序〉，《全集》，頁247。

怪迂妄言，公其棒我乎！〔註44〕

類似這般不尊重畫家的創作意願的事情在板橋晚年成名之後時常發
生，由此我們可以知道板橋爲何在乾隆廿四年要聽從拙公和尚的建
議，自訂書畫潤格曰：

> 大幅六兩，中幅四兩，小幅二兩，條幅對聯一兩，扇子斗
> 方五錢。凡送禮物食物，總不如白銀爲妙；公之所送，未
> 必弟之所好也。送現銀則中心喜樂，書畫皆佳。禮物既屬
> 糾纏，賒欠尤爲賴賬。年老體倦，亦不能陪諸君子作無益
> 語言也。

> 畫竹多於買竹錢，紙高六尺價三千。任渠話舊論交接，只
> 當秋風過耳邊。〔註45〕

板橋自訂的這則書畫潤格算不算貴？我們不妨以當時宮廷畫院
畫家的待遇來比較：宮廷畫家每月底薪四至六兩，另加津貼三兩，〔註
46〕則板橋如此的索價並不過份，但是用來印證板橋所云：「凡吾畫蘭
畫竹畫石，用以慰天下之勞人，非以供天下之安享人也」，〔註47〕就
值得商榷了。

據《揚州畫舫錄》記載，戲班的演員依優劣而有七兩三錢到三兩
六錢不等的收入；〔註48〕與板橋年代相近的曹雪芹（？～1763）於《紅
樓夢》第三十九回藉劉姥姥之感嘆，描寫賈府生活之豪華云：「這樣
螃蟹，……再搭上酒菜，一共倒有廿多兩銀子。……這一頓的錢夠我
們莊家人過一年了。」〔註49〕那麼所謂的「天下之勞人」根本買不起
板橋的作品，又從何得到安慰？

由這一點，我們知道板橋的理想與現實之間存在著距離，也再一
次發現歷來對板橋的評論仍有缺失，誠如板橋所云：「萬物要見根，

〔註44〕《全集》，頁370。
〔註45〕《全集》，頁243。
〔註46〕詳參楊柏達：〈清代畫院與院畫〉，《中國畫》第2期，1984，頁29。
〔註47〕《全集》，頁218。
〔註48〕《揚州畫舫錄》，卷5，頁122。
〔註49〕其庸等：《紅樓夢校注》（臺北：里仁書局，1984），頁602。

非徒觀半截」，〔註50〕我們的研究態度亦應如是。

周汝式先生說板橋是一個「精明幹練」的人，〔註51〕一點也不錯，板橋曾於一則題畫中云：「學者誠能八面玲瓏，千古文章之道，不出于是，豈獨畫乎？」〔註52〕他那幅著名的「難得糊塗」橫額云：「聰明難，糊塗難，由聰明而轉入糊塗更難。放一著，退一步，當下心安，非圖後來福報也。」（圖6）〔註53〕錢泳《履園叢話》解釋得好：「鄭板橋嘗書四字於座右，曰『難得糊塗』，此極聰明人語也。余謂糊塗人難得糊塗，聰明人又難得糊塗，須要於聰明中帶一點糊塗，方爲處世守身之道。若一味聰明，便生荊棘，必招怨尤，反不如糊塗之爲妙用也。」〔註54〕

我們如此指出板橋爲人的眞實面並非要否定他，而是期望更深入地了解他，重新衡量一般人對他的評估。板橋終究是個平凡人，他有向現實妥協的通達；也有桀驁不屈的骨氣，端看他如何因時制宜，他有時脾氣暴躁：「終日作字作畫，不得休息，便要罵人。三日不動筆，又想一幅紙來，以舒其沉悶之氣。」〔註55〕有時則深富同情心，例如他寫〈私刑惡〉、〈撫孤行〉等詩篇就充分流露對民眾的關懷。

由於板橋的題畫作品多爲晚年所寫，我們可藉此與〈詩鈔〉、〈詞鈔〉中的作品合觀，整理出他一生的記錄。像乾隆元年，板橋中進士，他畫「秋葵石筍圖」並題詩曰：

> 牡丹富貴號花王，芍藥調和宰相祥。我亦終葵稱進士，相
> 隨丹桂狀元郎。〔註56〕

顯得一派春風得意。後來他到山東任縣令，對百姓非常照顧，我們也可以在他的題畫作品中體會出那「一枝草，一點露」的善心。如：

〔註50〕《全集》，頁357。
〔註51〕《乾隆時代繪畫展》（香港：中華商務聯合印刷有限公司，1986），頁36。
〔註52〕《全集》，頁351。
〔註53〕《全集》，頁426。
〔註54〕錢泳：《履園叢話》（臺北：廣文書局：1969），下冊，卷24，頁703。
〔註55〕《全集》，頁217。
〔註56〕《全集》，頁406。

衙齋臥聽蕭蕭竹，疑是民間疾苦聲。些小吾曹州縣吏，一枝一葉總關情。〔註57〕

板橋曾在〈悍吏〉詩中大膽揭露縣吏對百姓的壓迫和勒索，這則題畫正顯示他不同流合汙，決心為民服務的熱誠。可惜他果敢的作為得不到主上的認同，〈濰縣竹枝詞〉後記云：「乾隆十二年告災不許，反記大過一次，百姓含愁，知縣解體。」〔註58〕他於〈畫鞠與某官留別〉中陳述自己的心情：

進又無能退又難，宦途踽踽不堪看。吾家頗有東籬鞠，歸去秋風耐風寒。〔註59〕

板橋曾於〈畫盆蘭勸無方上人南歸〉中表達對隱居生活的稱許：

萬里關河異暑寒，紛紛灌溉反摧殘。不如歸去匡廬阜，分付諸花莫出山。〔註60〕

然而真要他放棄辛苦在山東經營的一切，或多或少仍有些遺憾吧。於是他反覆以歸里後可安享清靜的日子之類的詩句自我鼓舞：

深山絕壁見幽蘭，竹影蕭蕭幾片寒。一頂烏紗須早脫，好來高枕臥其間。〔註61〕

烏紗擲去不為官，囊橐蕭蕭兩袖寒。寫取一枝清瘦竹，秋風江上作漁竿。〔註62〕

板橋是否果真樂於歸里後悠閒的鬻畫生涯？我們且看以下兩則題畫：

宦海歸來兩袖空，逢人賣竹畫清風。還愁口說無憑據，暗裡贓私遍魯東。〔註63〕

年年畫竹買清風，買得清風價便鬆。高雅要多錢要少，大

〔註57〕〈濰縣署中畫竹呈年伯包大中丞括〉，《全集》，頁204。
〔註58〕《全集》，頁320。
〔註59〕《全集》，頁221。
〔註60〕《全集》，頁213。
〔註61〕《全集》，頁385。
〔註62〕〈予告歸里畫竹別濰縣紳士民〉，《全集》，頁204。
〔註63〕《全集》，頁356。

都付與酒家翁。〔註64〕

在板橋辭官之前，曾有不利於他的傳言，說他收賄藏私，板橋以事實代替辯解，若是他真的中飽私囊，又何必賣畫度日？所以他題畫自嘲，期使謠言不攻自破。他在題「柱石圖」中以石喻陶潛，那昂然不屈的氣節其實也是板橋的寫照：

誰與荒齋伴寂寥，一枝柱石上雲霄。挺然直是陶元亮，五斗何能折我腰？〔註65〕

由這一則題畫我們回頭想想板橋的書畫潤格，葉廷琯〈鷗波餘話〉卷六云：「字畫索潤，古人所有，板橋筆榜小卷，蓋自書書畫潤筆例也。……此老風趣可掬，視彼賣技假名士，偶逢舊友，貌為口不言錢，而實故靳以要厚酬者，其雅俗真偽，何如乎！」〔註66〕寫字賣畫是文人畫家基本的謀生技能，但是在「萬般皆下品，唯有讀書高」的價值觀下，文人畫家往往不願直接承認自己靠賣畫維生的事實，畫家與買主之間憑著彼此的默契進行交易，〔註67〕能如板橋這樣開誠布公地將價格訂得清清楚楚的畢竟不多，因此顯得特別突出。像明代的畫家唐寅（1470～1523）就比板橋多了滿腹的失意與牢騷，其詩云：「書畫詩文總不工，偶然生計寓其中；肯嫌斗粟囊錢少，也濟先生一日窮。」〔註68〕板橋所處的社會環境比唐寅那時開放，生平遭遇也不同，所以即使沒有拙公和尚的建議，他依然可能訂出一套與買畫者尤其是那些無禮的索畫者交往的規則。在這套規則之下，無論是交情深淺都要明算帳，省去他應酬的麻煩，而且這套規則一旦明文實行，板橋便肯定他的畫家身份，可以不受傳統讀書人羞言金錢的習慣影響，更可以在題畫作品裡暢所欲言了。

〔註64〕《全集》，頁380。

〔註65〕《全集》，頁398。

〔註66〕葉廷琯：《鷗波餘話》（臺北：臺灣商務印書館，1976），卷6，頁6。

〔註67〕詳參徐澄琪：〈十八世紀畫史研究的論題及方法之檢討〉，臺灣大學歷史研究所主辦「民國以來國史研究的回顧與展望」學術討論會論文，1989年8月1日至3日。

〔註68〕〈風雨淒旬廚煙不繼滌硯吮筆蕭條若僧因題絕句八首奉寄孫和思〉之二，《唐伯虎全集》（臺北：水牛出版社，1987），頁220。

第四節　隨筆記事

　　這一類作品的猶如雜記，記敘本畫為何而作、為誰而作，或是作畫的心得；有的則在散文之後再加題詩，這種作品較常出現於酬贈友人以及題他人的繪畫上。如：

> 復堂李鱓，老畫師也。為蔣南沙、高鐵嶺弟子，花卉翎羽蟲魚皆妙絕，尤工蘭竹。然燮畫竹，絕不與之同道。復堂喜曰：「是能自立門戶者。」今年七十，蘭竹益進，惜復堂不再，不復有商量畫事之人也。〔註69〕

> 復堂之畫凡三變：初從里中魏凌蒼先生學山水，……其後入都，謁仁皇帝馬前，……令從南沙蔣廷錫學畫，乃為作色花卉如生。……後經崎嶇患難，入都得侍高司寇其佩，又在揚州見石濤和尚畫，因臥破筆潑墨，畫益奇。初入都一變，再入都又一變，變而愈上，蓋規矩方圓尺度，顏色深淺離合，絲毫不亂，……六十外又一變，則散漫頹唐，無復筋骨，老可悲也。……世之愛復堂者，存其少作壯年筆，而焚其衰筆、贗筆，則復堂之真精神、真面目，千古常新矣。〔註70〕

以上兩則題畫敘述了影響板橋頗深的畫家李復堂的師承與畫風的轉變，由於李復堂沒有詩文集，蒐集他的資料只有從曾經與他交往的畫家著手，板橋的題畫作品便提供了重要的訊息。

　　除李復堂外，我們還可以從板橋的記載裡得知高鳳翰、金農、李方膺等畫家的相關資料，因此板橋的題畫作品十分有助於藝術史的研究。

> 揚州汪士慎，字近人，妙寫竹。曾作兩枝，并瘦石一塊，索杭州金壽門題詠。金振筆而書二十八字，其後十四字云：「清瘦兩竿如削玉，首陽山下立夷齊。」自古題竹以來，從未有用孤竹君事者，蓋自壽門始。壽門愈不得志，詩愈奇，人亦何必汩富貴以自取陋！〔註71〕

〔註69〕《全集》，頁217。
〔註70〕〈題李鱓花卉蔬果冊〉，《全集》，頁412。
〔註71〕《全集》，頁358。

金農曾畫墨並題詩云:「若被春風勾引出,和蔥和蒜賣街頭。」〔註72〕
板橋亦曾題花卉屏云:「屈宋文章草木高,千秋蘭譜壓風騷。如何爛
賤從人賣,十字街頭論擔挑。」〔註73〕板橋與金農同病相憐,故於記
敘友人的事蹟之後,亦頗有傷時不遇的感慨。

　　板橋擅長於題畫作品中夾敘夾議,使我們了解他創作的用心,並
經由題畫進入他所營造的繪畫意境,如:

> 竹之在山不待言,詩曰:「淇泉綠竹」;史曰:「渭川千畝竹」;
> 少陵云:「映竹水穿沙」,又曰:「懶性從來水竹居」。是竹
> 不獨愛山,又愛水也。今爲沙水竹石之圖,且繫以詩曰:「知
> 仁山水分頭樂,竹性由來兼得之,若使故逢魯司寇,杏壇
> 應種千百枝。」〔註74〕

　　板橋並常告訴欣賞者他作畫的程序和方法,如:

> 畫大幅竹,人以爲難,吾以爲易。每日只畫一竿,至完至足,
> 須五七日畫五七竿,皆離立完好。然後以淡竹、小竹、碎竹
> 經緯其間。或疏或密,或濃或淡,或長或短,或肥或瘦,隨
> 意緩急,便構成大局矣。……總是先立其大,則其小者易易
> 耳。一邱一壑之經營,小草小花之渲染,亦有難處;大起造,
> 大揮寫,亦有易處,要在人之意境何如耳。〔註75〕

這種隨興而寫的題句擴大了題畫文學的領域,無論是生活點滴、懷念
故友、創作原由、繪畫技巧、藝術觀念,乃至評論他人畫作的得失,
皆可洋洋灑灑寫來,自成一家氣象。因爲此類作品的題贈生平多不可
考,且又牽涉實際的繪畫創作方法,以及十八世紀揚州諸畫家繪畫風
格的評價問題,僅能就個人能力所及簡單說明至此。關於板橋陳述他
的藝術觀念的部分,我們將於第四章繼續討論。

〔註72〕《全集》,頁347。
〔註73〕《全集》,頁399。
〔註74〕《全集》,頁371。
〔註75〕《全集》,頁358。

第四章　板橋題畫文學中的藝術理念

　　本章討論板橋題畫文學所呈現的藝術理念，主要是針對繪畫而發，但是與其他範疇的藝術創作有相通之處，故以「藝術」一詞統稱之。行文時著重分析和解釋，而不涉及評價其得失，希望藉中西美學觀點幫助我們對相關問題進一步思考。由於板橋在敘述這些理念時並沒有明確的系統，所以各節雖然分立，實則有其內在關聯。

第一節　創作的機緣與過程

> 江館清秋，晨起看竹，煙光日影露氣，皆浮動於疏枝密葉之間。胸中勃勃遂有畫意。其實胸中之竹，並不是眼中之竹也。因而磨墨展紙，落筆倏作變相，手中之竹又不是胸中之竹也。總之，意在筆先者，定則也；趣在法外者，化機也。獨畫云乎哉！

在這則題畫中，板橋透露了作者的創作機緣，以及由景而生畫意，再提筆創作的三個階段，以下分二點說明：

一、由煙光日影露氣興起畫意

　　當我們推想作者的創作心靈時，往往會回溯到這樣的問題：作者為何要創作？他的靈感從何而來？我以為，作者從事創作有其主觀與客觀的原因，客觀因素包括環境氣氛、社會的壓力或鼓勵等；主觀的

因素則包括作者對於「創作」這個行爲的評價與期許。更重要的是：經由創作，作者達到了「自我表現」（self expression）的目的，關於自我表現的意義留待後文再談，這裡要談外界事物對作者的啓發，也就是所謂的「靈感」（inspiration）。

朱光潛先生在《文藝心理學》書中，提到「靈感」有兩個重要的特徵：「第一，它是突如其來的，……第二，它是不由自主的，……」，〔註1〕這兩個特徵是因「靈感」一詞在西方含有「神的啓示」的意味。但是依近代心理學家如佛洛依德（Sigmund Freud）和馬力頓（Jacques Maritain）的觀點，這種神秘傾向的解釋已經不能成立，相反的，靈感是在潛意識中醞釀，而後被外界觸發而浮現於意識層，同時與作者的聯想（association）有關。

以板橋擅長的墨竹爲例，「墨竹的創始傳說，和它的精神情調都和月下清影有深切的關係」，〔註2〕如元代夏文彥《圖繪寶鑑》卷二上云：

> 李夫人，西蜀名家，未詳世胄，善屬文，尤工書畫。郭崇韜伐蜀得之。夫人以郭武弁，常鬱悒不樂。月夕，獨坐南軒，竹影婆娑可愛，即起揮毫濡墨，模寫窗紙上。明日視之，生意俱足，自是人間往往效之，遂有墨竹。〔註3〕

北宋郭熙《林泉高致》（約1080）亦云：

> 學畫竹者，取一枝竹，因月夜照其影于素壁之上，則竹之眞形出矣。〔註4〕

第一條資料說墨竹畫始於五代的李夫人並不正確，因爲依史料記載，唐代已有墨竹屏風，但是與第二條資料合觀，可以明顯得知畫家由竹影聯想到竹畫。因竹影漆黑如墨，映在窗上或壁上便是一幅天然圖畫，板橋就曾如此設計過，他說：「余家有茅屋二間，南面種竹。夏日新篁初放，綠陰照人，置一小榻其中，甚涼適也。秋冬之際，取

〔註1〕 《文藝心理學》（臺北：臺灣開明書店，1958），頁207。
〔註2〕 李霖燦：《中國畫史研究》，頁750。
〔註3〕 見《畫史叢書》第二冊，頁42。
〔註4〕 見《畫論叢刊》，上冊，頁19。

圍屏骨子，斷去兩頭，橫安以爲窗櫺，用勻薄潔白之紙糊之。風和日暖，凍蠅觸窗紙上，蓼蓼作小鼓聲。於時一片竹影零亂，豈非天然圖畫乎！凡吾畫竹，無所師承，多得於紙窗粉壁日光月影中耳。」〔註5〕

　　板橋又有詩：「雷停雨止斜陽出，一片新篁旋剪裁。影落碧紗窗子上，便拈毫素寫將來。」〔註6〕以及「春雷一夜打新篁，解籜抽梢萬尺長。最愛白方窗紙破，亂穿青影照禪床。」〔註7〕可見對板橋來說，竹影到竹畫是很自然的聯想，而他創作的靈感也多得自於竹影，絕不是「突如其來」的，因爲他說「晨起『看』竹」，是有意識，有目的地去看，同時他不是「不由自主」，在動筆之前還有一段構思的過程，就是下一節要談的「胸有成竹」及本節第二點的創作三階段。

　　不過在本節所引的第一則題畫中，板橋的畫意不是從竹影，而是浮動於疏枝密葉之間的煙光、日影和露氣。

　　煙光、日影和露氣可能只是單純對外界景致的描寫，但也可能板橋眞的對環繞在被描繪對象周圍的景物有所體會。早在郭熙《林泉高致》就有詳細的敘述云：「眞山水之雲氣，四時不同：春融怡；夏蓊鬱；秋疏薄；冬黯淡。……眞山水之煙嵐，四時不同：春山澹冶而如笑；夏山蒼翠而如滴；秋山明淨而如妝；冬山慘淡而如睡。……眞山水之陰晴，遠望可盡，而近者拘狹……」。〔註8〕不過，郭熙指的是山水畫，而板橋的畫作以蘭竹石爲多，這一類中國君子畫強調的是「寫」其神趣，而不是「畫」其實景，因此可以只玩味筆墨線條的韻律，比較忽略光線投射於被描繪對象所形成的向陽面與陰暗面，以及其間的反差效果，板橋觀察入微，故能別有體會。

二、眼中、胸中、與手中之竹

　　竹的實體受煙光日影露氣烘托，構成了虛實相生的天然景致，引

〔註5〕　《全集》，頁198。
〔註6〕　《全集》，頁201。
〔註7〕　〈爲無方上人寫竹〉，《全集》，頁203。
〔註8〕　《畫論叢刊》，上冊，頁19。

發了板橋的創作興趣，但是他沒有立刻援筆，而是思考胸中畫意裡的竹和眼睛所見的竹二者之異同，然後才落筆，筆下的竹卻又與前二者（胸中、眼中之竹）不同，謂之「變相」，究竟其中的變化道理何在？三個階段的竹子有何差異？人與物之間的關係又如何？我們先看看葉朗先生的說法。

葉朗先生認為：從眼中之竹到胸中之竹以至於手中之竹，這是繪畫意境的創造所要經歷的三個階段。眼中之竹是畫家對景象的直接觀照，從眼中至胸中有一次飛躍，便是情景交融，而後形成胸中的審美意象。胸中到手中又是一次飛躍，畫家用藝術技巧把意象物化，於是呈現於畫面上的審美意境。〔註9〕

葉朗先生的解釋可簡化成以下圖表：

眼中之竹	（情景交融）	胸中之竹	（意象物化）	手中之竹
〈畫家直接觀照〉	⟶	〈審美意象〉	⟶	〈審美意境〉

由這張圖表我們能看出三個階段的竹子具有關聯性，但是究竟有什麼關聯？葉先生並未說明這三個階段的變化情形，只用「飛躍」一詞帶過，而且所謂的「審美意象」、「審美意境」的內涵是什麼？雖然葉先生的解釋提供了我們一個思考的方向，但仍有補充之處。筆者嘗試就板橋所言眼中、胸中、手中之竹，參考中西美學觀點，重新探討作者的審美及創作過程。

前文已經說過，作者的創作機緣是長期醞釀之後一旦被外界事物引發而興起的，稱作「靈感」可能會使人誤以為那是「靈機一動」就產生，結果忽略了它背後的深厚基礎。《文心雕龍‧明詩》云：「人稟七情，應物斯感，感物吟志，莫非自然。」除了少數只偏重形式技巧，不管主題內容的作品之外，大部分的藝術作品仍是以「感物吟志」為出發點。

〔註9〕《中國美學史大綱》（臺北：滄浪出版社，1986），下卷，頁544。

　　板橋所「感」的「物」就是竹子，三個階段竹子的演變過成就是從審美到創作活動的完成。當人（即「觀察主體」，observing subject）在觀察竹子時，人是人，竹子是竹子，二者各自獨立，此時的觀察行為基本上可以分為「科學」的、「實用」的和「美感」的觀察，〔註10〕所觀察的對象只是存在於現象界的「物理客體」（physical object），即板橋所謂的「眼中之竹」。

　　觀察是知識來源之一，也是判斷事物的基礎，宋儒所謂「萬物靜觀皆自得」，可見觀察之重要，觀察角度不同，所得的結果便相異。當我們對物理客體進行美感的觀察時，我們不強調它的實用價值，用康德（Immanuel Kant, 1724～1804）的話說，就是「無所為而為的欣賞」（disinterested contemplation）。例如板橋看竹是以欣賞的眼光，而不是僅著重竹子的經濟效益，他和竹子保持著「心理的距離」（psychical distance），這種心理距離使竹子孤立，使板橋超脫於現實的利害關係。

　　然後板橋對竹有所領悟，即《文心雕龍・神思》所謂的：「物以貌求，心以理應」，將現實印象加以提煉，對它注入個人主觀的思維和情感，此時的竹已因人的體會而成為「美感客體」（aesthetic object）〔註11〕進入我們的心（胸）中，在這個階段，人受竹之觸發而移情於竹，二者共應，達到情景交融的境地。關於「情景交融」，蔡英俊先生有相當精闢的闡釋：「詩人以我即物，體貼其形貌性情，但不以形似為貴；外物並不是意識與概念活動所捕捉、描摹的對象，唯有以超以象外、不為物之名所拘囿，才能表現那超越層次的『道』。……乃以我之凝神來掌握物之神，相與俱化，所以物起我情，我情觀物。物（景）與我（情）得以透過『同一關係』的認同作用，而創作出一個

〔註10〕詳參朱光潛：《談美》（臺北：臺灣開明書店，1983），第一章，頁 4 ～12。

〔註11〕本文所謂「觀察主體」、「物理客體」、「美感客體」諸詞及其觀點，見 Virgil C. Aldrich, "*Philosophy of Art*"（N.J.: Prentice-Hall Inc , 1963）pp.16～27。

無間隔距離的『綿延』（continuity）世界，以及一個心遊無礙的物物『相等』（equivalence）的世界。」〔註 12〕整個審美經驗（aesthetic experience）的過程到此告一段落。

　　一般欣賞者的審美最高層次便是情景交融，對作者來說，他不僅承受（undergoing）美感，還做（doing）出新的成品來顯示美對他的啓發。他「應物斯感」，而後構思表達的媒介、形式與內容，隨著藝術的類型而有不同的表達方式，可以將他所感受到的「審美意象」（aesthetic ideas）落實或轉化。所謂「審美意象」除了美感客體之外，還包括觀賞者主觀的情思等等。葉朗先生說胸中之竹到手中之竹是用藝術技巧將意象「物化」，我想稱之爲「具體化」或「具象化」可能更適合。

　　葉朗先生又說手中之竹是畫面上的審美意識，筆者則以爲情景交融就是達到了審美意識，畫面上的審美意識應該留給觀畫者去創造，手中之竹是畫家製造的藝術產品（product of art）。依杜威（John Dewey 1859～1952）的區分，藝術產品必須通過觀賞者的再創造才能成爲名副其實的藝術品（work of art）。〔註 13〕

　　綜合以上的結論，我們得到兩個觀念，其一是眼中、胸中、手中之竹在審美與創造過程中的演變及其本質的差異，用圖表說明如下：

眼中之竹　　（人融入主觀情思）　　胸中之竹　　（人將意象具體化）　　手中之竹
〈物理客體〉　——————————→　〈審美意象〉　——————————→　〈審美意境〉

其二是人與竹的關係（即作者與物的關係）

〔註 12〕《比興物色與情景交融》（臺北：大安出版社，1986），頁 337～338。
〔註 13〕見劉昌元：《西方美學導論》（臺北：聯經出版事業公司，1987），頁 119。除杜威之外，如羅曼·殷格頓（Roman Ingarden）等現象學學者也持同樣的看法，詳參《現象學與文學批評》（臺北：東大圖書公司，1984），頁 29～56。

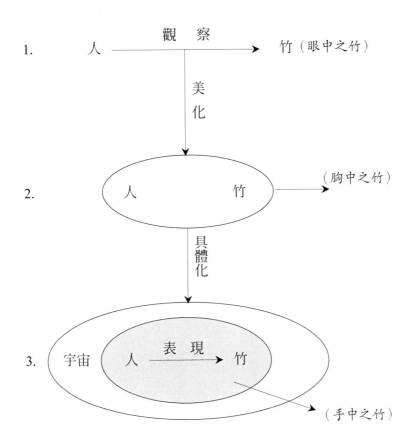

看了以上兩張圖，我們還有兩個問題沒有解決，一是胸中之竹與手中之竹的差別，二是本節主要討論的那則題畫的最後兩句話——「意在筆先」與「趣在法外」，我們將在下一節一併說明。

第二節　創作的定則與化機

　　文與可畫竹，胸有成竹；鄭板橋畫竹，胸無成竹。濃淡疏密，短長肥瘦，隨手寫去，自爾成局，其神理具足也。藐茲後學，何敢妄擬前賢。然有成竹無成竹，其實只是一個

道理。〔註14〕

文與可，即北宋畫竹名家文同（1018～1079），他曾經傳授蘇軾畫竹秘訣，蘇軾〈篔簹谷偃竹記〉云：「故畫竹必先得成竹於胸中，執筆熟視，乃見其所欲畫者，急起從之，振筆直遂，以追其所見，如兔起鶻落，少縱則逝矣。」〔註15〕後人便以「胸有成竹」為畫竹大法。文同曾仔細觀察竹子在不同時令氣候下的各種形態，畫竹之前深思熟慮，直到胸中之竹隱然投射於畫面，再一揮而就，因此文同所畫之竹即形似且傳神。

　　照理說，「胸有成竹」已是畫竹的不二法則，何以板橋讀出「胸無成竹」之語？

　　我們先解釋文同的主張。文同認為：一個畫家要取得成功的表達，必須首先熟悉他所描寫的客觀對象的內在本質與規律，並在這個基礎上掌握稍縱即逝的創作機緣。這就好像克羅齊（Benedetto Croce, 1866～1952）派美學家所說的：「藝術即直覺」、「藝術即表現」，〔註16〕及受克羅齊影響的柯林悟（R.G. Collingwood, 1889～1943）《藝術表現論》（"*Expression Theory of Art*"）對藝術的定義：〔註17〕

　　　藝術＝表現＝想像＝意識（注意力）

這兩位學者的學說要點在於意識、直覺與表現的同一。比如我們觀察竹子，竹子的質性與形色進入我們的眼中，通過美感的直覺（而不是知覺它的意義與用途），使物我融合，當我們想像竹子時，浮現的是有形有色的美感意象，即使沒有動筆，成竹在胸就已經表現了竹，而手中之竹只是使已表現了的意象留下痕跡。

〔註14〕《全集》，頁200。

〔註15〕《經進東坡文集事略》（臺北：臺灣商務印書館四部叢刊本），頁290～291。

〔註16〕朱光潛：《西方美學史》（臺北：漢京文化事業有限公司，1982），頁279～302。

〔註17〕K.E.Gilbert and H.Kuhn, "*A History of Esthetics*" (Bloomington: Indiana University, 1954).pp.554～556.

如果照這樣的說法，胸中之竹應該等於手中之竹。因爲手中之竹是追隨胸中之竹而產生，那麼板橋的觀念是不是錯誤呢？

蘇軾接受了文同的教導之後便試著將胸中之竹與手中之竹加以統一，但是他發現自己不能達成，他說：「與可之教予如此，予不能然也，而心識其所以然。夫既心識其所以然而不能然者，內外不一，心手不相應，不學之過也。」〔註18〕他把「不學」當做自己不能達成的原因，其實不僅蘇軾，作者構思中所形成的意象與藉媒介傳達出來的語言（或其他符號）不能一致，是相當普遍的。陸機（261～303）〈文賦〉云：「夫放言遣辭，良多變矣，妍蚩好惡，可得而言。每自屬文，尤見其情，恆患意不稱物，文不逮意。」（《文選》卷十七）。《文心雕龍・神思》亦云：「意翻空而易奇，言徵實而難巧也，是以意授於思，言授於意，密則無際，疏則千里」

可見要能夠完全「心手相應」並不容易。蘇軾提出了「學」，劉勰提出了「博而能一」（見《文心雕龍・神思》），來作爲補救之道，而板橋則根本看清兩者不可能一致的事實，不去力求統一，因爲任何傳達意念的符號都有其極限，符號是用來象徵我們的情感或意念，將我們構設的美感意象具體化，它只能做到「再現」（representation），而不能「重現」（reappearance），它對現實的反映是折射，而不是反射。如果我們對藝術的要求只停留在重現或模擬，期望它製造現實景象摹本（copy），那麼藝術的意境以及它對人生的影響必然大打折扣，而且我們又該如何去欣賞抽象的藝術？

關於藝術的本質我們不多加論述，所要強調的是作者能夠「超以象外，得其環中」，〔註19〕具有「妙造自然」〔註20〕的本領，所以手中之竹可以不等於胸中之竹。我們更要強調藝術品是作者「自我表

〔註18〕《經進東坡文集事略》（臺北：臺灣商務印書館四部叢刊本），頁290～291。

〔註19〕司空圖：〈詩品廿四則〉雄渾條，《中國歷代文論選》（臺北：木鐸出版社），上冊，頁496。

〔註20〕司空圖：〈詩品廿四則〉，精神條，頁498。

現」、「自我完成」的產物，因此「胸無成竹」正是作者不受成法約束，
爲自己預留了廣闊的創作空間。

康德談到「美的理想」時認爲它綜合了理性觀念與感性之意象，
〔註 21〕而繪畫藝術是「把感性的假象技巧地和諸觀念綜合著來表
現」，〔註 22〕所謂「感性的假象」與「想像力」（imagination）不無關
係，克羅齊和柯林悟的學說的缺憾之一，就是把想像與意識同等，忽
略了作者自由變化的部份。作者儘管能「澄懷味像」，〔註 23〕對物理
客體進行美感的觀照，但藝術之所以能一再推陳出新，生生不息，還
在於作者個人的才氣情性與表現技巧，以「遷想妙得」〔註 24〕的工夫，
創造新的意象。

我們如此重視藝術的創新精神以「胸無成竹」的自由，並不是要
否定「胸有成竹」的觀念，事實上，這二者是相輔相成的，板橋有詩云：

> 信手拈來都是竹，亂葉交枝戛寒玉。卻笑洋洲文太守，早
> 向從前構局局。我有胸中十萬竿，一時飛作淋漓墨。爲龍
> 爲鳳上九天，染遍雲霞看新綠。〔註 25〕

可見他仍是「胸有成竹」，不是憑空捏造，他說「胸無成竹」是做爲
「胸有成竹」的補充。我們已經談過手中之竹何以不等於胸中之竹，
接下來要討論有成竹與無成竹爲何「只是一個道理」。

討論有成竹與無成竹的關係，便是討論「意在筆先」與「趣在法
外」的關係。王羲之（303～361）〈題衛夫人筆陣圖後〉云：〔註 26〕

> 夫欲書者，先乾研墨，凝神靜思，預想字形大小，偃仰、

〔註 21〕康德著，宗白華、韋卓民譯：《判斷力批判》（臺北：滄浪出版社，
　　　　1986），第 17 節，頁 69～74。
〔註 22〕同上註，第 51 節，頁 174。
〔註 23〕宗炳：〈畫山水序〉云：「聖人含道映物，賢者澄懷味像。」見《歷
　　　　代名畫記》卷 6，《藝術叢編》本《南朝唐五代人畫學論著》，頁 208。
〔註 24〕顧愷之：〈魏晉勝流畫贊〉云：「凡畫，人最難，次山水，次狗馬，
　　　　臺榭一定器耳，難成而易好，不待遷想妙得也。」見《中國畫論類
　　　　編》，上冊，頁 347。
〔註 25〕《全集》，頁 367。
〔註 26〕見《式古堂書畫彙考》書卷之三，頁 143。

平直、振動，令筋脈相連，意在筆前，然後作字。

據王羲之的說法，「意在筆前（先）」的意思就是在落筆之前妥善而周全的預想，張彥遠認爲它是創作之本，「意在筆先」的「意」，即「立意」，《歷代名畫記》卷一云：

> 夫象物必在於形似，形似須全其骨氣，骨氣形似皆本於立意，而歸乎用筆。

宋代郭若虛的《圖畫見聞誌》（1074）進一步說明畫的好壞關乎用筆，所謂「神彩生於用筆」，而「意在筆先，筆周意內」正是用筆的不二法則，其言曰：「筆有朝揖，連綿相屬，氣脈不斷，所以意存筆先，筆周意內，畫盡意在，象應全神。」〔註27〕

「意在筆先」本來是用於書法，後來被廣泛用於繪畫乃至於詩文的創作。關於它的意義和實踐，歷代討論者不鮮，我們不一一列舉，倒是有一條資料不可忽略，即沈德潛《說詩晬語》卷下云：

> 寫竹者必有成竹在胸，謂意在筆先，然後著墨也，慘淡經營，詩道所貴。倘意旨間架，茫然無措，臨文敷衍，支支節節而成之，豈所語於得心應手之技乎？

在這條資料裡，沈德潛把「意在筆先」和「胸有成竹」之間畫上等號，而且認爲「胸有成竹」的用心和杜甫所云「意匠慘澹經營」一樣可貴。「成竹」相對於「枝節」，東坡有云：「今畫者乃節節而爲之，葉葉而累之，豈復有竹乎？」〔註28〕沈德潛也認爲作者在創作之前的構思立意實不可或缺，而且必須充分醞釀，雛形架構完整之後再動筆，否則草率下筆，就只在枝節上打轉了。

板橋又有題畫云：

> 石濤畫竹，好野戰，略無紀律，而紀律自在其中，變爲江君長穎作此大幅，極力仿之。橫塗豎抹，要自筆筆在法中，未能一筆踰於法外。甚矣！石公之不可及也！功夫氣候，

〔註27〕《圖畫見聞誌》（臺北：廣文書局，1973），卷1，頁31。
〔註28〕《經進東坡文集事略》（臺北：臺灣商務印書館四部叢刊本），頁290～291。

慳差一點不得。魯男子云：「唯柳下惠則可，我則不可；將以我之不可，學柳下惠之可。」余於石公亦云。〔註29〕

石濤（1640～1707）〔註30〕為明末清初畫家，又號清湘老人、大滌子、苦瓜和尚等。嘗居揚州，無論繪畫技法和藝術思想都深深影響板橋，板橋有題畫云：「石濤善畫，蓋有萬種，蘭竹其餘事也。……石濤畫法千變萬化，離奇蒼古，而又能細秀妥貼，比之八大山人，殆有過之無不及處。」〔註31〕又云：「惟清湘大滌子山水、花卉、人物、翎毛無不擅場，而蘭竹尤絕妙冠時。……清湘之意，深得花竹情理。」〔註32〕

石濤著有《苦瓜和尚畫語錄》，他認為天地萬物雖然看似複雜，但其中有可以掌握的法則，依循這個法則，可以幫助我們了解物質的本來屬性，以及造型的基本概念。它既是客觀存在，又是人們基於對現象的理解所產生的主觀思維，這個看似玄妙的法則，他稱為「一畫」。

《畫語錄·一畫》章云：「太古無法，太樸不散，太樸一散則法立矣。法於何立？立於一畫。一畫者，眾有之本，萬象之根。見於用神，藏用於人。」〔註33〕為避免旁生枝節，我們不深入探討「一畫」的涵義，我們的重點是：「一畫」是從自然規律總結而來，適用於藝術創作。〈一畫〉章又云：「立一畫之法者，蓋以無法生有法，以有法實眾法也。……人能以一畫具體而微，意明筆透。」〔註34〕所謂「意明」，就是「深刻地理解要描寫的對象」；而「筆透」，就是「純熟地掌握工具的一切性能，使筆能透徹地傳達意思」〔註35〕，因此「一畫」

〔註29〕《全集》，頁203。
〔註30〕關於石濤的生卒年說法不一，此據金大烈：《石濤及其繪畫之研究》，師範大學美術研究所碩士論文，1983，頁50～53。
〔註31〕《全集》，頁218。
〔註32〕《全集》，頁337。
〔註33〕《畫論叢刊》，上冊，頁146。
〔註34〕同上註。
〔註35〕戴海鷹：《石濤》（臺北：雄獅圖書股份有限公司，1985），頁80。

是使天地萬物具體地呈現在畫面上的關鍵，和「意在筆先」、「胸有成
竹」等觀念可以相引發。

　　然而「一畫」的法則並不是要束縛作者，阻礙他的巧思，相反地，
作者眞正明瞭「一畫」之後加以貫通，便可「無入而不自得」。〈了法〉
章云：「一畫明，則障不在目而畫可從心。」〈變化〉章云亦云：「凡
事有經必有權，有法必有化，一知其經，即變其權；一知其法，即功
於化。」〔註36〕這就是板橋何以說：「石濤畫竹，好野戰，略無紀律，
而紀律自在其中。」石濤已出入於有法與無法，呈現了「法外之趣」，
實踐了他所謂的「無法而法，乃爲至法」。〔註37〕

　　板橋云：「趣在法外者，化機也」的「化機」，我們可用下面這一
個例子說明：

> 米元章論石，曰瘦，曰縐，曰漏，曰透，可謂盡石之妙矣。
> 東坡又曰：「石文而醜。」一醜字則石之千態萬狀，皆從此
> 出。彼元章但知好之爲好，而不知醜劣之中有至好也。東
> 坡胸次，其造化之爐冶乎！燮畫此石，醜石也，醜而雄，
> 醜而秀。〔註38〕

米元章即宋代書畫家米芾，他愛石成癖，曾以「瘦、縐、漏、透」來
概括石的形態美，此四字遂成後世對石的審美標準。東坡自出己意，
獨以一「醜」字突破世人對石的審美觀。板橋信服東坡的說法，並稱
美東坡能熔造化於一爐。

　　的確，我們討論自然的美感時，往往忽略「醜陋之中有至好」，
因爲我們受制於大眾普遍的觀念，於是只將焦點對準那些公認的美，
用公認的尺度去衡量，殊不知萬物皆有它的審美價值（aesthetic
value），有待我們去欣賞品味。米芾論石有他的主張，我們也可以在
米芾的原則下開創化機，不人云亦云，培養自己的審美見解。

〔註36〕《畫論叢刊》，上冊，頁 147。
〔註37〕同上註，〈變化〉章。
〔註38〕《全集》，頁 215。

　　前文已經說過，藝術是作者自我表現的產物，再從以上的討論，我們知道：「胸無成竹」的自由開放與西方的「表現主義」（expressionism）仍有差異，至少在繪畫中，表現主義派畫家是將客觀實體加以扭曲變形或抽象化，〔註39〕而中國的「胸無成竹」並不脫離現實自然的形象，而是以「胸有成竹」爲前提，因此有成竹與無成竹是站在定則的基礎上尋求轉變的化機，用到藝術創作，「其實只是一個道理」。板橋惟恐世人不明白，在一幅畫作上又題曰：

> 與可之有成竹，所謂渭川千畝在胸中也。板橋之無成竹，如雷霆霹靂，草木怒生，有莫知其然而然者，蓋大化之流行其道如是。與可之有，板橋之無，是一是二，解人會之。〔註40〕

這個道理就如同詩無定格，但有常規，能依循常規而「從心所欲不踰矩」者，才是達到了出神入化的境界。

　　本節所討論的要點，可以簡化爲下表：

$$藝術創作：\begin{cases} 定則：意在筆先＝胸有成竹（理）\\ 化機：趣在法外＝胸無成竹（神） \end{cases}$$

第三節　論模擬自然

　　藝術既然要以「胸有成竹」爲根本，以「胸無成竹」爲化機，則不可不細心觀察自然，而後隨作者的氣質涵養和表現技巧，將客觀的自然景物或現象與作者主觀的情思熔於一爐。

　　大自然是藝術創作取之不盡用之不竭的寶藏，石濤云：「搜盡奇峰打草稿」，〔註41〕板橋云：「長向君家學化工」，〔註42〕又云：「凡吾畫

〔註39〕表現主義興起於二十世紀，在繪畫方面以康定斯基（Kandinsky, 1866 ～1944）爲宗師，康氏認爲藝術作品是一種內在需要的外在表現，是精神世界的自發表現，他的抽象繪畫對後世影響極大。

〔註40〕這一則題畫卞孝萱先生未全錄，本文引自《清代揚州畫家作品》（香港：中文大學文物館，1984），頁231圖版。

〔註41〕《畫論叢刊》，上冊，〈山川〉章，頁151。

竹，無所師承，多得於紙窗粉壁日光月影中耳。」〔註 43〕可見板橋十分重視向自然造化學習，並認為自然是從事創作者唯一的老師，他說：

> 未畫以前，胸中無一竹，既畫以後，胸中不留一竹。方其畫時，如陰陽二氣，挺然怒生，抽而為筍為篁，散而為枝，展而為葉，實莫知其然而然。韓幹畫御馬，云：「天廄中馬十萬匹，皆吾師也。」予客居天寧寺西杏園，亦曰：「後園竹十萬個，皆吾師也，復何師乎？」〔註 44〕

這則題畫的前半部講的是「胸有成竹」，後半部見於宋人羅大經《鶴林玉露》：「唐明皇令韓幹觀御府所藏畫馬。幹曰：『不必觀也。陛下廄馬萬匹皆臣之師。』……大概畫馬者，必先有全馬在胸中，若能積精儲神，賞其神駿，久久則中有全馬矣。……蓋胸中有全馬，故由筆端而生，初非想像摹畫也。」〔註 45〕作者熟悉了他要描繪的對象，才能得心應手，這也就是白居易所云：「畫無常工，以真為工；學無常師，以真為師。」〔註 46〕的實例。

板橋曾在〈題李方膺墨梅卷〉中詳細描述作者師法自然，以至物我合一，物我兩忘的情形：「……日則凝視，夜則構思，身忘於衣，口忘於味，然後領梅之神，達梅之性，挹梅之韻，吐梅之情，梅亦俯首就範，入其剪裁刻劃之中而不能出。」〔註 47〕這也就東坡所謂的「身與竹化」，〔註 48〕作者經過全神貫注的觀察之後，才能淋漓盡致地揮灑自如。莫是龍《畫說》（約 1590）有云：「畫家以古為師，已自上乘，進此當以天地為師。……看得熟，自然傳神。」〔註 49〕而板橋云「梅

〔註 42〕《全集》，頁 206。

〔註 43〕《全集》，頁 198。

〔註 44〕《全集》，頁 358～359。

〔註 45〕見《中國畫論類編》，下冊，頁 1030。

〔註 46〕《白氏長慶集》，卷 26。

〔註 47〕《全集》，頁 418。

〔註 48〕蘇軾〈書晁補之所藏與可畫竹三首〉云：「與可畫竹時，見竹不見人。豈獨不見人，嗒然遺其身。其身與竹化，無窮出清新。莊周世無有，誰知此凝神。」見《集註分類東坡先生詩》，卷 11，頁 227。

〔註 49〕《中國畫論類編》，下冊，頁 713。

亦俯首就範」更令人聯想到《莊子‧養生主》中「庖丁解牛」的故事。

「模擬」（imitation）是藝術的起源之一，亞里斯多德（Aristotle, 384～322 BC.）即提出藝術模擬自然的理論，闡明一切藝術皆不外乎對大自然及人生的種種現象的模擬。西方如此，中國亦然，我們稱花鳥畫爲「寫生」，主旨就在於寫花鳥之生意。畫家要留心於體察自然，以求掌握所描繪對象的形態和結構等本質，然後勤學苦練，如板橋所云：「然運筆之妙，卻在平時打點，閒中試弄，非可率意爲也。」〔註50〕

「非可率意爲」，則即使是寫意的作品仍是以寫生爲基礎，寫生至極工才能寫意，作者如果連基本的「形似」工夫都做不好，還拿「神似」來自我標榜，做爲達不到寫實的藉口，那又是欺人瞞騙自己了。板橋云：

> 徐文長先生畫雪竹，純以瘦筆破筆燥筆斷筆爲之，絕不類竹；然而以淡墨鉤染而出，枝間葉上，罔非雪積，竹之全體，在隱躍間矣。今人畫濃枝大葉，略無破闕處，再加渲染，則雪與竹兩不相入，成何畫法？此亦小小匠心，尚不肯刻苦，安望其窮微索渺乎！問其故，則曰：「吾輩寫意，原不拘拘於此。」殊不知「寫意」二字誤多少事。欺人瞞自己，再不求進，皆坐此病。必極工後能寫意也，非不工而遂能寫意也。〔註51〕

徐文長即明代的文學家兼書畫家徐渭，又號天池。其詩文恣肆，筆墨奇縱，尤擅大寫意花鳥，板橋對他推服備至，於〈濰縣署中與舍弟第五書〉云：「憶予幼時，行匧中惟徐天池《四聲猿》、方百川制藝二種，讀之數十年，未能得力，亦不撒手，相與終焉而已。」〔註52〕板橋還有「青藤門下牛馬走」印章，〔註53〕詩詞題畫亦多受徐渭影響。

〔註50〕《全集》，頁 223。
〔註51〕《全集》，頁 202～203。
〔註52〕《全集》，頁 195。
〔註53〕 此說見於徐兆豐《風月談餘錄》卷 6，袁枚《隨園詩話》卷 6 的記載略有不同：「鄭板橋愛徐青藤詩，常刻一印云：『徐青藤門下走狗鄭燮』。」

　　徐渭雖然尙寫意，但是從學習的程序來看，豪放必須自細緻始，也就是要「工而入逸」，〔註54〕這一點板橋和他看法一致，而且認爲世人把「寫意」看得太容易，以爲不求形似，草率落筆，就能達到寫意，殊不知繪畫要按步就班，根基穩固了才有發展的餘地。板橋又云：

> 畫竹之法，不貴拘泥成局，要在會心人得神，所以梅道人
> 能超最上乘也。蓋竹之體，瘦勁孤高，枝枝傲雪，節節干
> 霄，有似乎士君子豪氣凌雲，不爲俗屈。故板橋畫竹，不
> 特爲竹寫神，亦爲竹寫生。瘦勁孤高，是其神也；豪邁凌
> 雲，是其生也；依于石而不圄于石，是其節也；落于色相
> 而不滯于梗概，是其品也。竹其有知，必能謂余爲解人；
> 石也有靈，亦當爲余首肯。〔註55〕

梅道人爲元四大家之一的吳鎭，吳鎭主張繪畫從規矩入，又從規矩出；從追求形似入手，而以追求神似爲目的。他在論畫竹時曾說：「墨竹幹節枝葉四者，若不由規矩，徒費工夫，終不成畫。」〔註56〕吳鎭強調的規矩，即板橋所謂的定則，都不外乎對自然景物的摹寫。

　　前文說過亞里斯多德對藝術模擬自然的看法，其實亞里斯多德的意思並不是要把藝術創作拘限於對自然的忠實紀錄，模擬的意義，是用來做爲「創造的想像」（creative imagination）的依據，作者必須剪裁、組織、綜合、演繹那些來自眞實世界的資料，將它們有秩序地整理起來，〔註57〕因此模擬自然可以豐富作者對自然的知識和經驗，培養他們從事創作的基本能力，明白了這一點，我們再來看板橋爲何說「不特爲竹寫神，亦爲竹寫生」。

　　從「瘦勁孤高，是其神也；豪邁凌雲，是其生也」，我們知道板橋爲竹「寫生」，是著重竹的生長形態，「豪邁凌雲」是竹給人的感覺，

〔註54〕徐渭〈與兩畫史〉云：「……動靜如生，悅性弄情，工而入逸，斯爲
　　　　妙品。」見《青藤書屋文集》卷17。收於《叢書集成新編》第68冊
　　　　（臺北：新文豐出版公司，1985），頁185。
〔註55〕《全集》，頁379。
〔註56〕《式古堂書畫彙考》，卷19，頁223。本文亦見於李衎《竹譜》。
〔註57〕詳參姚一葦：《藝術的奧祕》（臺北：臺灣開明書店，1988），頁36。

我們拿這個形容詞來跟「瘦勁孤高」對照，會發現「瘦」、「高」還比較接近竹的模樣，板橋是否將「生」與「神」混淆了呢？其實這倒未必，板橋已經說過：「蓋竹之體，瘦勁孤高」，可見他並不是不了解「生」與「神」的區別，而是想把二者加以結合。

我們或許可以從他說：「不特為竹寫神，亦為竹寫生」的語言順序去考察，板橋是特意要世人注意他寫生的功夫，關於這一個問題，我們可以從三個方面來談。

首先，中國畫的「寫生」和西洋畫的「素描」有些差異，畫家不一定是拿著紙筆站在被描繪對象的前面，按照實景把它原原本本地搬到畫面上，中國畫的創作，「默寫」佔了很大的成份。比如畫竹，畫家欣賞了竹的自然之美，然後回到室內，憑他對竹的形象的記憶來作畫，從欣賞到創作，其中經歷了構思醞釀的時間，等到他真正落筆，他便無可避免地將個人的情感和想像融入畫中，這就是所謂的「外師造化，中得心源」。〔註 58〕但是畫家的想像不是天馬行空的幻想，而是有所根據，「無常形而有常理」，〔註 59〕所以稱作「創造的想像」。

在「創造的想像」裡，竹子給人的感覺會特別突顯，畫家想到竹子，就會浮現它瘦勁孤高的外形所表現的豪邁凌雲的氣勢，而所謂的「瘦勁孤高」、「豪邁凌雲」，都是人為的價值觀，同樣可以用來形容竹，要強加區分何者為「生」何者為「神」便不容易了。板橋云：「大率作畫之道，先從天而入於人，則規矩法律井然，後從人而返於天，則造化生成無跡。」〔註 60〕人若能與自融通和諧，便是達到了藝術創作的最高極致。

其次，板橋重視寫生是由於反對一味師古，不實地觀察自然的風尚。藝術家和自然景物的關係，「在北宋以前，繪畫與文學中的自然景

〔註58〕此語出自張璪，見《歷代名畫記》卷 10，《藝術叢編》本《南朝唐五代人畫學論著》，頁 318。
〔註59〕東坡〈淨因院畫記〉，《經進東坡文集事略》，卷 54，頁 311。
〔註60〕《全集》，頁 375。

物是客觀的存在，藝術家的主觀表現，是由移情作用完成的。迨至南宋，景物之存在開始失去其客觀性，變爲藝術家心境之表現。」〔註61〕這和文人畫家越來越強調用畫「聊以寫胸中逸氣」〔註62〕有關。以山水畫來說，元人的「書齋山水」比宋人的「遊觀山水」〔註63〕反映了更多畫家的人格與個性，元畫並不以寫實爲唯一目的，因此畫家不一定要到眞實的山水中遊賞之後才能作畫，在書齋中就可以創造他們心目中的理想山水，用來寄託他們對隱居生活的嚮往。

　　到了明清，文學與繪畫藝術的擬古氣息很盛，畫家閉門造車的情況更甚以往，許多畫家模擬的不是自然，而是案頭山水，過度注重師承的結果，使他們只知臨摹前人舊作，因襲前人筆墨。板橋不贊成這種創作方式，他要「怒不同人」，〔註64〕要走到戶外去實地觀覽，他說：「板橋非閉戶讀書者，長遊於古松、荒寺、平沙、遠水、峭壁、墟墓之間。」〔註65〕這些遊賞不僅能開闊人的心胸，更有助於創作。

　　「形似」與「神似」是一個相當重要的美學課題，「寫生」與「寫神」即屬於此課題中，最後我們便就形神觀念的演變討論板橋對「寫生」與「寫神」的主張。

　　莊子在〈德充符〉中以形殘而神全的故事顯示他重神輕形的思想；《淮南子》在形神關係上，則強調神是形的主宰，神貴於形，如〈原道訓〉云：「故以神爲主者，形從而利；以形爲制者，神從而害。」而《世說新語》品評人物特重風神的傾向，更是直接影響了魏晉的藝術理論。

　　例如顧愷之云：「四體妍蚩，本無關妙處，傳神寫照，正在阿堵中。」〔註66〕他認爲畫人物要掌握最能表達出畫中人的精神和氣質的

〔註61〕見漢寶德：《明清建築二論》，頁23。
〔註62〕此語出自倪瓚，見俞劍方：《中國繪畫史》，下冊，頁32。
〔註63〕詳參何惠鑑：〈元代文人畫序說〉，《新亞學術集刊》第4期，1983，頁243～257。
〔註64〕《全集》，頁246。
〔註65〕《全集》，頁242。
〔註66〕見《世說新語・巧藝》。

部分，也就是眼睛，其餘的形體並不重要。顧愷之又云：「凡生人無有手揖眼視，而前無所對者。以形寫神而空其實對，荃生之用乖，傳神之趣失矣。」〔註67〕這句話的意思是：畫家創作必須有實際觀察的對象，並且從觀察中了解它的特點和個性（即「神」），假如不能做到這基本的工夫（「空其實對」），而只想「以形寫神」，就無法表現「傳神之趣」了。〔註68〕

歷代對於形神問題的討論相當多，如張彥遠云：「今之畫，縱得形似而氣韻不生，以氣韻求其畫，則形似在其間矣。」〔註69〕蘇軾云：「論畫以形似，見與兒童鄰。」〔註70〕沈括（1030～1094）《夢溪筆談》云：「書畫之妙，當以神會，難可以形器求也，世之觀畫者，多能指摘其間象位置，彩色瑕疵而已；至於奧理冥造者，罕見其人。」〔註71〕石濤則云：「名山許遊未許畫，畫必似之山必怪，變幻神奇懵懂間，不似似之當下拜。」〔註72〕

這些論點有一個共同的觀念，即是不以形似為繪畫的唯一旨趣，而期望畫家能在「象外摹神」，〔註73〕也就是強調審美活動在創作過程中的重要性，畫家呈現的不是物理客體的外貌，而是透過美感觀照，體察物理客體的風韻神態，融入畫家個人的性情思想之後，所創造的審美意象。板橋說「亦為竹寫生」，正呼應他「師法自然」、「必極工而後能寫意」的主張，用以扭轉世人錯將達不到形似認作神似的

〔註67〕見《歷代名畫記》卷五，《藝術叢編》本《南朝唐五代人畫學論著》，頁189。

〔註68〕關於「以形寫神而空其實對」這句話有二種解釋，本文採葉朗先生之說，詳參葉朗《中國美學史大綱》上冊，頁199～206。

〔註69〕見《歷代名畫記》卷1，《藝術叢編》本《南朝唐五代人畫學論著》，頁51。

〔註70〕〈書鄢陵王主簿所畫竹枝二首〉，見《集註分類東坡先生詩》，卷11，頁227。

〔註71〕見《中國畫論類編》上冊，頁43。

〔註72〕見《大滌子題畫詩跋》卷1，《藝術叢編》本《明清人題跋》上冊，頁18。

〔註73〕此語出自文徵明，見《中國畫論類編》，下冊，頁1073。

誤解。他又說：「石濤畫蘭不似蘭，蓋其化也；板橋畫蘭酷似蘭，猶
未化也。蓋將以吾之似，學古人之不似。」〔註74〕板橋自認還未臻神
似境界，可見他仍以「形神兼備」為理想，甚而「畫到精神飄沒處，
更無真相有真魂。」〔註75〕

第四節　論師法前人

　　上一節我們談的是對自然的模擬，本節則是要探討板橋對學習前
人藝術風格的看法，它們的共通處即是不拘於師承，開創屬於自己的
創作道路。

> 僧白丁畫蘭，渾化無跡。萬里雲南，遠莫能致，付之夢想而
> 已。聞其作畫，不令人見；畫畢，微乾，用水噴噀，其細如
> 霧，筆墨之痕，因茲化去。彼恐貽譏，故閉戶自為，不知吾
> 正以此服其妙才妙想也。口之噀水，與筆之蘸水何異？亦何
> 非水墨之妙乎！石濤和尚客吾揚州數十年，見其蘭幅，極多
> 亦極妙。學一半，撇一半，未嘗全學；非不欲全，實不能全，
> 亦不必全也。詩曰：「十分學七要拋三，各有靈苗各自探；
> 當面石濤還不學，何能萬里學雲南？」〔註76〕

白丁為明蕃王後裔，字過峰，雲南人，明亡出家為僧，善畫蘭，板橋
僅聞其畫蘭之妙法便欽佩不已，因為白丁能夠別出心裁，創造新的畫
法。白丁遠在雲南，板橋未得親炙，近在揚州的石濤則是他最佳的學
習對象。他說：「敢云我畫竟無師，亦有開蒙上學時」，〔註77〕可見他
也重視師法前人，不過板橋認為創作固然要吸收前人的長處，但並非
全盤接受，亦步亦趨。人家有好處，我學一半；或者十分之中學個七
分就夠了，七分之內還要拋去三分，其餘的就要靠個人的藝術才能與
氣質涵養去完成。

〔註74〕汪汝燮：《陶風樓藏書目》，《全集》，頁789。
〔註75〕《全集》，頁100。
〔註76〕《全集》，頁208。
〔註77〕《全集》，頁374。

　　板橋云：「畫竹意在筆先，用墨乾淡並兼；從人不得其法，今年還是去年。」〔註78〕「學七拋三」是學習的原則，如果不得其法，則只是前人的影子，永遠沒有進步。除題畫作品之外，板橋在其他的詩文中也屢次提到盲目因襲前人所造成的缺點，例如：「胸無成見拘，摹擬反自失」〔註79〕、「作文必欲法前古，婢學夫人徒自苦」。〔註80〕

　　至於學習的要點，板橋認為應該選擇和自己的性格、藝術主張相投合者，學習他們的創作精神，而不僅是外在的規模形象，並且舉文同、懷素（624～713）、張旭為例，認為一個成功的創作者必須以天地萬物為師，不囿於一家一派，其言曰：

> 鄭所南、陳古白兩先生善畫蘭竹，燮未嘗學之；徐文長、高且園兩先生不甚畫蘭竹，而燮時時學之弗輟，蓋師其意不在跡象間也。文長、且園才橫而筆豪，而燮亦有倔強不馴之氣，所以不謀而合。彼陳、鄭二公，佺肌佺骨，貌姑冰雪，燮何足以學之哉！昔人學草書入神，或觀蛇鬥，或觀夏雲，得箇入處；或觀公主與擔夫爭道，或觀公孫大娘舞西河劍器，夫豈取草書成格而規規傚法者！精神專一，奮苦數十年，神將相之，鬼將告之，人將啓之，物將發之。不奮苦而求速效，只落得少日浮誇，老來窘隘而已。（《全集》，頁218）

陳古白，名元素，明萬曆間人，與鄭所南皆善畫蘭竹，後人學蘭竹者咸以之為師。板橋雖專攻蘭竹，卻因陳、鄭二公天才高妙而未嘗學之。

　　高且園（1672～1734），名其佩，奉天人，雍正中仕至刑部侍郎，初畫山水人物，晚年專攻指頭畫。其從孫高秉親見其作指頭畫之術，而著《指頭畫說》記之（約1750前後），書中有云：「公目空千古，氣雄萬夫」，〔註81〕又云：「我公指畫筆畫叢樹，俱從江山茂林中得來，絕勿規傚前人，故無步趨痕跡而得邱壑真趣。」〔註82〕徐渭曾經批評

〔註78〕《全集》，頁356。
〔註79〕〈僧壁題張太史畫松〉，《全集》，頁91。
〔註80〕〈贈潘桐岡〉，《全集》，頁56。
〔註81〕《中國畫論類編》，上冊，頁340。
〔註82〕同上註，頁341。

一味模擬的行為猶如鳥學人言云：「人有學為鳥言者，其音則鳥也，而性則人也；鳥有學為人言者，其音則人也，而性則鳥也，此可以定人與鳥之衡哉？今之為詩者，何以異於是？不出於己之所自得，而徒竊於人之所嘗言，曰某篇是某體，某篇則否；某句似某人，某句則否，此雖極工逼肖，而己不免於鳥之為人言矣。」〔註83〕

　　板橋和徐渭、高其佩一樣，都具有倔強不馴的性格，也都重視靈動活潑的藝術生命力，因此縱使徐、高二位不甚畫蘭竹，板橋仍奉之為師。石濤云：「古人未立法之先，不知古人法何在？古人既立法之後，便不容今人出古法，千百年來，遂使今之人不能出一頭地也。師古人之跡，而不師古人之心，宜其不能出一頭地也，冤哉！」〔註84〕我們可以拿這句話做為板橋「師其意不在跡象間」的註腳。

　　《東坡志林》云：「古人書法皆有所自，文與可言見蛇鬥而草書長，殆非誣也。」陸羽（733～804）〈釋懷素與顏真卿論草書〉云：「吾觀夏雲多奇峰，輒常師之，其痛快處如飛鳥出林，驚蛇入草。」而李肇《國史補》亦記載：「旭嘗言：『始吾見公主擔夫爭路而得筆法之意，後見公孫氏舞劍器而得其神。』」文同、懷素和張旭是從生活經驗入手，漸漸創立出自我的風格，這正是一般只會規矩效法前人者所不及之處，也是值得我們學習的地方。

　　板橋為何特別重視文藝的開創性？這是因為在當時的摹古風氣下，詩不尊唐即宗宋；繪畫則以「四王」為正統，〔註85〕講究「以元人筆墨，運宋人丘壑，而澤以唐人氣韻」；〔註86〕書法則應科舉考試的需要，追求黑、方、光、正的「館閣體」。板橋不敢苟同，他說：「板橋詩文，自出已意，……或有自云高古而幾唐宋者，板橋輒呵惡之，

〔註83〕徐渭〈葉子肅詩序〉，見《青藤書屋文集》，收於《叢書集成新編》第68冊（臺北：新文豐出版公司，1985），卷20，頁195。

〔註84〕《大滌子題畫詩跋》卷1，《藝術叢編》本《明清人題跋》上冊，頁33。

〔註85〕「四王」即王時敏、王鑑、王翬、王原祁。

〔註86〕見莊素娥：《李鱓研究》，頁1。

曰：『吾文若傳，便是清詩清文；若不傳，將並不能為清詩清文也。何必侈言古哉！』」〔註87〕又說：「學者當自樹其幟」〔註88〕、「慎勿因循苟且，隨聲附和，以投時好也。」〔註89〕所以他只取前人之意，師古而化，再出之以自己的筆墨，他說：「平生所愛所南先生及陳古白畫蘭竹。既又見大滌子畫石，或依法皴，或不依法皴，或整或碎，或完或不完。遂取其意，構成石勢，然後以蘭竹彌縫其間。雖學出兩家，而筆墨則一氣也。」〔註90〕

　　板橋並融合眞、草、隸、篆四種書體成爲別立門戶的「六分半書」，具體實踐它「自樹其幟」的主張，他敘述自己的畫是：「畫竹插天蓋地來，翻風覆雨筆頭栽。我今不肯從人法，寫出龍鬚鳳尾排。」〔註91〕他不從人法，於是才能打破格套，流露自然天機，創作出「無古無今」的作品。板橋云：「畫到天機流露處，無古無今寸心知」，〔註92〕又如〈亂蘭亂竹亂石與汪希林〉云：「掀天揭地之文，震電驚雷之字，呵神罵鬼之談，無古無今之畫，原不在尋常眼孔中也。未畫以前，不立一格，既畫以後，不留一格。」〔註93〕

　　他所謂「不立一格」、「不留一格」，也就是「胸無成竹」的意思。有時爲求靈活，不妨不按牌理出牌，甚至違背自然的常理：「昔東坡居士作枯木竹石，使有枯木石而無竹，則黯然無色矣。余作竹作石，固無取於枯木也。意在畫竹，則竹爲主，以石輔之。今石反大於竹，多於竹，又出於格外也。不泥古法，不執己見，惟在活而已。」〔註94〕他並認爲「千古文章根肺腑」，〔註95〕批評當時人「扯東補西，拖張拽

〔註87〕《全集》，頁 241。
〔註88〕〈與江昱江恂書〉，《全集》，頁 263。
〔註89〕〈與杭世駿書〉，《全集》，頁 270。
〔註90〕《全集》，頁 393。
〔註91〕《全集》，頁 365。
〔註92〕《全集》，頁 374。
〔註93〕《全集》，頁 220。
〔註94〕《全集》，頁 370。
〔註95〕〈王荊公新居〉，《全集》，頁 136。

李，皆拾古人之唾餘，不能貫串，以無真氣故也。」〔註96〕這和石濤的觀念如出一轍，石濤云：「縱逼似某家，亦食某家殘羹耳。」「我之為我，自有我在，古之鬚眉，不能生在我之面目，古之肺腑，不能安入我之腹腸。」〔註97〕甚至「縱使筆不筆，墨不墨，畫不畫，我自有我在。」〔註98〕由此可知板橋的藝術思想頗得之於石濤，主張紮根於傳統，實際觀察自然，進而借古開今，以我之筆墨、我之言語，寫我之胸臆，流露我之性格志趣。

由以上的討論，我們知道板橋的藝術理念深受徐渭、石濤等人的直接影響，既承襲傳統觀點，又極富求新求變的精神。

〔註96〕〈濰縣署中與舍弟第五書〉，《全集》，頁193。
〔註97〕同註31，〈變化〉章，頁148。
〔註98〕同註31，〈絪縕〉章，頁150。

第五章　從詩畫通融觀點探討板橋三絕之美

　　本章首先釐清詩與畫的特質，重新思考「詩畫融通」的真義，然後探討題畫文學對詩畫融通的影響，最後以板橋的畫作為例，觀察其題畫文學在畫面上的表現，以充分瞭解板橋三絕之美。

第一章　詩與畫的特質略論

　　詩與畫向來並稱姊妹藝術（sister arts），「有人進一步認為它們不但是姊妹，而且是孿生姊妹」，〔註1〕以強調二者的關係密切。有人則認為：「這種論調是美麗的，因為它企圖結合兩種『美麗的』活動，兩種『姊妹藝術』；它是錯誤的，因為其認知基礎只是一個脆弱的暗喻，而姊妹本無法結合。」〔註2〕以突顯其各自的獨立性。中西討論詩畫關係的書籍不勝枚舉，〔註3〕無論在文學、繪畫和美學的領域中，詩畫關係都是一個廣受議論的課題。

〔註1〕錢鍾書：〈中國詩與中國畫〉，收於《舊文四篇》（上海：上海古籍出版社，1979），頁5。

〔註2〕張漢良：〈布雷克的詩中畫與畫中詩〉，收於《比較文學理論與實踐》（臺北：東大圖書公司，1984），頁305。

〔註3〕詳參廖炳惠：〈詩與畫之辯證：試以王蒙與布雷克為例〉，《中外文學》16卷12期，（臺北，1988），頁84。

　　詩與畫其實分屬於兩個藝術範疇，〔註4〕《歷代名畫記》卷一引陸機之言云：「宣物莫大於言，存形莫善於畫」，〔註5〕可見它們二者各有其獨特的長處，原本可以相安無事，不至於越俎代庖，然而卻有學者明白指出：「詩和畫……彼此有時亦會跳出自己的圈子，掠取另一方的『美』，來建立自己的美……」，〔註6〕造成所謂「藝術換位」（transposition d'art）的現象。〔註7〕也有學者說：「只要有能力傳達兩種不同藝術的內涵，只要能巧妙地運用兩種不同藝術的媒體，則……詩與畫可以感通（correspondence）」。〔註8〕甚至為了拉近詩與畫的距離，而標舉「詩畫合一」之說。〔註9〕無論是「換位」、是「感通」，抑或是「合一」，這些名詞有一個共同的意圖，就是要張顯詩和畫可以不受本身的限制，而表現出對方所能表現的藝術境界，本文所謂的「融通」也不例外。但是追根究底地來想，詩與畫是否真的可能「融通」？如果可能，其認知基礎是否真的「只是一個脆弱的暗喻」？關於這些問題，我們要從詩與畫的特質、功用、創作的原則、創作的媒材以及鑑賞的方式等方面去探討。

　　邵雍（1011～1077）〈詩畫吟〉詩云：「畫筆善狀物，長於運丹青；丹青入巧思，萬物無遁形。詩畫善狀物，長於運丹誠；丹誠入秀句，萬物無遁情。」〔註10〕雖然詩與畫皆有「狀物」的能力，但是所長不同，詩善狀物之「情」；而畫則善狀物之「形」，如果我們將之與前文

〔註4〕如叔本華（A. Schopenhauer）即將詩與畫視為不同的藝術對象討論，詳參劉大悲譯：《意志與表象的世界》（臺北：志文出版社，1984），頁157～240。

〔註5〕《藝術叢刊》本，頁11。

〔註6〕饒宗頤：〈詞與畫——論藝術的換位問題〉，前引文，頁10。

〔註7〕此語出於法國的Gaurtier，詳參上註。

〔註8〕許天治：《論藝術的通感及其層次》，國科會1985年度補助著作，頁1。

〔註9〕如戴麗珠：《蘇東坡與詩畫合一之研究》（1975年師大國文研究所碩士論文），即以「詩畫合一」直稱詩畫之關聯。

〔註10〕《擊壤集》，卷18，其中「詩畫善狀物」句，「畫」疑應作「筆」。

所引陸機的話合觀，當會發現以語言文字書寫出的作品，和以線條色彩鉤畫出的圖象分別處於兩個完整的藝術領域，也就是說，它們可以不倚賴對方而各秉持其存有基礎以具體呈現其藝術風貌，既然如此，則詩與畫想要相融相友首先就必須自我突破，彼此關心對方的特點，進而加以吸收學習。

　　以詩與畫對時間和空間的摹寫能力來說，詩較擅於陳述連續綿延的時間，如李義山（813～858）詩：「荷葉生時春恨生，荷葉枯時秋恨成。」〔註11〕以荷葉的榮枯表示時光的流逝，然而我們若要以圖畫繪出這首詩的情景，就只能選擇一個片斷，無論選擇的是青荷是殘荷，都不過是壓縮整個時間歷程爲頃刻，倘若這段時間過程中還有動作，如〈木蘭詩〉：「開我東閣門，坐我西間床，脫我戰時袍，著我舊時裳。」則很難以一個畫面完全概括所有的內容。至於畫的特長在於以實際的場景展現筆墨所無法精確敘述的空間，如明人何良俊云：「余觀古之登山者，皆有遊名山記，縱其文筆高妙，善於摹寫，極力形容，處處精到，然於語言文字之間，使人想像終不得其面目。不若圖之縑素，則其山水之幽深，煙雲之吞吐，一舉目皆在，而得以神遊其間，顧不勝於文章萬萬耶？」〔註12〕

　　由於詩與畫對時間和空間的摹寫能力有別，所以顧愷之以嵇康（223～262）〈贈秀才入軍五首〉之四爲例云：「手揮五絃易，目送歸鴻難。」〔註13〕「手揮五絃」的景象比「目送歸鴻」容易掌握，因爲後者牽涉時間上的持續進行，乃畫筆所不能迄及，個中之差異由畫家親自道出，可謂更爲眞切。

　　此外，詩人和畫家在「應物斯感」之後所產生的創作思維活動並

〔註11〕〈暮秋獨遊曲江〉，馮浩箋注：《玉谿生詩集箋注》（臺北：里仁書局，1981），卷3，頁728。

〔註12〕〈四友齋畫論〉，見《中國畫論類編》上冊，頁108。

〔註13〕見《世說新語‧巧藝》，余嘉錫：《世說新語箋疏》，頁722。嵇康之詩見：《文選》卷24，詩云：「……手揮五絃，目送歸鴻。俯仰自得，遊心泰玄。……」

不相同，詩人醞釀的是如何以語言文字來傳達他的感受；而畫家則構想如何以線條色彩來顯現他對美感的追求，亦即他們對塑造藝術形象的方式見解相歧，而且他們所創作出的藝術作品各有其存在的物質根據和媒材：詩歌主要使用的是「論述性的符號」（discursive symbol）──文字；而繪畫主要使用的則是「呈現性的符號」（presentational symbol）──線條，〔註14〕「論述性的符號」得以記載人類的行為思想和感官知覺，因此比「呈現性的符號」所能呈現的視覺效果還多了敘述聽覺、觸覺、嗅覺、味覺的能力，例如「姑蘇城外寒山寺，夜半鐘聲到客船」，〔註15〕「玉枕紗櫥，昨夜涼初透」，〔註16〕「嫣然搖動，冷香飛上詩句」，〔註17〕其中的「鐘聲」、「涼」、「冷香」都是畫筆不易描繪得出的，若再遇到意象豐富或情感深厚的字句，如前文引李義山詩中的「恨」字，則即使被畫家刻意畫出，但是究竟傳達了幾分，還是觀賞者見仁見智的問題。

　　我們再以作者（即前一章所謂的「觀察主體」）和他所描述的對象（即「審美客體」）之間的關係來說，詩人可以盡情發揮他的想像力將美感客體加以扭曲、變形、或是比擬、幻設等等，而畫家就沒有這麼大的自由，即使他也運用「創造的想像」，不詳實鏤刻美感客體的肌理，但物體終究是物體，所謂「畫虎不成反類犬」，除非畫家畫的是抽象畫，否則他基本上應該「畫得像」。以溫庭筠（約812～870）的〈菩薩蠻〉詞：「鬢雲欲度香腮雪」為例，詞人將美人的鬢和腮形容成雲和雪，而無論畫家再怎麼調脂抹粉，鬢和腮不會被畫成雲和雪，因為在現實世界中它們是截然不同的，誠如徐復觀先生所說：「繪畫……究以『再現自然』為其基調，所以它常是偏向於客觀的一

〔註14〕這兩個符號名稱出自蘇珊蘭格（Susanne K. Langer）：《哲學新解》（*"Philosophy in a New Key"*）（New york：New American library，1948）。

〔註15〕張繼〈楓橋夜泊〉詩。

〔註16〕李清照〈醉花陰〉詞。

〔註17〕姜白石〈念奴嬌〉詞。

面。……決定畫的機能是『見』。」「詩則是表現情感，以『言志』為其基調，所以它常是偏向於主觀的一面。……決定詩的機能是『感』。」〔註18〕我們可以稱詩歌為「音律藝術」、「時間藝術」、或「感的藝術」，稱繪畫為「造形藝術」、「空間藝術」、或「見的藝術」。

討論至此，我們以表格標示出詩與畫的主要區別：

	藝術類別	使用媒介	使用符號	基　　調
詩歌	音律藝術	語言文字	論述性	言志（偏於主觀）
繪畫	造形藝術	線條色彩	呈現性	再現自然（偏於客觀）

由以上的表格我們可以知道詩與畫幾乎是迥然不同的兩種藝術，〔註19〕如果二者想要「融通」，則必須超越許多先天的障礙，然而持詩畫可以融通看法的學者不乏其人，歸納他們的意見，我們發現大多來自宋人對詩畫關係的思考，即「無形畫」與「有形詩」、「詩中有畫，畫中有詩」和「詩畫一律」等名言，下一節我們便探討這三句名言的真義，並由此評估詩畫是否得以融通。

第二節　關於「詩畫融通」的再思考

一、「無形畫」與「有形詩」

北宋郭熙《林泉高致》云：「……更如前人言：『詩是無形畫，畫是有形詩。』」〔註20〕此語亦見於張舜民《畫墁集》卷一〈跋百之詩畫〉詩。類似這種將詩與畫相互比喻的文句散見於宋人的著作中，例如東坡詠韓幹畫馬云：「少陵翰墨無形畫，韓幹丹青不語詩。」〔註21〕

〔註18〕《中國藝術精神》，頁474～475。
〔註19〕關於詩與畫的相異處還可參閱萊辛（Gotthold Lessing, 1729～1781）著，朱光潛譯：《詩與畫的界限》（臺北：蒲公英出版社，1986），頁24。
〔註20〕《畫論叢刊》，頁24。
〔註21〕馮應榴、王文誥輯注：《蘇軾詩集》（臺北：學海出版社，1985），卷48，頁2630。

黃山谷〈次韻子瞻子由題憩寂圖〉云:「李侯有句不肯吐，淡墨寫出無聲詩。」〔註22〕洪覺範（釋惠洪，1071～1128）云:「宋迪作八景絕妙，人謂之『無聲句』。演上人戲余曰:『道人能作「有聲畫」乎？因為之各賦一首。』」〔註23〕費袞《梁谿漫志》（約1192）卷六云:「至於學問文章之餘，寫出無聲之詩，玩其蕭然筆墨間，足以想見其為人。」〔註24〕

這些文句提供給我們三個推想的方向:

1. 對於詩畫關係的思考在宋代之前便產生，但是直到宋人廣泛加以闡說之後，才有了概括性的認知。宋人使用的是文藝之間彼此譬喻的方式，他們認為:

詩 ＝ 無形畫 ＝ 有聲畫

畫 ＝ 有形詩 ＝ 無聲詩（不語詩）

我們若將這些文句依其出現的先後順序來看，可以分為兩個階段，其一為「詩是無形畫， 畫是有形詩」；其二為「詩是有聲畫，畫是無聲詩」 ，前者以「畫能描繪物質的形象」為出發點；後者則以「詩能透過語言傳達人的情感」為出發點，因此兩個階段的立場並不相同。我們只能肯定寫出這些文句的作者有意將詩與畫相提並論，從彼此譬喻尋找二者的關聯，因為宋代的文人已經注意到繪畫也是表達個人理念的一種途徑，如果運用得當，它抒情寫志的功能並不亞於詩文，但是畫和詩畢竟無法同等，所以與其說這些文句導引出「詩與畫一致之關係」，〔註25〕不如說經由比較，二者的特質更被強化了。

2. 沈括《夢溪筆談》云:「度支員外郎宋迪工畫，……其得意者，有『平沙落雁』、『遠浦帆歸』、『山市晴嵐』、『江天暮雪』、『洞庭秋月』、

〔註22〕《豫章黃先生文集》，（臺北:臺灣商務印書館四部叢刊本），卷5。

〔註23〕孫紹遠:《聲畫集》，卷3，文淵閣四庫全書本。

〔註24〕《梁谿漫志》，卷6，〈論書畫〉條，文淵閣四庫全書本。

〔註25〕此處有邏輯推理上的謬思，比如我們說A集含有{a，b'}，B集合有{a'，b}，A集合並不等於B集合，即使a與a'，b與b'有某些相似的成份，判定它是A或是B乃是取決於其殊相而非其共相。

『瀟湘夜雨』、『煙寺晚鐘』、『漁村落照』，謂之八景。」〔註26〕繼宋迪之後，以瀟湘爲主題的繪畫形成了所謂的「瀟湘畫派」，〔註27〕板橋便有〈和洪覺範瀟湘八景〉詞。〔註28〕

　　由東坡〈宋復古畫瀟湘晚景圖三首〉云：「西征憶南國，堂上畫瀟湘」，〔註29〕我們得知「瀟湘八景」圖蘊含了一股懷鄉望歸的愁緒，畫家的心情頗能勾起詩人的共鳴。尤其值得注意的是：它的畫題富有文學的氣息，和郭熙「嘗所誦道古人清篇秀句，有發於佳思，而可畫者」〔註30〕一樣，都是從文學中吸取精華，援以入畫。

　　3. 《梁谿漫志》的一段話與我們在第一章第二節所引鄧椿《畫繼》卷九所謂「其爲人也多文，雖不曉畫者寡矣」，以及《宣和畫譜》引李公麟云：「吾爲畫，如騷人賦詩，吟詠性情而已」合觀，可以知道宋人認爲詩與畫有著共同抒情言志功能。畫家的創作態度一如詩人，都是眞實地傳達個人的所見所感；而且文如其人，畫亦如其人，文學修養有助於繪畫的鑑賞；不過對文人而言，繪畫的創作只能當學問文章之外的餘興節目。

　　此外，由這些文句出現之頻率，我們知道「無形畫」與「有形詩」等的觀念在當時十分流行，如南宋孫紹遠所編的《聲畫集》便是取「無聲畫」與「有聲詩」之意，直到明末清初的姜紹書爲明代的畫家作傳，還命名《無聲詩史》，可見其影響之深遠。

二、「詩中有畫，畫中有詩」

　　東坡〈書摩詰藍田煙雨圖〉云：「味摩詰之詩，詩中有畫。觀摩詰之畫，畫中有詩。詩曰：『藍田白石出，玉川紅葉稀，山路原無雨，

〔註26〕《夢溪筆談》，卷17，文淵閣四庫全書本。
〔註27〕如王洪、李生、米友仁等人均有以「瀟湘」爲題的畫作，詳參高木森：〈詩書畫的分與合——南宋的士人畫〉，《故宮文物月刊》5卷2期，（臺北，1987），頁52～61。
〔註28〕《全集》，頁138～140。
〔註29〕《集註分類東坡先生詩》，卷12，頁238。
〔註30〕《畫論叢刊》，頁24。

空翠濕人衣。』此摩詰之詩，或曰：『非也，好事者以補摩詰之遺。』」
〔註31〕這是我們耳熟能詳的一句對王維的讚譽，因爲他兼攻詩畫，足
以作爲文人畫家的楷模。

我們首先要注意東坡是分別就王維的詩和畫而說的，不是說王維
的詩就等於王維的畫，而是他的詩中有畫的趣味；他的畫中有詩的意
境，這一點常被研究詩畫關係的學者忽略，結果動輒引之證明王維能夠
「詩畫合一」，或者認爲這樣簡單的一句話就能說明詩與畫可以泯除彼
此的界限，達到統合，如同清代的葉燮（1627～1703）所云：「昔人評
王維之畫，曰『畫中有詩』，又評王維之詩，曰『詩中有畫』。由是言之，
則畫與詩初無二道也。然吾以爲何不云：摩詰之詩即畫，摩詰之畫即詩，
又何必論其中之有無哉？故畫者，天地無聲之詩；詩者，天地無色之畫。」
〔註32〕推論到最後，詩與畫果眞變成「孿生姊妹」了。

東坡說王維「詩中有畫，畫中有詩」是以欣賞者的身份加以析論，
而明代的張岱（1597～約 1689）則從創作的角度，考慮這句話的可
行性，其言曰：「……弟獨謂詩中有畫，畫中有詩，因摩詰一身兼此
二妙，故連合言之。若以有詩句之畫作畫，畫必不佳；以有畫意之詩
爲詩，詩必不妙，如李青蓮〈靜夜思〉詩：『舉頭望明月，低頭思故
鄉』，有何可畫？王摩詰〈山路〉詩：『藍田白石出，玉川紅葉稀』，
尚可入畫；『山路原無雨，空翠濕入衣』則如何入畫？……故詩以空
靈纔爲妙詩，可以入畫之詩，尚是眼中金銀屑也。畫如小李將軍樓臺
殿閣，界畫寫摩，細入毫髮，自不若元人之畫，點染依稀，煙雲滅沒，
反得奇趣。由此觀之，有詩之畫，未免板實，而胸中邱壑，反不若匠
心訓手之爲不可及也。」〔註33〕

張岱認爲以「詩中有畫，畫中有詩」讚美王維乃基於王維本人兼

〔註31〕《東坡題跋》卷五，頁94。
〔註32〕葉燮：《已畦詩文集》，卷8，〈赤霞樓詩集序〉，康熙間刊本。
〔註33〕張岱：《瑯嬛文集》（臺北：淡江書局，1956），卷3〈與包嚴介〉，頁
　　　　99～100。

工詩畫，這句話宜於品評，卻不宜實踐，因為詩與畫都貴在「說不出」與「畫不出」，如果詩中全用質實的字眼來描摩事物的形象，畫中全用寫實的筆墨刻畫景致的毫末，則此詩必非好詩，此畫也必非好畫。我們可以贊同他對詩與畫的藝術意境的看法，但他對「詩中有畫，畫中有詩」的理解還有待商榷。

　　前文已經說過「詩中有畫，畫中有詩」的涵義，著重的是詩與畫二者的審美趣味，以「詩中有畫」為例：對作者而言，他要在作品中為讀者預留想像的餘地；對讀者而言，則是他能在作品中體會出如繪畫一般的韻致，那可能是實際的一幅畫面，也可能只是含渾的影像，無論如何，都是將詩所擅長的「敘述時間」擴展為「鋪陳空間」。「畫中有詩」亦然，欣賞者從平面的「呈現空間」看出時間的流轉，進而衍生詩的情境，這就是創造和審美過程中的「詩畫融通」。

　　宗白華先生針對東坡所舉的王維詩句說：「詩中可以有畫，像頭兩句裡所寫的，但詩不全是畫，而那不能直接寫出來的後兩句恰正是『詩中之詩』，正是構成這首詩是詩而不是畫的精要部分。」〔註34〕可以幫助我們了解詩與畫「融通」並非「等同」，以那首富有畫意的詩來說，它可以和詩融通，但它仍不脫離詩的基本特質。而石濤曾云：「詩中畫，性情中來者也，則畫不是可擬張擬李而後作詩。畫中詩，乃境趣時生者也，則詩不是便生吞生剝而後成畫。」〔註35〕則可作為創造「詩中畫」與「畫中詩」的圭臬，修正張岱的意見。

三、「詩畫一律」

　　東坡〈書鄢陵王主簿所畫折枝二首〉云：「論畫以形似，見與兒童鄰，詩畫本一律，天工與清新。」〔註36〕關於形似的問題，我們已經在第四章第三節討論過。我們也知道東坡雖然不刻意強調形似，但

〔註34〕《美從何處尋》（臺北：駱駝出版社，1987），頁174～175。

〔註35〕石濤：〈大滌子題畫詩跋〉，卷1，《藝術叢編》本《明清人題跋》，上冊，頁30。

〔註36〕《集註分類東坡先生詩》，卷11，頁227。

是仍不失常理,亦即在合於理的情況下追求作者與審美客體的精神融合,這一點是各門藝術創作的共通性,尤其是詩和畫。

由於詩與畫在中國文人的生活中比音樂和舞蹈還具有份量,既得力於文人的提倡,將詩與畫等而齊觀的機會也比較多,這是詩畫融通在文化上的先天優勢。例如詩和畫的創作媒材儘管相異,然而它們的作者從事的都是描述和摹寫的工夫,所以中國文人賦予它們共同的理想模式與審美標準:作者師法造化之後,要依於實象又要超脫寫實的束縛,詩文不刻意求工巧;繪畫亦出之以事物的本色,如李白(701~762)所謂的「清水出芙蓉,天然去雕飾」,〔註37〕嚴羽所謂的「羚羊掛角,無跡可求」,〔註38〕流露清新自然,高遠超邁的風格,這就是東坡主張的「詩畫一律」。

從以上的討論,我們知道詩與畫在創作精神和鑑賞的原則等方面確實有相通之處,但是我們不要貿然單憑「詩畫一律」這句話就認定詩與畫可以「合一」,不妨將「無形畫」與「有形詩」、「詩中有畫,畫中有詩」以及「詩畫一律」當作中國詩與中國畫的融通基礎,透過這些關於詩畫關係的思考,確立中國詩與中國畫在形式上的結合——那就是詩文與繪畫同時出現在一個畫面中,實地的「詩中有畫,畫中有詩」。

第三節 「詩畫融通」與題畫文學

對於我們習焉而不察的事物,我們往往「知其然,不知其所以然」,對於中國畫上的題畫文學即是如此,甚至看慣了題有詩文的中國畫,一但畫上沒有題句,就覺得不夠完整,因為它沒有達到「詩畫合一」,彷彿「畫上題有詩文」已經成為中國傳統繪畫的表徵,這和西方繪畫上僅有作者簽名的作法大不相同,所以我們可以視之為中國

〔註37〕 〈經離亂後天恩流夜郎憶舊遊書懷贈江夏韋太守良宰〉,《李太白文集》,卷9,文淵閣四庫全書本。
〔註38〕 《滄浪詩話・詩辨》,文淵閣四庫全書本。

的特殊文化現象。

我們在緒論部份曾引李維斯陀的話，將整個文化當作一種巨型的語言，構成文化的所有社會行為正是按照語言的模式進行「編碼」（encoding）的活動。現在我們就針對「在畫上題寫詩文」這個文化現象進行「解碼」，希望從題畫文學和詩畫關係的歷史演進過程中尋出對它的深層認識。

宋代文人對詩畫關係的思考固然提供了詩畫可以融通的理論依據，但是在形式上將文學作品與繪畫組合在一起並置呈現的情形不是從宋代才開始。

在形式上將文學作品與繪畫組合在一起並置呈現的情形可大致分為三種：

1. 取現成的文學作品作為繪畫的題材，以圖畫說明文學作品的內容，所取的文學作品較偏於敘事性。

2. 取現成的文學作品作為繪畫的題目，以圖畫闡發文學作品的意境，所取的文學作品較偏於抒情性。

3. 文人由畫引發詩意，直接在繪畫上創作新的題畫文學作品。

這三種情形表面上各自獨立發展，其實在形式與精神內涵方面都互相影響。

畫上寫有文字的例子如河北望都東漢墓室壁畫（圖 7），畫中即題有人物的官名：「主簿」，說明畫中人的官階。在魏晉南北朝新疆、敦煌的石窟壁畫也有墨書榜題。又如於山西大同北魏司馬金龍墓出土的遺物中，有根據劉向（約西元前 77～前 6）《列女傳》所繪的木板漆畫（圖 8），其中較完整的五塊木板共保存了十八幅畫面，每幅有文字題記和榜題，如「漢成帝班婕妤」圖，旁書班婕妤的生平事蹟，徐建融先生認為那相當於「圖贊」。〔註39〕

同樣的情形亦見於相傳為顧愷之所繪的「女史箴圖」手卷（圖

〔註39〕見〈中國畫題款的美學意蘊試探〉，《朵雲》第 9 集（上海，1985）。

9），此圖是將西晉張華（232～300）的〈女史箴〉文分爲九段，各配以一個畫面，圖文參照，文字有如圖解；繪畫則如同插圖。如圖9的箴文爲：「人咸知修其容，而莫知飾其性，性之不飾，或愆禮正，斧之藻之，克念作聖。」用以勸誡宮中婦女除了裝扮外表，還要修養品德。

這種一文一圖並立呈現的形式拉近了文學與繪畫的距離，使文學作品立體化，而繪畫則吸取文學作品的內容，以之爲題材，增廣並加深表達的層面，使繪畫具有文學的趣味，和文學一樣能夠抒情、敘事、寄託作者的懷抱。尤其當文學與繪畫逐漸擺脫了政教使命的束縛，圖文並茂的作品更具有藝術價值和深遠的意義，因爲一但這種形式確立，且相繼產生新的作品，後來詩人在繪畫上題寫自己創作的詩文就有了形式上的依憑與歷史的基礎。

由畫蹟和文獻資料顯示，以陳述詩意或發揮詩境爲目的的「詩意圖」、《唐詩畫譜》等等，一直到明清還有作品出現，可見以文學作品爲題材或題目已成爲中國繪畫的創作方式之一。例如本章第一節提過郭熙曾選古人清篇秀句入畫，又如宋代的畫院考試常以詩題爲畫題，考驗與試者對文學的感受力，以及他們如何突破繪畫先天在描寫能力上的限制，以畫境闡揚詩。一個著名的例子是宋徽宗曾摘「踏花歸去馬蹄香」爲題，「眾皆畫馬畫花，有一人但畫數蝴蝶飛逐馬後」，[註40] 以點出「香」字，畫家豐富的想像力使繪畫超脫了對文字的執著，使得「畫有盡而意無窮」，「意在畫外」。於是繪畫又和文學一樣，在有限的符號裡延展出無限的韻味，這是文學給予繪畫的滋長。

至於繪畫對文學的反哺，就是使文學增加了一種寫作題材，可以歌詠、可以評議、可以藉著繪畫傳達個人的藝術理念和道德觀、人生觀，更重要的是把題畫文學直接題寫在畫上，使文學和繪畫在形式上

[註40] 唐志契：《繪事微言》，《畫論叢刊》本，上冊，頁 131。

與精神上得以融通。

　　我們還無法確定中國第一幅畫題有「爲畫而創作的詩文」的繪畫起於何時，所以僅根據目前所見的畫蹟繫於宋徽宗，然而就文獻資料得知，唐朝的杜甫已經在劃上創作詩文了。

　　杜甫〈題玄武禪師屋壁〉云：

　　　何年顧虎頭，滿壁畫滄洲。赤日時林氣，青天江水流。

　　　錫飛常近鶴，杯渡不驚鷗。似得廬山路，眞隨惠遠遊。〔註41〕

這是一首題於壁上的詩。依中國文人的習慣，爲牆壁或柱子題寫詩文的「題壁詩」或「題柱詩」通常都是直接題寫在上面，如南宋胡仔《苕溪漁隱叢話》引《該聞錄》云：「唐崔顥題武昌黃鶴樓詩云⋯⋯，李太白負大名，尚曰：『眼前有景道不得，崔顥題詩在上頭。』⋯⋯」〔註42〕可見詩是題於牆壁或柱子上。假若那裡正好繪了圖畫，則詩與畫就組合成一個畫面。而且根據杜甫詩的描述，玄武禪師的屋壁上有山水畫，即使那不是顧愷之的眞跡，杜甫的詩應該就題在畫的旁邊。〔註43〕

　　我們可以肯定的是作者自畫自題的做法在宋代已經被認同，如宋伯仁的《梅花喜神譜》（重鐫於 1261），就是一部爲畫梅花而作的專著。書中每頁一圖，畫梅自含苞至凋零的各種姿態，並依其情狀命名，如「麥眼」、「孩兒面」之類，圖的左方則繫以五言詩。由書中的作者自序看來，這種作畫之後再加以題詩的行爲並非獨創，而且古人畫畫常以圖譜爲範本，所以可以推測此書的繪畫體例應當或多或少對後世

〔註41〕《杜詩鏡詮》（臺北：華正書局，1986），卷 9，頁 414〜415。

〔註42〕胡仔：《苕溪漁隱叢話》（臺北：長安出版社，1978），前集卷 5，頁30。

〔註43〕徐復觀先生認爲唐朝的題畫詩尚未題於畫面上，其實不然，觀杜甫此詩即可證明，只不過壁畫保存不易，畫蹟少見。又，徐先生認爲詩與畫的融合「歷程的第一步，當然是題畫詩的出現。」「第二步，則是把詩來作爲畫的題材。」第三步「便是以作詩的方法來作畫。」見〈中國畫與詩的融合〉，《中國藝術精神》，頁 474〜484。

有所影響，使作者自畫自題的情形更爲確立。

　　前文談到文學作品與繪畫組合在一起並置呈現的情形可分爲三種，我們發現前二種是畫家所能獨立完成的工作，而在畫上題寫詩文則非諳於鑑賞又擅長寫作者不能盡功，若是作者要自畫自題，當然更必須兼備繪畫與寫作的能力。對畫家的要求愈高，愈不利於僅會作畫的畫家，但卻有助於文人延伸自己的創作領域。

　　這讓我們聯想到蘇軾等文人畫家對詩畫融通的理想。本來繪畫和文學是可以自足於各自的藝術範疇，而且在宋代以前，畫家的身分屬於工匠之流，像頗受皇室寵幸的唐朝畫家閻立本（？～673）就曾諄諄告誡他的兒子說：「吾少好讀書屬詞，今獨以丹青見知，躬廝役之務，辱莫大焉，爾宜深誠，勿習此藝。」〔註44〕言下之意，可知繪畫之地位不如文學。

　　直至宋代，繪畫所受的待遇才有所改觀，於是文人開始重視繪畫，以品評繪畫爲文人雅趣，並以創作詩文的態度親身參與繪畫，然而文人畢竟不是專攻繪畫，他們的畫作也許在傳移摹寫的技巧方面會略遜於正統畫家，所以他們以「不求形似」的觀念自我解釋，作爲有別於當時的正統畫家的特色，結果缺點反而變成優點，使時人競相仿效。而「在畫上題詩」所營造的文學意境更彌補了其間的不足，可以將欣賞者的眼光由評論筆墨線條導引至玩味整幅畫的精神內涵，再加入對詩畫關係的主張，以詩情顯揚畫意，徹底達到詩畫融通的境界。

　　我們知道，中國古代的文人知識分子是社會文化的中堅，主導著大眾普遍的價值觀，他們習於文字思考，而非圖像思考，所以當一個意念在他們的腦中出現時，其實是用文字去捕捉它。儘管他們也從事繪畫創作，最後仍不免要藉語言文字來完成意念的傳達，因爲文字才是他們最能駕馭的媒體，我們不妨以同樣屬造形藝術的雕塑爲例：雕

〔註44〕《歷代名畫記》卷9，《藝術叢編》本《南朝唐五代人畫學論著》，頁274。

塑上並沒有如繪畫一般的題記，有時連題目都沒有，這固然和創作者的身分以及作品剩餘的空間有關，但是假使作者能夠以他熟習的形式充分滿足他的創作慾、完整表達他的藝術理念，他又何必訴諸另一種截然迥異的符號？

因此，中國題詩於畫的特殊文化現象和文人畫家的崛起，乃至成爲繪畫的主流有著密切的關聯。

此外，中國文人也在扇面或屏風上寫詩，如果那其中也有圖畫，則題畫文學應用的範圍實包括所有的繪畫形式。不過在畫上題詩不是隨便找一塊空白的地方就可以寫，明人沈灝《畫塵》云：「一幅中有天然候款處，失之則傷局。」〔註45〕因爲文字一但介入繪畫，就會影響畫的美感，以我們目前常見的情形來說，在畫上題詩「有兩種地方，一種地方是詩和畫分開，詩在一張上面，畫在另外一張上面；另一種是詩構成畫面的一部份。」〔註46〕中國畫裱裝後的形式，大約可分爲三類，若詩與畫分開，則隨裱裝形式不同，題寫的位置也不一樣，茲以裱裝類型配合題寫詩文的位置說明如下：

1. 橫長的手卷型：字題在「引首」和「拖尾」部分，有的手卷還以貼綾的兩邊（稱爲「贉玉池」和「前隔水」）別立一塊題識的地方。

拖尾	後隔水	本幅	前隔水	題識	贉玉池	引首

2. 直長的立軸型：字題在畫面上端另外貼的紙或絹上，這紙或絹稱爲「詩堂」或「詩塘」。

〔註45〕《畫論叢刊》本，上冊，頁139。
〔註46〕〈題畫詩與畫題詩〉，頁8～9。

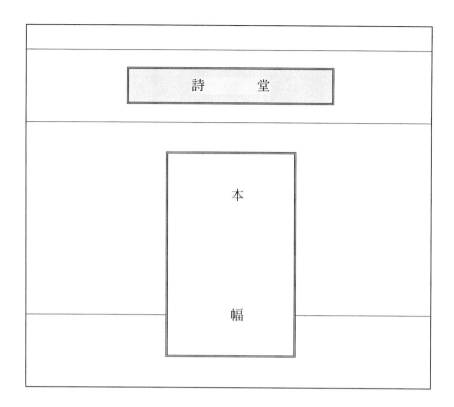

3. 冊頁型：打開有兩面，字和畫各占一面。

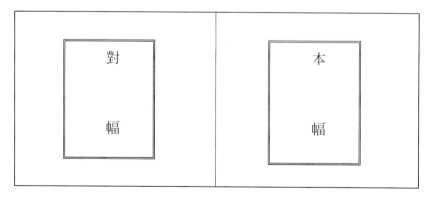

　　倘若字直接題在畫面裡，構成畫面的一部份，則不受裱裝形式拘限，題字的位置依題寫者的審美觀念而自由決定，板橋的畫作即多為這種形式。

　　《畫塵》又云：「元以前多不用款，款或隱之石隙，恐書不精，有傷畫局，後來書繪並工，附麗成觀。」〔註47〕其實畫上要不要落款還取決於畫家的構圖和審美觀等等，書法不是唯一的考慮。然而，不可否認的是：書法的工拙的確影響畫的美感。清人錢杜《松壺畫憶》云：「畫上題詠與跋，書家而行款得地，則畫亦增色；若詩跋繁蕪，書又惡劣，不如僅書名山石上為愈也。」〔註48〕

　　方薰（1736～1799）《山靜居畫論》云：「款題圖畫，始自蘇米，至元明而逐多以題語位置畫境者，畫亦由題亦妙。高情逸思，畫之不足，題以發之，後世乃為濫觴。」又云：「古畫不名款，有款者亦於樹腔石角題名而已。後世多題款，然款題甚不易也，一圖必有一款題處，題是其處則稱，題非其處則不稱，畫故有由題而妙，亦有題而敗者，此又畫後之經營也。」〔註49〕茲將方薰的這番話與我們先前的論述合併整理成以下四點，作為本節的總結：

1. 中國畫上題有文字的現象至少在東漢（西元二世紀）已經產生，早期題在畫上的文字是作為圖畫的說明，不是為畫而創作。至唐代已有詩人賞畫起興，有感而發，且題於畫上的題畫詩。

2. 作者自畫自題的情形則在宋代確立，這和蘇軾等文人畫家重視繪畫、親身以創作詩文的態度參與繪畫、以品評繪畫為文人雅趣，並且認為詩與畫可以相互譬喻，既自足於各自的領域，又有能力達到精神上的溝通的理論有著密切的關聯。

3. 題畫文學的應用範圍包涵各種的繪畫形式，我們目前所能見到的以題於裱裝過的手卷、立軸、以及冊頁上的為多。題畫的位置十分重要，尤其是自元明以後直接題詩在畫面裡者逐漸普遍，更可見作者對構圖的用心。

〔註47〕《畫論叢刊》本，上冊，頁138。
〔註48〕《畫論叢刊》本，下冊，頁479。
〔註49〕《山靜居畫論》卷下，《畫論叢刊》本，下冊，頁457～458。

4. 題畫作品是因畫而創作，所以通常是先有畫才有題作（也有作者把舊作拿來補白的例子）。題畫作品的內容以及書法的工拙會影響整幅畫的評價，故作者不可不慎。

第四節　板橋題畫文學對詩畫融通的實踐

接下來，我們要以板橋的畫作為實例，探討其題畫文學在畫面上的表現。但是在進入這個主題之前，還有三點必須補充。

首先，我們要澄清一個觀念，那就是畫上有題詩不等於「詩畫融通」，還要考慮題詩的出處和作者，如果是引用前人的作品而以畫解釋其內容，或是鑑賞者說明該畫的獲取經過，都與詩畫的藝術意境無關。所以我們必須重視題畫作品與所題畫作之間的關係，據宋人晁說之《景迂生集》（約 1090）中云：「畫寫物外形，要物形不改，詩傳畫外意，貴有畫中態。」〔註50〕宋末元初楊公遠（1228～？）《野趣有聲畫》詩集的吳龍翰序云：「畫難畫之景，以詩湊成；吟難吟之狀，以畫補足。」〔註51〕清人張式《畫譚》（約 1830）云：「題畫須有映帶之致，題與畫相發，方不為羨文，乃是畫中之畫，畫外之意。」〔註52〕徐建融先生說得更清楚：「高明的題款，不脫不黏，似即似離，或從畫外說過來，或從畫中道進去，談言微中，使讀者從畫面有限的物象聯想到更廣泛、更深刻的蘊涵，體現畫中機鋒。」〔註53〕這些話都可以做為我們欣賞題畫文學的準則。

其次，像鄭板橋的題畫作品大多題寫在自己的繪畫上，但是他並非作畫之後便立即題寫，例如圖 10 的題款曰：「飲牛四長兄，其勁如竹，其清如蘭，其堅如石，行輩中無此人也。屢索予畫，未有應之。乾隆五年九秋，過予寓齋，因撿家中舊幅奉贈。竹無幹，蘭葉偏，石

〔註50〕《中國畫論類編》，上冊，頁 66。
〔註51〕《野趣有聲畫》，文淵閣四庫全書本。
〔註52〕《畫論叢刊》本，上冊，頁 432。
〔註53〕見〈中國畫題款的美學意蘊試探〉，《朵雲》第 9 集（上海，1985）。

勢仄，恐不足當君子之意，他日當作好幅贖過耳。」很顯然，這幅畫原先並沒有題句，也就是說題句和畫作之間有著時間與空間的距離。這雖然是一個清晰可見的例子，事實上作者的題寫過程也的確如此，無論是作畫還是題畫，創作與欣賞的行為一直交替進行，這種作者對自己作品的欣賞可以說是「檢視」，檢視得愈嚴密，作品便愈精緻，經過了一段時間和空間，作者淡化了當時的創作衝動，再觀看作品時可能就比較客觀，也許就更能把握創作的原意，這時再加上的題畫文句便和即畫即題有所不同。因此，我們在欣賞畫作以及其題畫作品時，假使畫面或文字有跡可尋，不妨也注意題與畫的時空辯證關係。

第三點，從板橋的畫蹟，我們發現：有的題畫作品不只出現於一幅畫作上，如圖 11 與圖 12，題畫文字類似而不盡相同，如果其中有贗品，自然無針對此現象加以討論之必要，然而就卞孝萱先生在《鄭板橋全集》中對板橋墨蹟和題畫文字的校勘看來，這種情形屢見不鮮，所以我們推測，板橋的題畫作品可能在不同的畫幅上反覆使用，或稍加變化而立意依舊，至於那一幅畫的題字才是最初的構想？我們可以拿墨蹟比對板橋作品集的文字考訂何者為非嗎？是不是因為畫的題材相同所以題畫文字可以類似而不影響整幅作品的意義？又，是否因為板橋晚年作畫維生，所以題字也就不多創新？

中國的詩與畫之所以能融通，除了二者皆具有摹寫的性質，在創作精神和鑑賞的原則等方面類似之外，尤其不可忽略的是將詩文呈現於畫面的書法藝術。本書第二章第三節談過書畫異名而同體的問題，這一直是中國書畫家的共識，因為毛筆既能寫字，又能畫畫，而且古代善畫者無不善書，書法與繪畫的關係十分密切。但是這一個觀念已受到現代學者的反駁，〔註 54〕究竟誰是誰非，要從繪畫和書法的淵源、發展和技巧等方面談起，本文不擬旁生枝節去深入討論，所要強

〔註 54〕如徐復觀：〈書（字）與畫的關係問題〉，《中國藝術精神》，頁 146～150。張安治：〈「書畫同源」辨〉，《中國畫與畫論》（上海：上海人民美術出版社，1986）。

調的是書法對中國詩畫融通在形式上的貢獻。

　　以圖 13 爲例，板橋在題畫的最後云：「以字作石，補其缺耳。」我們看到題字的排列形狀確像竹下的一塊石，可見題字的書法是把詩文加以「圖象化」，這種特點非常重要，因爲有了和繪畫的筆墨相近的書法爲媒介，詩與畫才得以跨越各自的界限達到形式上的溝通，這是中國畫之所以能夠容納文字而不顯突兀，反而更增廣並深化繪畫的內涵與意境的首要因素。

　　在本章第一節，我們引用蘇珊蘭格的說法，認爲詩所主要使用的是「論述性的符號」；而繪畫則使用「呈現性的符號」，由於符號本身的性質差異，造成兩種截然不同的藝術類型。但是書法藝術之特殊，就是它可以兼俱兩種符號的性質。當我們欣賞一幅字的用筆、整體結構和章法時，我們是將它視爲使用「呈現性的符號」的造形藝術來對待；當我們進入文字的內容時，它又不僅僅是水墨組織成的線條圖案，裝飾性的意味被豐富的表情性所取代，換句話說，書法的字體、落筆的緩急、用墨的乾潤等，在在都流露出書寫者的性格和心理狀態，配合文字的涵義而達到抒情言志的效果。

　　試看圖 14，整幅畫略呈直角三角形的構圖，挺然怒生的蘭竹湧起一股向右上方延伸的力量，顯得氣勢磅礴，這股力量由於直角底端呈方形的題畫文字而得到均衡，恣肆的書法與縱情揮灑的蘭竹相得益彰，題與畫，都是「不立一格，不留一格」的率然天生。

　　又如圖 15，是乾隆十八年板橋自濰縣罷官後返回揚州所畫，它是四曲合爲一的屏風，四曲相連，構圖很新穎，畫面左邊有高於竹子的巨石，用淡於前景的墨鉤勒，石頭的大小層次很清楚，石面沒有多加皴擦，石和竹的前後關係由墨色和布局位置、大小比例而有所交代。

　　尤其值得注意的是畫面右下方的題畫文字，有別於一般的書寫習慣，它是由左至右，起落參差，恰好補足了竹幹下的空白，和整個畫面結爲一體，使上頭彷彿懸空的竹幹有了踏實的著落，從這種詩文與繪畫的搭配方式，可以知道板橋在作畫時就已經把題畫的位置預定好了。

　　題畫的字體，是板橋獨創的「六分半書」，漢代的隸書又稱「八分書」，〔註 55〕板橋的「六分半書」就是以「八分書」為骨幹，融合楷書、篆書和草書再加以變化而成，板橋曾自云：「字學漢魏，崔蔡鍾繇；古碑斷碣，刻意搜求。」〔註 56〕明朝至清初的書法家主要學習晉唐以來的法帖，謂之「帖學」，科舉考試中並規定考生要寫橫平豎直、大小一律、烏黑光潔的「館閣體」字，結果書法逐漸流於呆板僵化，終於遭到有心另闢蹊徑者的厭棄，板橋便是其中之一。他上追漢魏，學習崔瑗（77～142）、蔡邕、鍾繇（151～230）等人的書體，為清代倡導「碑學」的先驅之一。當時的學者因為研究經史考證而留心於金石碑碣，使得碑碣摩崖的發現日多，佳拓的流傳日廣，板橋雖然不治考據，但也頗能領略篆文隸書之美，於是終以「六分半書」自樹旗幟。

　　關於板橋的「六分半書」，後人的評價意見分歧，如王潛剛《清人書評》云：「板橋天分甚高，願亦甚大，頗欲集古今書法大成，而不知分期課程，須在多寫，僅憑一時之小慧，妄欲造成一特創之字形，於是一筆篆，一筆隸，一筆真，一筆草，……又加之一筆竹葉，一筆蘭花，自以為極天地造化之奇，而成一不倫不類、不今不古之兒戲字體。」〔註 57〕桂馥卻認為板橋題畫之字：「疏疏密密，隨意緩急，而敧傾側媚，狂怪怒張，然不離繩矩之內，乃有超軼絕塵處，以意想作，殊不能得其彷彿。」〔註 58〕持平言之，板橋本就力求超脫前人窠臼，創作「無古無今」之字，我們若再以俗套拘限他，實為無謂。

　　將圖 15 的題畫文字別立出來觀賞（圖 16），便知道板橋的書法的確不拘格式。大體看來，都是中鋒行筆，但起筆不一定都有停頓，如「一」字，像是漫不經心地一點而就。這整幅字的線條粗細很富變

〔註 55〕關於「八分書」的解釋說法不一，此處只是概述，詳參唐朝張懷瓘《書斷》及《宣和畫譜》。
〔註 56〕〈署中示舍弟墨〉，《全集》，頁 111。
〔註 57〕《全集》，頁 758。
〔註 58〕《丁亥爐遺錄》卷三，〈書畫災爐目錄〉，《全集》，頁 776。

化，像「篁」字、「寫」字都是上粗下細，可見板橋有意突破舊局。我們再仔細看各自的結體，可以找到「六分半書」裡各種書體的影子，如「圍」字有草書與隸書的趣味；「秋冬之際」的「之」字型狀方扁，又帶燕尾波礫，是屬於隸書的寫法。板橋還特別將字形誇張，或拉長，或壓縮，使筆劃複雜的字顯得更複雜，而簡單的字則更簡單，像「雷」字居詩句之首，龐大得有如冠蓋罩頂；「出」字上下壓扁；「斜」字末筆拖長，有黃山谷一波三折之態；又如「子」字、「上」字筆畫簡單，字形又小，看起來更微不足道。

在章法方面，由於字體的大小參差，輕重有致，字與字之間產生前後相互呼應的效果，如「紗」、「窗」二字，「紗」字的末筆向左綿延，「窗」字就以行書的寫法，將「心」字往右移，拉回上一個字的筆勢，於是二字彼此便得以調和得搖曳生姿。文句各行的起首沒有平齊，很自然地使整幅字的行氣跌宕起伏，充滿著韻律感。

再如圖 17，作於乾隆二十二年，板橋六十五歲。這幅作品的位置經營很突出，畫面很滿，竹幹和竹葉幾乎通天貫地，而以畫面中下方為最密，依照我們平常對構圖的了解，這幅畫已經沒有空處可以題跋，但是板橋卻大膽創新，竟把題字安放在竹幹之間，順著竹幹的生長方向排列，或傾斜，或直行，配合空隙的疏密調整文句之長短。

雖然文字寫在僅有的空間裡，我們一點也不覺得窒隘，反而能將它是為畫面的一部份，與畫融合無間，像是竹葉的影子，與濃密的竹葉相襯托。

題字的內容說明文同與吳鎮詩畫絕妙，故可傳於後世，正是板橋心儀的典範，也映證詩畫融通的傳統要求對板橋的影響。若是這幅畫刪去題畫的文字，便只剩幾枝竹子，雖不能說不美，然而畫面本身所能傳達出的意義畢竟有限，也就喪失了畫外之趣。就布局而言，畫面的左下方會變得空鬆，比重傾倒向右方，沒有支撐的力量，所以無論在意境、在構圖，題畫的文字都是不可或缺的。

板橋以濃淡相異的墨鉤寫，表達竹竿前後關係和竹葉的陰陽向

背，既符合他重視寫生形似的觀點，又帶有文人畫家遊戲筆墨的率然不羈。有時墨極乾澀，出現了書法中所謂的「飛白」，可見他下筆的速度很快，信心十足，並運用書法的技巧入畫，實踐他「要知畫法通書法，蘭竹如同草隸然」〔註59〕的理念。畫中間或以燥筆和破筆的寫法，頗得徐文長的真傳，姿態活潑的竹葉，顯得風神標緻。

　　蔣寶齡《墨林今話》卷一云：「板橋題畫之作，與其書畫悉稱，故覺妙絕，他人不宜學也。」板橋在世時便以兼擅詩書畫三長而被比為「鄭虔三絕」，〔註60〕名聲顯赫，於是仿效板橋書畫者群起，贗品充斥，然而真正能承襲板橋之衣缽而又自成一家氣候者，百不一焉。〔註61〕書畫的筆墨尚可摹擬，個人的文學素養和藝術觀等卻非外求可得，所以要談到板橋題畫文學對後世的影響，我們還找不出明確的例子，只能說吳昌碩（1844～1927）、齊白石（1863～1957）等畫家在作品的創新精神方面很得板橋「不從人法」、「不留一格」的真傳。

〔註59〕《全集》，頁381。

〔註60〕《清史列傳》，卷72〈鄭燮傳〉云：「善詩，工書畫，人以『鄭虔三絕』稱之。」「鄭虔三絕」之說出於《歷代名畫記》，卷9：「鄭虔高士也，……好琴、酒、篇詠，工山水，進獻詩篇及書畫，玄宗御筆題曰：『鄭虔三絕』。」

〔註61〕當時學習板橋書畫者如理昌鳳、吳雨田等人。又根據徐石橋、馬鴻增〈鄭板橋一門書畫——關於鄭板橋研究的新資料〉文中敘述，板橋的從孫鄭鑾、玄孫鄭思源皆善書畫，然而其題畫作品究竟如何，尚缺進一步考察。

結　論

　　茲將本書的研究成果歸納為以下五點：

　　一、題畫文學是文人鑑賞繪畫之後的產物，從有確切題畫史料可尋的漢代以來，一直發展不輟。宋代之後的文人幾乎都把題畫作品直接寫在畫上或是畫面的空白處，於是「畫上題詩」便成為中國特殊的文化現象。這種文化現象一方面以圖畫旁附加文字解說的模式為基礎；一方面則深受文人對詩畫觀念的啟迪，更重要的是，中國的書法既是文字的書寫形式，又極富水墨與線條之美，使詩書畫三種藝術能夠相融相友，在造型與內涵上皆能完滿結合。

　　二、鄭板橋所處的清代，是中國題畫文學的鼎盛時期，他一生的活動範圍以揚州為中心，先在揚州賣畫，而後至山東作官，最後辭官返鄉，活躍於揚州畫壇，名列「揚州八怪」之一。他的題畫作品多為晚年所作，由於當時的社會風氣崇尚鬥新愛奇，因此他也力求突破舊有的格局，以建立個人的風格。

　　三、在板橋的題畫文學中，我們可以發現「守成」與「創新」二者兼容並蓄的情形，因為他基本上還是儒家道統的擁護者，強調「得志，澤加於民」，他辭官後以畫終老，其實是出於對宦場失望的無奈，所以他的題畫作品不乏以嬉笑怒罵的口吻道出個中辛酸的篇什。然而，板橋畢竟是勇於面對現實的明理人，在牢騷憤懣之餘，確實發揮

了他的藝術才華。板橋題畫作品不拘體裁，詩文夾雜，文字淺白流暢，很少用典故，彷彿信手拈來，涉筆成趣，使一向作為文人知識分子道德象徵的竹、蘭、石等繪畫題材變得通俗化、生活化，進而普及於平民大眾。

四、板橋並於題畫作品中陳述其藝術理念，他記載了創作的三個階段：從受到外界景物引發而萌生畫意（「眼中之竹」），到構思作畫（「胸中之竹」），然後付諸實行（「手中之竹」），清楚交代整個審美活動的過程。在談論學習的方法時，他主張以造化為師，且要「胸無成竹」，以便既不失常理，又能隨性揮灑。吸取前人的經驗時也是一樣，師其筆意而不是依其跡象規規仿效，他的藝術理念頗得之於徐渭、石濤等人。

五、對題寫者來說，題畫文學是對畫的欣賞與再創造；而對後來的賞畫者來說，畫上的題句又是傳達畫面主題，引導我們觀覽該作品的媒介，所以題畫文學有助於我們品味繪畫的意境。像板橋每畫必題，以自創的「六分半書」將題畫作品置於構圖中，時見大膽新穎的安排，書法的筆觸配合詩意，題寫的位置則調和布局，筆情墨趣，躍然紙上，詩則流暢清雅；書則韻律起伏；畫則姿致生動，誠不愧「鄭虔三絕」之美譽。

附錄　《鄭板橋全集》中題畫作品的編刻問題小探

　　現存臺灣最早的《鄭板橋全集》是清道光二十三年（1843）重刊的清暉書屋刊本，其中收錄的板橋題畫作品（以下簡稱「板橋題畫」）並不齊全，本文擬針對「板橋題畫」的編刻問題再作討論。

　　經筆者觀察，「板橋題畫」共有七個值得注意的現象：

一、清暉書屋本「板橋題畫」的版面款式和「詩鈔」及「詞鈔」等其
　　他作品相異：

　　「板橋題畫」沒有序言，刊頭的字體比較細小，字跡和「詩鈔」、「詞鈔」等字跡均不相類，而且沒有蓋印章，只印有「鄭燮克柔甫著」、「靳奮秋田甫校」。

二、板橋生前未曾提及編排「題畫」之事：

　　《鄭板橋全集》中的「詩鈔」和「詞鈔」等儘管是陸續編刻，都有跡可尋，然而遍查板橋的作品和自序，如乾隆十四年的〈板橋自敘〉、十五年的自敘後「又記」、二十五年的〈板橋自序〉以及「劉柳村冊子（殘本）」等，都未見板橋記載編刻「題畫」之事。

三、板橋生前的好友和同時代的人也未曾提及「板橋題畫」：

　　例如板橋的摯友金農、李復堂等人都沒有提過「板橋題畫」，李

斗的《揚州畫舫錄》卷十只說板橋「著有板橋詩、詞鈔,及家書、小唱」。李斗從乾隆二十九年(即板橋卒前一年)開始蒐集當時揚州地方的地理風土與文人活動情形,至乾隆六十年才完成《揚州畫舫錄》,若「板橋題畫」在板橋生前就編刻,李斗當不至於遺漏。

四、「板橋題畫」中有幾首詩和「詩鈔」所錄作品重複,但標題和內容略有出入:

板橋對自己的作品選取得十分嚴格,甚至「屢欲燒去平生吟弄」,〔註1〕在〈題陳孟周詞後〉詩中云:「拙詞近數百首,因愧陳作,遂不復存。」〔註2〕所以我們今日所見的板橋詞作只有七十七首,蓋爲板橋詞之精粹。以這樣審慎的編輯態度而還會出現作品前後重複,標題及內容又略有出入的情形,實在值得我們懷疑「板橋題畫」的編者是否即板橋本人?

以下我們用表格對照「題畫」和「詩鈔」所錄作品重出的現象,在「內容」欄括弧中所寫的是「詩鈔」異於「題畫」的文字。

「題畫」標題	「詩鈔」標題	內　　　容
破盆蘭花	題破盆蘭花圖	春雨春風洗妙顏,一辭瓊島到人間(幽情逸韻落人間),而今究竟無知己,打破烏盆更入山。
半盆蘭蕊	題半盆蘭蕊圖	盆是(畫)半藏,花是半(畫)半盆,不求發洩,不畏凋殘。
半開未開之蘭	題峭壁蘭花圖	山上蘭花向曉(早早)開,山腰乳(小)箭尚含胎。畫工刻意教停蓄(立),何苦東風好作媒。
盆　蘭	題盆蘭倚蕙圖	春蘭未了夏蘭開,萬事催人莫要呆(畫裡分明喚阿呆)。閱盡榮枯是盆盎,幾爲拔去幾回栽。
韜光庵爲松岳上人作畫	江　晴	二者內容相同,〈江晴〉共二首,「題畫」所錄乃第二首。

〔註1〕〈後刻詩序〉,《全集》,頁30。
〔註2〕《全集》,頁110。

五、「板橋題畫」編排混亂無序：

「板橋題畫」的作品既非依時間順序排列，也非依內容性質排列，例如從〈竹〉到〈爲黃陵廟女道士畫竹〉爲題畫竹之作；從〈蘭〉到〈爲婁眞人畫蘭〉則是敘述畫蘭之作；而自〈石〉之後的〈蘭竹石〉到〈八畹蘭〉就失去次序，或是題畫竹蘭；或是題畫竹石；或又單單題竹或題蘭，沒有加以歸類整理，顯得雜亂無章，不像「詩鈔」或「詞鈔」之類的作品儘管是多次編輯而成，仍有基本的寫作先後次序可尋。

六、「板橋題畫」的標題友的和內容不符，或是一題多首作品：

例如第一個標題——〈竹〉就收了九則作品，〈爲馬秋玉畫扇〉下有三則，其中第三則云：「余畫大幅竹好畫水……」，〔註3〕如果依它的標題，扇面上不可能容納得了那麼多的文字以及「大幅竹」，可見有的作品並未定標題，或是標題遺失。又如〈蘭〉下有四則共用一個標題；〈盆蘭〉詩下有二則，根據它們的內容：「春蘭未了夏蘭開」和「畫盆蘭送范縣楊典史謝病歸杭州」很明顯應該是分別獨立的兩則。〈石〉下共有五則；〈蘭竹石〉的第二則描述的是蘭竹，和題目不合。〈靳秋田索畫〉共四則，除第一則敘述畫蘭竹石外，其他三則畫的是蘭竹。〈題畫蘭竹石調寄一剪梅〉下有二則，第二則描寫的是板橋與好友共九人聚會，而畫九畹蘭花以資紀念的事情，其體裁爲散文，不是詞，所以應該分開標題目。〈韜光庵爲松岳上人作畫〉下共三則，第一則與「詩鈔」〈江晴〉詩第二首相同，第二則寫的是「元日畫蘭竹，遙寄郭芸亭，……」，〔註4〕和題目完全不符。

七、「板橋題畫」的作品內容有的與現存墨蹟不同：

既稱之爲「題畫」，則必然是從畫面上摘取下來而加以編輯成冊，但是我們也發現有的題畫作品和現存的墨蹟所寫的不同，茲舉兩幅畫作爲例：

〔註3〕《全集》，頁 207。
〔註4〕《全集》，頁 220。

1. 圖15，乾隆十八年畫作

墨 蹟 所 書	「 題 畫 」 所 載
余家有茅屋數間……	余家有茅屋二間……
雷停雨止斜陽出……	此詩載於「題畫」第六則，其文云：「文與可墨竹詩云……」
二十年前載酒瓶……	此詩載於「題畫」第十六則，別立標題爲「初返揚州畫竹第一幅」

2. 圖17，乾隆二十二年畫作

墨 蹟 所 書	「 題 畫 」 所 載
文與可題墨竹詩云……然亦勉題數句曰：只道霜筠干已枯……鄙夫之言，有愧前哲也……	即「題畫」第六則：「文與可題墨竹詩云……然亦勉題數語：雷停雨止斜陽出……言盡意窮，有愧前哲。」

　　圖17所題的詩句並未見於「板橋題畫」中，而「題畫」第六則所載的題詩卻是圖15所寫，也就是說，如果我們拿板橋的墨蹟去和「題畫」裡的詩句比對，不見得能夠一一符合。或許板橋在不同的畫作上重複書寫這些題句而文字略有出入，那麼我們不禁要繼續詢問：「板橋題畫」的選取作品標準是什麼？

　　我們觀察後來增補的板橋題畫作品的內容和落款，並沒有找到充分的理由說明「板橋題畫」的選取標準，因爲那些不列於原作品集的題作既不遜色，題寫的時間也不完全晚於乾隆廿一年，〔註5〕再加上以上的七個現象，我們懷疑「板橋題畫」並非板橋親自編訂。

　　卞孝萱先生也曾注意到「板橋題畫」的編刻問題，〔註6〕因而認爲「板橋題畫」的編訂者及其第一頁所印的校對者靳畚。然而卞先生並沒有提出能夠證明的論點，我們可以因爲「板橋題畫」上有靳畚的

〔註5〕在「板橋題畫」中有明確的題寫時間可尋的作品，最晚爲乾隆廿一年與程綿莊等人聚會後所題的「九畹蘭花」，但是板橋集外還有乾隆十六年的作品，見《全集》，頁350。

〔註6〕卞孝萱：〈板橋題畫非鄭燮所編刻印〉，《社會科學戰線》，1983年第3期。

名字就認定是他嗎？

　　關於靳奮的生平事蹟，據筆者查證，只有清代江蘇甘泉人阮生的《揚州北湖續志》卷四提到過他，說他「字秋田，名諸生。工詩，好友，負性倜儻不羈，與同時鄭板橋最善，嘗爲校刻板橋詩鈔。」「板橋題畫」裡有〈靳秋田索畫〉一則，云：「而故人之紙忽至……」又云：「索我畫偏不畫，不索我畫偏要畫，極是不可解處，然解人與此但笑而聽之。」〔註7〕可見靳奮和板橋的確交情匪淺，他會不會於校刻之外，也參與編輯的工作呢？這是值得考慮的問題，可惜目前還沒有肯定的答案。

　　如果「板橋題畫」眞的不是板橋親自編印，也不是板橋所手寫，那我們看到的清刊本上的「板橋體」字跡又作何解釋？

　　其實，在板橋生前能模仿板橋書畫而足以亂眞者已經不乏其人，如易宗夔《新世說》（1918）卷六〈巧藝〉云：「鄭板橋以書畫名海內，眞蹟漸少，當時已有揚州某觀道士學其體足以亂眞，後又有同縣黎氏仿之，皆書也。蘭竹則理氏昌鳳能爲之。」〔註8〕

　　理昌鳳，據清人馮金伯編《墨香屋畫室》卷七云：「理昌鳳，字南橋，興化人，爲鄭板橋弟子，善寫蘭竹，詩詞亦工。」〔註9〕而揚州的某觀道士，據《揚州畫舫錄》卷二云：「鄭燮……關帝廟道士吳雨田從之學字，可以亂眞。」又卷時云：「鄭燮……以八分書與楷書相雜，自成一派，今山東濰縣人多效其體。」

　　總之，「板橋題畫」並非板橋親自編訂刻印，但編訂者是否即爲板橋的好友，也就是「板橋題畫」的校勘者靳奮，我們還無法肯定，無論如何，在板橋之後能仿效他的字體輯刻「板橋題畫」者不乏其人。

〔註7〕《全集》，頁217。
〔註8〕見《清代傳記叢刊》（臺北：明文書局，1986），第18冊，頁569。
〔註9〕同上註，第72冊，頁293。

主要參考書目

一、書　籍

1. 鄭燮:《板橋詩抄》,清暉書屋刊本,約清道光 23 年（1843）。
2. 鄭燮:《鄭板橋全集》,臺北:漢聲出版社,1971。
3. 鄭燮:《板橋集》,香港:中華書局,1975。
4. 鄭燮:《鄭板橋集》,臺北:漢京文化事業有限公司,1982。
5. 鄭燮:《板橋集》,大文堂本,清同治七年重刊。收於馮雲龍主編:《近代中國史料叢刊續編》第 98 集,臺北:文海出版社,1983。
6. 鄭燮著,卞孝萱編:《鄭板橋全集》,濟南:齊魯書社,1985。
7. 鄭燮著,王錫榮註:《鄭板橋集詳註》,長春:吉林文史出版社,1986。
8. 鄭燮:《鄭板橋全集》,上海掃葉山房本,臺北:百川書局,1988 重刊。
9. 司馬遷著,瀧川龜太郎撰:《史記會注考證》,臺北:漢京文化事業有限公司,1983。
10. 房玄齡等:《晉書》,臺北:鼎文書局,1976。
11. 清史編纂委員會編纂:《清史》,臺北:國防研究院,1961。
12. 周駿富輯:《清代傳記叢刊》,臺北:明文書局,1986。
13. 梁園隸修,薛樹聲等纂:《重修興化縣志》,臺北:成文出版社,1970。
14. 張世浣修:《重修揚州府志》,臺北:成文出版社,1970。
15. 陳恆和編:《揚州叢刊》,臺北:成文出版社,1970。
16. 孫星衍刊:《平津館叢書》,光緒間刊本。

17. 徐師增：《文體明辨》，大阪：文榮堂，1852。

18. 郭味渠編：《宋元明清書畫家年表》，臺北：文史哲出版社，1975。

19. 傅抱石編：《中國美術年表》，臺北：鼎文書局，1979。

20. 張慧劍編：《明清江蘇文人年表》，上海：上海古籍出版社，1986。

21. 陳乃乾編：《清代碑傳文通檢及碑傳主年里譜》，北京：中華書局，1959。

22. 來新夏編：《近三百年人物年譜知見錄》，上海：上海人民出版社，1983。

23. 葉衍蘭編：《清代學者象傳》，臺北：文海出版社，1969。

24. 郝懿行：《爾雅義疏》，臺北：臺灣中華書局四部備要本，1972。

25. 屈原著，洪興祖註：《楚辭補註》，臺北：藝文印書館，1981，6版。

26. 劉義慶著，余嘉錫箋疏：《世說新語箋疏》，臺北：華正書局，1984。

27. 江淹：《江文通集》，臺北：臺灣商務印書館四部叢刊本。

28. 庾信：《庾子山集》，臺北：臺灣商務印書館四部叢刊本。

29. 蕭統編，李善注：《文選》，臺北：華正書局，1984。

30. 逯欽立輯校：《先秦漢魏晉南北朝詩》，臺北：學海出版社，1984。

31. 杜甫著，楊倫編輯：《杜詩鏡詮》，臺北：華正書局，1986。

32. 李白：《李太白文集》，臺北：臺灣商務印書館文淵閣四庫全書本，1985。

33. 白居易：《白氏長慶集》，臺北：臺灣商務印書館四部叢刊本，1979。

34. 李商隱著，馮浩箋注：《玉谿生詩集箋注》，臺北：里仁書局，1981，3版。

35. 《全唐詩》，臺北：明倫出版社，1979。

36. 蘇軾：《集註分類東坡先生詩》，臺北：臺灣商務印書館四部叢刊本，1979。

37. 蘇軾：《經進東坡文集事略》，臺北：臺灣商務印書館四部叢刊本，1979。

38. 蘇軾著，王文誥、馮應榴輯注：《蘇軾詩集》，臺北：學海出版社，1985。

39. 黃庭堅：《豫章黃先生文集》，臺北：臺灣商務印書館四部叢刊本，1979。

40. 邵雍：《擊壤集》，臺北：臺灣商務印書館文淵閣四庫全書本，1985。

41. 沈括：《夢溪筆談》，臺北：臺灣商務印書館文淵閣四庫全書本，

1985。

42. 費袞:《梁谿漫志》,臺北:臺灣商務印書館文淵閣四庫全書本,
1985。

43. 嚴羽:《滄浪詩話》,臺北:臺灣商務印書館文淵閣四庫全書本,
1985。

44. 胡仔:《苕溪漁隱叢話》,臺北:長安出版社,1978。

45. 張舜民:《畫墁集》,臺北:臺灣商務印書館文淵閣四庫全書本,
1985。

46. 孫紹遠:《聲畫集》,臺北:臺灣商務印書館文淵閣四庫全書本,
1985。

47. 楊公遠:《野趣有聲畫》,臺北:臺灣商務印書館文淵閣四庫全書本,
1985。

48. 宋伯仁:《梅花喜神譜》,收於《叢書集成新編》第 52 冊,臺北:
新文豐出版公司,1985。

49. 鄭思肖:《鐵函心史》,臺北:世界書局,1962。

50. 唐寅:《唐伯虎全集》,臺北:水牛出版社,1987。

51. 徐渭:《青藤書屋文集》,收於《叢書集成新編》第 68 冊,臺北:
新文豐出版公司,1985。

52. 張岱:《瑯嬛文集》,臺北:淡江書局,1956。

53. 石濤:《石濤畫譜》,香港:中華書局,1985。

54. 葉燮:《巳畦詩文集》,康熙間刊本。

55. 李斗:《揚州畫舫錄》,臺北:世界書局,1979,再版。

56. 其庸等:《紅樓夢校注》,臺北:里仁書局,1984。

57. 金農:《冬心先生集》,臺北:學生書局,1970。

58. 袁枚:《小倉山房詩文集》,上海:中華書局四部備要本,1981。

59. 錢泳:《履園叢話》,臺北:廣文書局,1969。

60. 葉廷琯:《鷗波餘話》,臺北:臺灣商務印書館,1976。

61. 郭紹虞主編:《清詩話續編》,臺北:木鐸出版社,1983。

62. 陳邦彥編:《御定歷代題畫詩類》,臺北:臺灣商務印書館四庫珍本,
1985。

63. 李德壎編:《歷代題畫詩類編》,濟南:山東教育出版社,1987。

64. 周積寅、史金城編:《中國歷代題畫詩選注》,杭州:西泠印社,1985。

65. 楊家駱主編:《南朝唐五代人畫學論著》,臺北:世界書局,藝術叢

編本，1967。

66. 楊家駱主編：《宋人題跋》，臺北：世界書局，藝術叢編本，1967。

67. 楊家駱主編：《明清人題跋》，臺北：世界書局，藝術叢編本，1967。

68. 楊家駱主編：《畫論叢刊》，臺北：鼎文書局，1972。

69. 楊家駱主編：《畫論叢刊續輯》，臺北：鼎文書局，1975。

70. 李崇賢主編：《書畫題跋錄》，臺北：學海書局，1971。

71. 郭若虛：《圖畫見聞誌》，臺北：廣文書局，1973。

72. 卞永譽：《式古堂書畫彙考》，臺北：正中書局，1953。

73. 李玉棻：《甌鉢羅室書畫過目考》，臺北：新文豐出版公司，1979。

74. 蔣寶齡：《墨林今話》，臺北：學海出版社，1975。

75. 馬宗霍：《書林藻鑑》，臺北：臺灣商務印館，1965。

76. 余紹宋：《書畫書錄解題》，臺北：臺灣中華書局，1968。

77. 俞崑：《中國畫論類編》，臺北：華正書局，1984。

78. 《畫史叢書》，臺北：文史哲出版社，1974。

79. 鄭昶：《中國畫學全史》，臺北：臺灣中華書局，1959。

80. 莊申：《中國畫史研究》，臺北：正中書局，1969。

81. 莊申：《根源之美》，臺北：東大圖書公司，1988。

82. 俞劍方：《中國繪畫史》，臺北：臺灣商務印書館，1984，臺9版。

83. 張光福：《中國美術史》，北京：知識出版社，1982。

84. 譚旦同：《中華藝術史綱》，臺北：光復出版社，1972。

85. 盛叔青：《清代畫史》，臺北：廣文書局，1970。

86. James Cahill 著，李渝譯：《中國繪畫史》，臺北：雄獅圖書股份有限公司，1986，3版。

87. 蘇立文著，曾堉、王寶連編譯：《中國藝術史》，臺北：南天書局，1985。

88. 李霖燦：《中國畫史研究論集》，臺北：臺灣商務印書館，1970。

89. 李霖燦：《藝術欣賞與人生》，臺北：雄獅圖書股份有限公司，1987，4版。

90. 金維諾：《中國美術史論集》，臺北：明文書局，1984。

91. 徐復觀：《中國藝術精神》，臺北：學生書局，1984，8版。

92. 朱光潛：《文藝心理學》，臺北：臺灣開明書店，1958，臺2版。

93. 朱光潛：《西方美學史》，臺北：漢京文化事業有限公司，1982。

94. 朱光潛：《談美》，臺北：臺灣開明書店，1983，16 版。

95. 林同華：《中國美學史論集》，南京：江蘇人民出版社，1984。

96. 劉昌元：《西方美學導論》，臺北：聯經出版事業公司，1987，2 版。

97. 姚一葦：《藝術的奧祕》，臺北：臺灣開明書店，1988，11 版。

98. 宗白華：《美從何處尋》，臺北：駱駝出版社，1987。

99. 李澤厚：《美的歷程》，臺北：蒲公英出版社，1986。

100. 金學智：《書法美學談》，臺北：華正書局，1989。

101. 曾祖蔭：《中國古代美學範疇》，臺北：木鐸出版社，1987。

102. 張安治：《中國畫與畫論》，上海：上海人民美術出版社，1986。

103. 伍蠡甫：《中國畫論研究》，北京：北京大學出版社，1983。

104. 陳兆復：《中國畫研究》，臺北：丹青圖書有限公司，1986。

105. 戴麗珠：《詩與畫》，臺北：聯經出版事業公司，1978。

106. 葉朗：《中國美學史大綱》，臺北：滄浪出版社，1986。

107. 郭因：《中國古典繪畫美學》，臺北：丹青圖書有限公司，1986。

108. 蔣勳：《美的沉思》，臺北：雄獅圖書股份有限公司，1987，3 版。

109. 《中國畫論》，臺北：駱駝出版社，1987。

110. 《美術論集》，臺北：中華學術院，1979。

111. 《文學與藝術》，臺北：臺北市立美術館，1989。

112. 《當代美學論集》，臺北：丹青圖書公司，1986。

113. 《中國繪畫美學史稿》，臺北：木鐸出版社，1986。

114. 石守謙等：《中國古代繪畫名品》，臺北：雄獅圖書股份有限公司，1986。

115. 郭繼生主編：《美感與造形》，收於《中國文化新論》，藝術篇，臺北：聯經出版事業公司，1986。

116. 滕守堯著，李澤厚主編：《審美心理描述》，臺北：漢京文化事業有限公司，1987。

117. Kant 著，宗白華、韋卓民譯：《判斷力批判》，臺北：滄浪出版社，1986。

118. Lessing 著，朱光潛譯：《詩與畫的界限》，臺北：蒲公英出版社，1986。

119. 葉慶炳：《中國文學史》，臺北：學生書局，1984，學 3 版。

120. 曾永義：《詩歌與戲曲》，臺北：聯經出版事業公司，1988。

121. 吳宏一：《常州派詞學研究》，嘉新水泥公司文化基金會叢書，1970。

122. 吳宏一：《清代詩學初探》，臺北：學生書局，1986。

123. 郭紹虞：《中國文學批評史》，臺北：明倫書局，1974。

124. 沈賢愷：《鄭板橋研究》，臺北：新文豐出版公司，1988。

125. 王家誠：《鄭板橋傳》，臺北：藝術圖書公司，1978。

126. 謝一中：《鄭板橋傳》，臺北：國際文化事業公司，1984。

127. 李一泯編：《鄭板橋判牘》，北京：文物出版社，1987。

128. 卞孝萱編：《揚州八怪詩文集》，南京：江蘇美術出版社，1985。

129. 秦嶺雲編：《揚州八家叢話》，上海：上海人民美術社，1980。

130. 徐泓：《清代兩淮鹽場的研究》，臺北：嘉新水泥公司文化基金會叢書，1972。

131. 王幻：《揚州八家畫傳》，藝文誌文化事業公司，1970。

132. 陳從周：《揚州園林》，臺北：明文書局，1987。

133. 漢寶德：《明清建築二論》，作者自印。

134. 葉嘉瑩：《中國詞學的現代觀》，臺北：大安出版社，1988。

135. 蔡英俊：《比興物色與情景交融》，臺北：大安出版社，1986。

136. 戴海鷹：《石濤》，臺北：雄獅圖書股份有限公司，1985。

137. 顏其中：《蘇軾論文藝》，北京：北京出版社，1985。

138. 錢鍾書：《舊文四篇》，上海：上海古籍出版社，1979。

139. 張漢良：《比較文學理論與實踐》，臺北：東大圖書公司，1986。

140. 鄭樹森編：《現象學與文學批評》，臺北：東大圖書公司，1984。

141. Terry Eagleton 著，鍾嘉文譯：《當代文學理論》，臺北：南方叢書出版社，1988。

142. Terence Hawkes 著，陳永寬譯：《結構主義與符號學》，臺北：南方叢書出版社，1988。

143. Aristotle 著，傅東華譯：《詩學》，臺北：臺灣商務印書館，1967。

144. Schopenhauer 著，劉大悲譯：《意志與表象的世界》，臺北：志文出版社，1984。

二、論　文

（一）期刊論文

1. 鄭騫講述，劉翔飛筆記：〈題畫詩與畫題詩〉，《中外文學》第 8 卷第 6 期，臺北，1979 年 11 月。

2. 廖慧美：〈咫尺應須論萬里——論杜甫題畫詩〉，《東海大學中文學報》第 8 期，臺中，1988 年 7 月。

3. 虞君質：〈中國畫題跋之研究〉，《故宮季刊》1 卷 2 期，臺北，1966。

4. 徐建融：〈中國畫題款的美學意蘊試探〉，《朵雲》第 9 集，上海，1985 年 12 月。

5. 祝君波：〈論中國古代題畫詩〉，《朵雲》第 14 集，上海，1987 年 7 月。

6. 劉繼才：〈中國古代題畫詩論略〉，《社會科學輯刊》，瀋陽，1986 年 2 月。

7. 劉繼才：〈杜甫不是題畫詩的首創者——兼論題畫詩的產生與發展〉，《遼寧大學學報》，1982 第 2 期。

8. 鄞安生：〈古代題跋試探〉，《天津師大學報》，1986 年 5 月。

9. 包根弟：〈論元代題畫詩〉，《古典文學》第 2 集，臺北，1980 年 12 月。

10. 饒宗頤：〈詞與畫——論藝術的換位問題〉，《故宮季刊》8 卷 3 期，臺北，1974。

11. 郎紹君：〈「詩畫一律」的內涵與外延〉，《朵雲》第 12 集，上海，1987 年 1 月。

12. 錢鍾書：〈中國詩與中國畫〉，《中國社會科學院研究生院學報》，北京，1985 年 1 月。

13. 廖炳惠：〈詩與畫之辯證：試以王蒙與布雷克為例〉，《中外文學》16 卷 12 期，臺北，1988 年 5 月。

14. 高木森：〈詩書畫的分與合——南宋的士人畫〉，《故宮文物月刊》5 卷 2 期，臺北，1987 年 5 月。

15. 林莉娜：〈詩情畫意——中國繪畫之特殊藝術形式〉，《故宮文物月刊》6 卷 6 期，臺北，1988 年 9 月。

16. 李漢偉：〈論「詩中有畫」、「畫中有詩」之遠近因及其三種界義〉，《故宮文物月刊》7 卷 7-9 期，臺北，1989 年 10 月-12 月。

17. 蕭璠：〈從文人畫的相關語詞的社會意識看文人畫的起源〉，《中國藝術史集刊》卷 15，臺北，東吳大學，1987 年 2 月。

18. 高木森：〈文人畫的象徵主義——論趙孟頫的繪畫藝術〉，《故宮文物月刊》6 卷 1 期，臺北，1988 年 4 月。

19. 何惠鑑：〈元代文人畫序說〉，《新亞學術集刊》第 4 期，香港，1983。

20. 莊申：〈揚州八怪簡論〉，《大陸雜誌》48 卷 4 期，臺北，1974 年 4

月。

21. 謝里法:〈十八世紀揚州畫壇的畫家們〉,《雄獅美術》119 期,臺北,1981 年 1 月。

22. 劉芳如:〈清中葉揚州畫家略論〉,《故宮文物月刊》4 卷 7 期,臺北,1986 年 10 月。

23. 石叔明:〈墨竹篇〉,《故宮文物月刊》4 卷 5 期,臺北,1986 年 8 月。

24. 石叔明:〈墨蘭篇〉,《故宮文物月刊》6 卷 5 期至 6 期,臺北,1988 年 8 月至 9 月。

25. 徐復觀:〈石濤晚年棄僧入道的若干問題〉,《東海學報》9 卷 1 期,臺中,1968 年。

26. 左步青:〈清代鹽商的盛衰述略〉,《故宮博物院院刊》,北京,1986 年第 1 期。

27. 黃俶成:〈鄭板橋的晚年生活及身後事〉,《南京師大學報》,1984 年第 4 期。

28. 曾揚華:〈曹雪芹與鄭板橋〉,《紅樓夢學刊》,天津,1984 年第 3 輯。

29. 卞孝萱:〈「板橋題畫」非鄭燮所編刻印〉,《社會科學戰線》,北京,1983 年第 3 期。

30. 丘良任:〈二馬及其「小玲瓏山館圖記」〉,《揚州師院學報》1983 年第 3 期。

31. 張少康:〈鄭板橋的文藝美學思想〉,《北京大學學報》,1988 年第 4 期。

32. 李儒光:〈鄭板橋印章藝術初探〉,《湖南師大社會科學學報》,1986 年 5 月。

33. 王建生:〈鄭板橋生平考釋〉,《東海學報》17 卷,臺中,1976 年 6 月。

34. 楊建侯:〈鄭板橋的傑出藝術成就〉,《中國畫研究》第 4 期,北京,1983 年 6 月。

35. 徐澄琪:〈鄭板橋的潤格——書畫與文人生計〉,《藝術學院》第 2 集,臺北,1988 年 3 月。

36. 徐石橋、馬鴻增:〈鄭板橋一門書畫——關於鄭板橋研究的新資料〉,《故宮博物院院刊》,北京,1985 年第 4 期。

37. 李栖:〈鄭板橋的題畫詩〉,《藝文誌》203 期,臺北,1982 年 8 月。

38. 啓眞：〈談「意在筆先」〉，《中國畫》32 期，北京，1984 年 7 月。

39. 衣若芬：〈鄭板橋的題畫藝術初探〉，《國立編譯館館刊》18 卷第 1
期，臺北，1989。

（二）學位論文及其他

1. 邱亮：《鄭板橋及其詩》，臺大中文研究所碩士論文，1971。

2. 劉笑芬：《中國花鳥畫之研究》，文化大學藝術研究所碩士論文，
1971。

3. 戴麗珠：《蘇東坡與詩畫合一研究》，師大國文研究所碩士論文，
1975。

4. 徐澄琪：《明人解釋文人畫的趨勢》，臺大歷史研究所碩士論文，
1976。

5. 石守謙：《元代繪畫理論之研究》，臺大歷史研究所碩士論文，1977。

6. 許海欽：《論題跋》，文化大學藝術研究所碩士論文，1978。

7. 莊素娥：《李鱓研究》，文化大學藝術研究所碩士論文，1978。

8. 胡舒婷：《董其昌之詩書畫研究》，文化大學中文研究所碩士論文，
1978。

9. 孫紅郎：《金農繪畫的研究》，文化大學藝術研究所碩士論文，1982。

10. 潘小雪：《宋代繪畫美學之研究》，師大美術研究所碩士論文，1985。

11. 金美亭：《鄭板橋詩研究》，輔仁大學國文研究所碩士論文，1986。

12. 趙儷黛：《華嵒之研究》，師大美術研究所碩士論文，1988。

13. 鄭文惠：《明人詩畫合論之研究》，政大中文研究所碩士論文，1988。

14. 許天治：《論藝術的感通及其層次》，國科會民國 74 年度補助著作。

15. 徐澄琪：《十八世紀畫史研究的論題及方法之檢討》，臺灣大學歷史
研究所主辦「民國以來國史研究的回顧與展望」學術討論會論文，
1989。

三、畫　冊

1. 《鄭燮蘭竹冊》，上海：上海博物館。

2. 《鄭板橋書畫》，濟南：山東美術出版社，1984。

3. 《揚州八怪畫集》，南京：江蘇美術出版社，1985。

4. 《清代揚州畫家作品》，香港：中文大學文物館，1984。

5. 《乾隆時代繪畫展》，香港：中華商務聯合印刷有限公司，1986。

6. 田原：《鄭板橋書體變化百例》，南京：江蘇人民出版社，1988。

7. 周積寅編著：《鄭板橋書畫藝術》，天津：天津人民美術社，1982。

8. 周積寅編著：《鄭板橋書法集》，南京：江蘇美術出版社，1983。

9. 張光賓編著：《中國書畫》，臺北：光復書局，1981。

10. 何恭上編選：《鄭板橋書畫選》，臺北：藝術圖書公司，1983。

11. 林秀薇編譯：《揚州畫派》，臺北：藝術圖書公司，1985。

12. 齊藤謙編纂：《中國畫家落款印譜》，北京：中國書店，1987。

13. 米澤嘉圃、鶴田武良：《八大山人‧揚州八怪》，東京：講談社，1978。

四、外文書籍

1. 青木正兒：《青木正兒全集》，東京：春秋社，1983，2 刷。

2. 山本悌二郎，紀成虎一：《宋元明清書畫名賢詳傳》，京都：思文閣，1973。

3. Virgil C. Aldrich, "*Philosophy of Art*" , N.J. : Prentice-Hall Inc, 1963.

4. K. E. Gilbert and H. Kuhn, "*A History of Esthetics*", Bloomington: Indiana University, 1954.

5. Laurence Perrine, "*Sound and Sence*",臺北：雙葉書店，1983。

附　圖

鄭板畫像（摘自《清代學者象傳》）

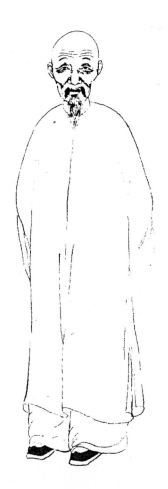

《鄭板橋全集》書影之一（臺大烏石文庫藏清暉書屋重刊本）

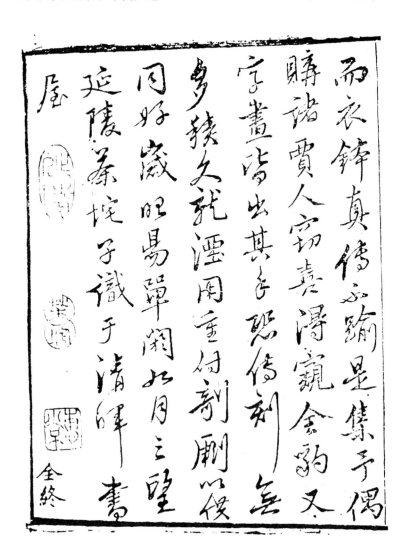

《鄭板橋全集》書影之二（臺大烏石文庫藏清暉書屋重刊本）

板橋題畫

鄭燮克柔甫著

靳畲秋田甫校

竹

余家有茅屋二間南面種竹夏日新篁初放綠陰照人置一小榻其中甚涼適也秋冬之際取圍屏骨

板橋題畫

《鄭板橋全集》書影之三（臺大烏石文庫藏清暉書屋重刊本）

于斷去兩頭橫安以為窗櫺用匀
薄潔白之紙糊之風和日暖凍蠅
觸窗紙上冬冬作小鼓聲於時一
片竹影零亂豈非天然圖畫乎
凡吾畫竹無所師承多得於紙窗
粉壁日光月影中耳
一節復一節千枝攢萬葉我自不開

花尾撩嬌興蝶
昨自西湖蹣醉歸沿山密篠篽亭
夜操舟已下金沙港曾曾清風在
江館清秋晨起看竹烟光日影露氣
皆浮動于踈枝密葉之間胸中勃勃遂
翠微
有畫意其實胸中之竹並不是眼中

鄭板橋簽名式之一

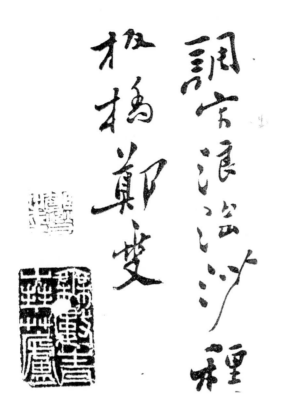

鄭板橋簽名式之二

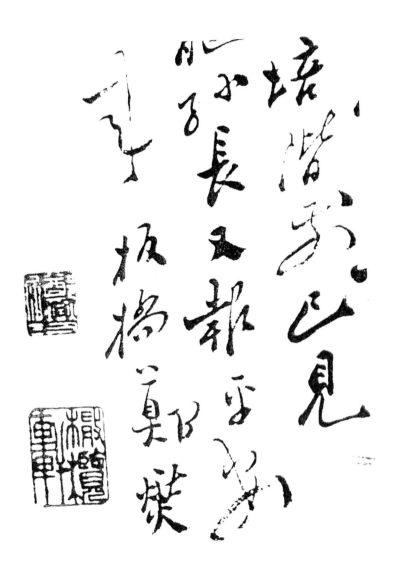

清代揚州位置圖

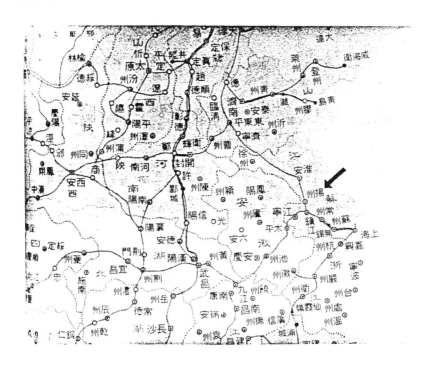

圖 1：宋徽宗「蠟梅山禽圖」（現藏臺北故宮博物院）

圖 2：范寬「谿山行旅圖」（現藏臺北故宮博物院）

宋范寬谿山行旅圖　軸

成二二八13　故畫甲○二・○八・○○八二六

圖 3：范寬「谿山行旅圖」款

圖 4：葉震初、方士庶合作「九日行庵文讌圖」（現藏美國克
利夫蘭美術館）（攝自《美感與造形》圖 6）

圖 5：鄭板橋題「叢蘭竹石圖」題詞（攝自《鄭板橋書法集》圖
71）

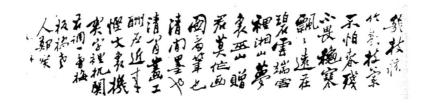

圖 6：鄭板橋「難得糊塗」匾額（山東濰坊博物館藏拓片）（攝自
《鄭板橋書法集》圖 44）

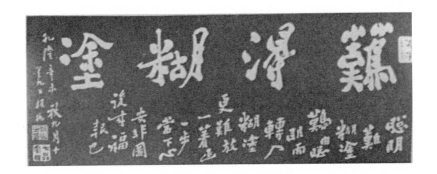

圖 7：東漢河北望都墓室壁畫局部

圖 8：北魏大同司馬金龍墓木板漆畫局部

圖 9：（傳）顧愷之「女史箴圖」局部（現藏英國大英博物館）

圖 10：鄭板橋「蘭竹圖」（攝自《揚州畫派》頁 231）

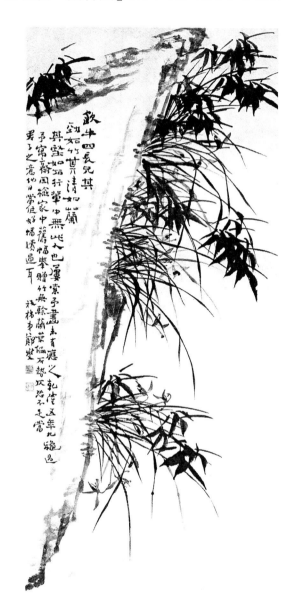

圖 11：鄭板橋「墨竹圖軸」（攝自《揚州八怪畫集》頁 57）

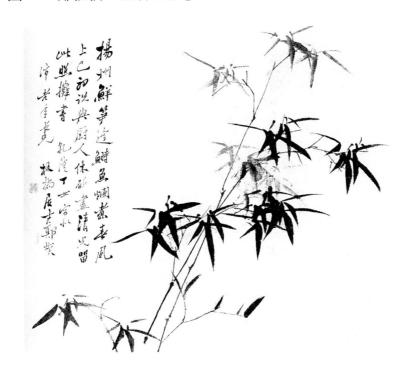

圖 12：鄭板橋「竹石圖」（攝自《揚州畫派》圖 222）

圖 13：鄭板橋「墨竹軸」（攝自《鄭板橋畫選》圖 47）

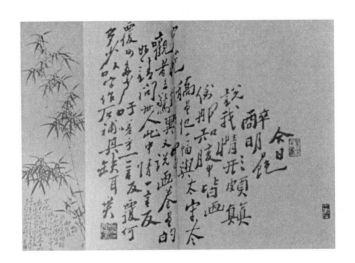

圖 14：鄭板橋「蘭竹圖軸」（攝自《揚州八怪畫集》頁 62）

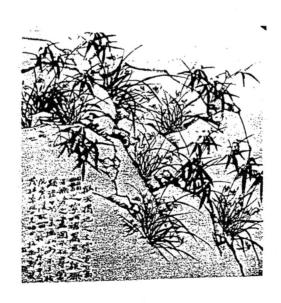

圖 15：鄭板橋「墨竹圖」屏風（現藏日本東京國立博物館）（攝
自《八大山人・揚州八怪》圖 15）

圖 16：鄭板橋「墨竹圖」屏風題句

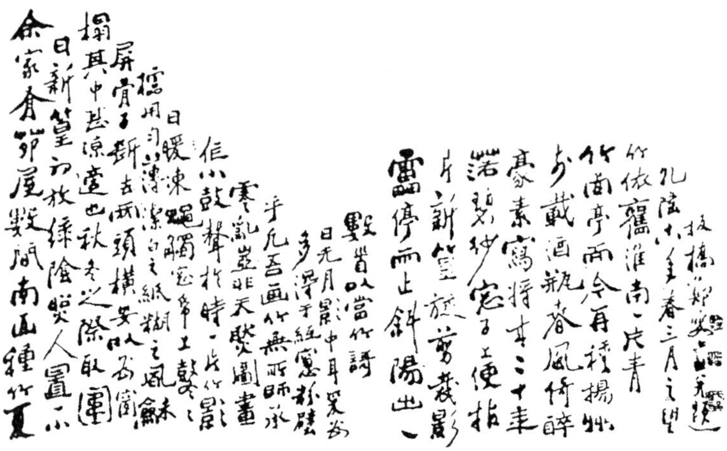

圖 17：鄭板橋「墨竹圖」（攝自《八大山人・揚州八怪》圖 95）

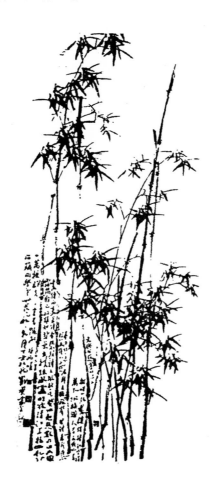

蘇曼殊詩析論

顧蕙倩 著

作者簡介

　　顧蕙倩，國立師範大學國文系畢業、淡江大學中文研究所碩士，佛光大學文學系博士。大學時期參與師大「噴泉」以及「地平線」詩社。曾任迴聲雜誌採訪編輯、中央日報副刊編輯、新觀念雜誌特約採訪編輯、國立台灣藝術大學兼任講師，現任國立南大附中國文科教師，兼任銘傳大學應用中文系教師。

　　文學作品曾獲師大噴泉詩獎、台北詩人節新詩即席創作首獎。

　　出版有劇本《追風少年》（1995・正中書局），散文集《漸漸消失的航道》（2001・健行文化）、《幸福限時批》（2007・唐山出版社），詩散文合集《傾斜／人間的喜劇》（2007・唐山出版社），論文集《蘇曼殊詩析論》（2009・花木蘭出版社）、《台灣現代詩的浪漫特質》（2009・佛光大學）等。

提　　要

　　蘇曼殊，他的個人生命與文學生命充滿多姿多采的獨特風格。身處於西方思潮與傳統文化猛力衝擊的時代，曼殊必然歷經許多掙扎與反省的過程。而此時，也是傳統詩發展為白話詩的重要過渡階段，作為此文學發展史上的重要詩人，曼殊在詩中記載下他在傳統習得的養分，以及試圖突破傳統語言束縛，自成境界、獨具新意的成績。因此，蘇曼殊實在是值得從事中國文學研究的人去深入發掘、探索。

　　本諸文共分結為、本論五章與結論，計約十萬字。首章緒論概言蘇曼殊詩的研究動機、現況、方法與架構。第二章則分別說清末民初的政治思潮、思想文化、社會環境及文學潮流諸方面加以論述。蓋時代背景是影響作品風格的關鍵之一，掌握時代的脈動，便能進一步了解詩人生命與作品的內涵。第三章由曼殊的童年、學習歷程、性情氣質各方面，試圖進入曼殊的內在生命，以呈現其多樣化的人格特質。論文的後半部，則是進入文學作品的內在研究，第四、五章分別探討蘇曼殊詩的語言與內容，這兩章的援例舉證，正可以呈現他在藝術與人生中的掙扎痕跡。第六章結合前面有關蘇曼殊的外緣、內在研究成果，從整體詩作歸納其詩的風格。最末一章結論，則是將其詩納入當時歷史、文學的演進歷程及其整體生命中，來評價曼殊及其詩的地位，以彰顯本論文研究的價值。

　　耐人尋味的文學作品能呈現出歷史環境的真象，而我們從蘇曼殊的詩歌中，不僅可以探尋到清末民初新舊衝突的痕跡，藉此更可以體會到一位知識份子憂心國事而徬徨無助的高貴心靈。曼殊的生命與詩歌，著實令人感動。

目

次

第一章　緒　論

第一節　蘇曼殊詩的研究動機

　　蘇曼殊，光緒十年（1884）中法戰爭進行時，生於日本；民國七年（1918）五四運動風起雲湧的前夕，他匆匆結束生命。短暫的三十四年歲月，相較於清末民初如許波瀾壯闊的歷史進程，或許渺小如浪花，但是蘇曼殊，他的個人生命與文學生命充滿多姿多采的獨特風格。假如以時代縱橫交錯的觀點來考察蘇曼殊，我們會發現：在縱方面函，不論是他的生命存在形態、或是文學的創作思維模式，都直接或間接的存有傳統的因子。也就是說，身處於西方思潮猛力沖擊的時代，曼殊對於傳統的承繼，必然歷經掙扎與反省的過程。

　　其次，在橫的方面，清末民初的時代特徵，便是政治社會的動盪不安、知識界的百花齊放、文學界的多姿多采。蘇曼殊對於西方文化的翻譯、引介，可以說頗見積極，他精通中、英、梵、日、法五種語言，也在西方文化中吸取養分。當時的知識份子若無法同時深入中國傳統的典籍與西方思潮，便容易造成思想的偏執而昧於一方，曼殊能在繼承傳統之餘，向西方及同時代的思維發展進行吸收、反省，形成了曼殊生命類型及文學風格的豐富性、矛盾性。

　　曼殊的個人生命與新生存的時代真是休戚相關，我們可以說，曼殊的生命是隨著時代的演變而發展生活的。因此，從曼殊的生命中，

我們可以考察到整個晚清民初的大環境。而這也就是曼殊個人生命的存在亟待探索的原因。

曼殊在極有限的人生之中，以獨特的方式，為時代貢獻思想見識、行動實踐。他年少出家為僧，卻無法忘情紅塵；他積極投入革命組織、慷慨直言對抗當權，卻也對革命的遠景悲觀過、對生命的存在否定過。他的生命歷程，實實在在地反映出當時知識份子為家國痛楚、矛盾的高貴心靈。

而晚清以降，也是傳統詩發展為白話詩的重要過渡階段。〔註1〕詩在傳統中國，一直是文學表現的重要方式之一，隨著時代的改變，詩人對詩的形式、內容要求，正邁向一個嶄新的視野。這其中包括了詩歌文字的口語化、詩與政治宣傳的結合等時代聲音。所以，晚清的傳統詩，雖然是古典詩的結束，但並不是一個衰微的尾聲，而是肩負著承先與啓後的雙重意義，可以說是中國文學史上重要的里程碑。作為此文學發展史上重要詩人之一，曼殊也有很精采的表現。在他的詩中，記載下他在傳統習得的養分，以及試圖突破傳統語言束縛，自成境界、獨具新意的成績。因此，蘇曼殊實在是值得從事中國文學研究者深入發掘探索。

第二節　蘇晏殊研究的現況

柳無忌先生在《蘇曼殊研究的三個階段》〔註2〕文中指出，蘇曼殊的研究工作自 1980 年起，已進入了第三階設。第一階段的學者主要著力研究曼殊的身世、血統的確認、年譜的修正與作品的匯整搜集，重要的成果有柳亞子的《蘇曼殊年譜及其他》（1927），《曼殊全集》五冊（1928～1929）、《蘇曼殊傳略》與《重訂蘇曼殊年表》（1933）等。

第二階設的蘇曼殊研究（1960～1957）從國內發展到英、美、日

〔註1〕見司馬長風《中國新文學史》（台北：駱駝，民國 76 年），頁 16。
〔註2〕以下參考柳無忌《從磨劍室到燕子龕》（台北：時報，民國 75 年），頁 176～195。

本等國，不少國外學者非常重視，紛紛投入研究的行列。日人研究者有增田涉、米澤秀夫、池田孝、村上知行、飯塚朗諸人；英人麥克阿萊維撰寫英文本《蘇曼殊：一位中、日天才》；柳無忌也在美國撰寫了英文本《蘇曼殊傳》、編輯《曼殊大師紀念集》等。

　　在 1980 年代開始了蘇曼殊研究的第三階段，這個階段的研究工作，主要在於以客觀的態度、批判的眼光，評論曼殊的著作、翻譯，從而為他在文學上的貢獻、地位，作出深刻的評估。到目前為止，大陸方面有施蟄存、劉斯奮、馬以君曾編註曼殊的詩集、曾德珪編注曼殊的詩歌雜文、裴效維校點《蘇曼殊小說詩歌集》、馬以君以西方批評理論論述曼殊的文章、人格，合集為《蘇曼殊析論》等。而台灣方面，則較為零散，除少數單篇論文外，另有林佩芬、劉心皇、唐潤鈿等為曼殊成書立傳。

　　第三階段的研究是基於一、二階段的研究成果上，加以超越，其中有融合西方心理學、社會學、美學等批評理論，評論曼殊的悲劇意識、文化衝突、人格矛盾、作品主題等內在的探索、開闊了研究的角度與方法，更深化曼殊作品、生命的內在意涵。然而綜觀目前研究曼殊詩歌的成果，仍普遍呈現出支節、零散的論述方式，有的研究者將作品的形式與內容截然劃分，一味以西方理論為架構，而跳脫出曼殊創作的媒介——語言，反以個人主觀的臆測為憑；而有的研究者仍徘徊在外緣身世、時代的分析上，對作品的核心卻不去觸及，只作印象式的批評。在這種情況下，曼殊的詩歌價值，因而無法呈顯出來。總之，曼殊的詩歌研究現況，頗有值得突破之處，亟須超越過去的研究途徑，以完整、富邏輯性的文學研究架構、對曼殊的作品進行主觀、客觀兼其的分析與整合，以求呈現全面而正確的認識。

第三節　研究的方法與架構

　　本論文研究蘇曼殊詩所採取的方法，其基於下述的觀念研建立而

成的：文學研究的方法大致可以歸納爲兩類，一是文學作品的內在研究（intrinsic study），一是文學作品的外緣研究（extrinsic study）。〔註3〕文學作品的內在研究，主要是把重點放在作品的本身，分析作品的形式、內容，旨在於研究作品的題材選擇、語言表現、主題與境界的呈現等。如果我們要對詩歌作藝術價值的判斷，必須同時兼顧到語言的表層與意涵的內層。至於作品的外緣研究，則是集中於作品外在關係的探討上，這其中包括了作者存在的歷史、文化、及作者的身世、交遊、學習、性情等範疇。

本論文便是先由曼殊詩歌的外緣研究著手，逐章討論曼殊的時代背景、人格形成的因素及特質；下來則是進入曼殊詩歌作品的內在研究，分別就曼殊詩的語言、內容、風格等主題加以分析。風格是「作家使用文字的一種特殊方式，不僅可顯示他的詞彙和修辭傾向，同時亦可表露他的內在人格。」，〔註4〕經由曼殊的時代、人格、詩歌藝術性諸方面的著手，方能全面透視曼殊詩歌的獨特風格。最後一章是爲總結，綜合以上各類研究討論的結果，而作成的結論，評定曼殊其人、其詩的存在價值與歷史定位。

〔註 3〕 R. Wellek & A. Warren 的《Theory of Literature》一書即將文學的研究如此區分。見王夢鷗、許國衡《文學論》（台北：志文，1980）。

〔註 4〕 見 W. L. G. 等著《文學欣賞與批評》（徐進夫譯，台北：幼獅，77 年3 月 11 版），頁 260。

第二章　蘇曼殊的時代背景

　　在既有的文學現象中，社會都佔有一個不可或缺的地位。在文學產生之先，社會早已存在，作者無可避免地要生活在社會裡，為社會所制約、限制、影響；作家總是努力反映它、解釋它、表達它，甚至於設法改變它。我們也可以在文學作品中看到「社會」的存在蹤跡。。〔註1〕

　　蘇曼殊生在晚清，這是一個新舊交替、內憂外患頻仍的關口。從道光二十年（1840）的中英鴉片戰爭嚴重失利之後，中國便開始了前所未有的歷史大變局。曾經引以為豪的五千年文化，在西方帝國主義的船堅炮利蹂躪下，一點點地在中國人心靈中瓦解。這「三千餘年來未之有也」的中國情節，身在其間的蘇曼殊，和當時的知識份子一樣，他憂心國事，以自己的方式投身革命，為時代思索出路；他在傳統禮教與個人主義的道路上反覆掙扎，我們可以說，是這個時代塑造了他，也可以從他身上看到這個時代的狀況。

第一節　政治思潮的動向不定

　　清朝末年的政治思想，基本上是由洋務論、變法論及革命論等三

〔註 1〕見何金蘭《文學社會學》（台北：桂冠，民國 78 年），頁 2。

個階設為主軸而形成的。〔註2〕洋務論的特色是在於輸人西洋的機器，以謀求中國的自強，其目的乃是承認「夷」之長處，並師夷學，藉充實軍備以圖謀自強。而以魏源的「海國圖志」為代表。〔註3〕在這本書發刊之初，幾乎為一般讀書人所忽略，及至太平軍之說（1850～1864）及亞羅船事件（1858）的發生為契機，而受到重視。前者使曾國藩、李鴻章、左宗棠等留意洋務，而後者則是直接震撼北京的主因。自光緒十一年（1885）中法戰爭以後，鐵路及其他各項洋務才引起了清朝的關心，洋務日益高漲，除了李鴻章的北洋海軍以開礦及鐵路作為兩翼以外，張之洞在武漢方面也積極推展洋務工作。〔註4〕

到了後期，從洋務分出了兩個方向，探討西學的內容從機器逐漸轉變為制度。而對於古代的檢討，則孔孟之教與西學之間已發生緊密性，於是乃有清末變法論的成立。清末的政治思想從洋務論轉為變法論，一般都認為是以甲午戰爭（1894～1895）為轉變。自甲午戰爭以後，識者之間已多認清以機器為中心的洋務不能自強，而主張自強的根本，在於制度的改革，〔註5〕他們由西洋政體與中國傳統政治思想中企圖超越的改革思想，無非是在於為「內政」思圖自強。

變法論者從經書及諸子中探求「軍備為末，內改為本」、「君民一體、上下一心」的政治態度，而且對於西政也是從這個觀點上去注意的。他們認為講求西政，必須將本源溯至古代、並求其合致之跡。然而無論如何，變法論者的前提仍是在肯定清朝，依然設有踰越「君民合治，滿漢不分」的範圍。

而「革命論」乃是以「排滿」為第一前提，除了以消除專制政權之外，更要革掉滿清王朝的君權命脈。洋務論、變法論的付諸實行是

〔註2〕見林明德、黃福慶合譯小野川秀美著《晚清政治思想研究》原序（台北：時報，民國74年11月2版），頁1。

〔註3〕同上，頁2。

〔註4〕見張玉法《中國近代現代史》（台北：東華，民國73年7月6版），頁126。

〔註5〕同註2，頁49。

於內政、外交、國防上輸入西方思想、技術，而以孫中山先生爲首的「革命論」，則是以實際的革命行動，包括起義、設立革命組織、辦機關報紙刊物等來達成。經過十次革命，至辛亥革命起義成功，成立亞洲第一個民主共和政體——中華民國以來，革命派內部雖然也發生對立，彼此之間的意見縱然也有相左，然而自晚清以來，革命論終成爲時代潮流的先鋒，改變了中國五千年的專制君主政體，使中國的傳統政治、社會產生了極大的變局。

　　然而眞正的革命是永無止境的，民國以後，中國又再次遭遇西方政治制度與中國社會型態的差距問題。知識分子的思想與作爲，勢必受到如許強烈的政治思潮衝突的影響。而蘇曼殊，在投身革命行列、接觸西方文化、主張「無政府主義」，〔註6〕對革命產生消極的思想這一連串的歷程，充滿了矛盾與變數，無非是當時政治思潮交相衝擊而產生的典型知識份子。

第二節　思想文化的「求變」與「拒變」

　　基本上，晚清的思想文化，是呈現著二元化的文化趨勢。我們可以說，晚清思想是受到「西方」與「傳統」的兩方衝擊，也可以說，晚清，是一段化合成新觀念、新思潮的一段歷史。〔註7〕在一八九五年之前，由於晚清社會並存著兩種經濟型態：「通外商埠」的現代型經濟，和內陸的傳統型經濟。也可以說，當時的中國文化思想有著類似的現象；一方面是受到西方文化影響的「混血文化」，另一方面是「傳統文化」。〔註8〕這種二元性的趨勢，到一八九五年以後開始有了極大的轉變。「西學」的輸入由開始零星的引介，逐漸在知識份子之間廣泛地流

〔註6〕曼殊有一篇雜文〈女傑郭耳縵〉（1903年）郭耳縵生於俄國，後至美國投身鼓吹無政府主義。曼殊稱其思想爲「卓見」。

〔註7〕見張灝等著《近代中國思想人物論——晚清思想》（台北：時報，民國74年），頁22。

〔註8〕同上，頁25。

傳。而更重要的是，在思想內容上也起了激烈的變化。「西學」已蔚為一股洪流，正激烈地撼動著傳統儒家在中國新建立的社會倫理基礎，為五千年來的禮教、思想文化、甚至是「人格」的自覺提供了諸多的懷疑空間。〔註9〕但實際上，「傳統」一如「人格」一般，不可能一下子連根拔起，「傳統」，尤其五千年的延續，具有其複雜位和發展性。從歷史的脈絡來看，十九世紀到二十世紀中國變局的重要契機，確實是由於「西風」的激盪，使得世變日亟，但我們須知，大至一個社會的思想結構，小至一個人的文化意識，其間的變化，不但要經過長久的時間過程，也須有適當的社會經濟基礎才能生根。〔註10〕

梁啓超曰：

> 因政治的劇變，釀成思想的劇變，又因思想的劇變，致釀成政治的劇變，前波後波展轉推盪，至今日而未已。〔註11〕

思想的劇變，導因於政治上有許多亟待突破、補救之處，無論是主張模仿西法的學人，或是擁護傳統、主張復古的國粹派，皆是以「求變」為目的。魯迅二十三歲時（1903）寫的《自題小傳》云：「靈台無計逃神矢，風雨如磐晴故園，寄意寒星荃不察，我以我血薦軒轅。」充分道出清末民初的知識份子，在西方勢力入侵及覆壓之下的困境與恐懼。在那樣無奈的困境之下，如何愛國強國，成為當時大多數知識份子的一個共同思索目標。〔註12〕

在這樣一個西方知識猛力叩關之際、在這樣一個「傳統」根基極為深厚的中國，我們實在不能單只是用「傳統」或「前進」，「新」或「舊」來描述當時知識份子的複雜思維。因為我們經常可以在這一個

〔註 9〕見王爾敏《中國近代思想史論》（台北：華世，民國 71 年 3 版），頁111。

〔註10〕見鄭培凱《一九○○年的中國》（下），收入「當代」第 11 期，1987年 3 月 1 日。頁93。

〔註11〕見梁啓超《中國近三百年學術史》（台北：華正，民國 63 年），頁32。

〔註12〕見王德威《魯迅之後》，收入「當代」第 13 期 1987 年 5 月 1 日，頁 51。

時期的知識份子身上同時看到全盤反傳統，與在某些層面上意執傳統的情形在互相矛盾。其實這些皆是在「救亡圖存」的終極之目標之下，「目的」與「手段」間的緊張與兩難。〔註13〕

在如此「兩難」的思潮衝擊之下，身爲知識份子的蘇曼殊，雖未留下浩如煙海、深奧獨特的學術立說，一生也從未具有明顯的學者風範與學問旗幟，但觀其一生的行誼與創作，在傳統與反傳統、中西文化的道路上，他也有屬於自己的反省與困惑痕跡！一個人吸取什麼、擯斥什麼思想，歸根結柢，還是取決於他所處的歷史條件、生活環境和他從長期的社會實踐中所形成的世界觀。作爲一個始終徘徊在東西方文明之間的近代知識份子，曼殊所接受的西方思潮，常常與他新接受的舊傳統文化觀念體系發生矛盾。兩者撞擊的結果，便鑄成了他那種非恆定狀態的畸型性格。對西方風格文化，曼殊曾細心觀察過，如：「西人以智性識物，東人以感性悟物」，〔註14〕「牛乳不可多飲，古人性類牛，即此故」；〔註15〕他還留心到中西方文學風格的差異：「英人詩句，以師梨最奇詭而兼流麗。嘗譯其含羞草一篇，峻洁無倫，其詩格蓋合中土義山、長吉而熔冶之者。」，〔註16〕「衲謂文詞簡麗相俱者，莫若梵文、漢文次之，歐洲番書，瞠乎後矣。」。〔註17〕然而，在對中西文化的選擇上，曼殊畢竟沒有深入研究中西文化深層結構的差異，更缺乏在更高的層次上建構新的文化形態的主動精神。〔註18〕眼見西方文化進入中國社會，產生重重虛僞的假象，而傳統實際上又直接或間接、積極或消極地影響並塑造其基本信念、人生態度，曼殊這個「對中國文化的精粹懷有更加強烈的思慕之情」〔註19〕的知識份

〔註13〕同上，頁52。
〔註14〕見蘇曼殊《燕子龕隨筆》。
〔註15〕見《與鄭桐蓀柳亞子書》。
〔註16〕同註14。
〔註17〕見蘇曼殊《文學因緣自序》。
〔註18〕見馬以君《蘇曼殊新論》，頁78。
〔註19〕同上，頁69。

子,其實始終無法擺脫傳統的思維。他在《華洋義賑會觀》一文中曾明白表露中國女子勿效西方女子的保守思想:

> 此後勿仿效高乳細腰之俗,當以「靜女嫁德不嫁容」之語
> 爲鏡台格言,即可耳。

在小說《碎簪記》中,也說到:「方今時移俗易,長婦姹女,皆競佻邪,心醉自由之風。其實假自由之名而行越貨,亦猶男子借愛國主義,而謀利祿。自由之女,愛國之士,曾遊女市儈之不若,誠不知彼輩性靈果安在也?」還在作品中一再表示「天下女子皆禍水也」、「女子無才便是德」的傳統禮教思想。甚至對女子就學亦極反對,以爲「吾國今日女子,殆無貞操,猶之吾國,殆無國體之可言。此亦由於黃魚學堂(即對女子學堂之蔑稱)之害,〔註20〕至若「女子必賢而后自縊」,「女子之行,唯貞與節,世有妄人,含華夏貞專之德,而行夷女猜薄之習,向背速于反掌,猶學細腰,終餓死耳」〔註21〕之類的說教,居然是出自這位負笈異國、積極投身中西文化交流的知識份子所言。

　　這是在面臨著中西文化強烈衝擊下,無法對南方文化進行深刻把握而達到理性認知的心態失衡。這種失衡,使得他原本充滿矛盾的個性,更加無法等待另一立足點,而承擔起這個過渡時代所具有的新舊兩極與自我突破的契機。也由此而反映出歷史轉折的急遽、和時代進程的迂曲,更昭示出一個「近代人」走向「世界人」行列的艱難。〔註22〕

第三節　社會環境的動盪不安

　　原本清朝嘉慶、道光時,國勢已經衰退日甚,叛亂四起,自1860年起,中國全面開放、進口激增、糧食不僅不敷自食,出口又減少;

〔註20〕見《與柳亞子書》(乙卯三月)。
〔註21〕見《焚劍記》。
〔註22〕同註18,頁85。

〔註23〕如上水旱災頻仍、民不聊生，偏偏政府財政拮据，再加上對外賠款、負荷超重，於是便扣廉俸、增釐金、折漕米、土藥、加重稅捐等，加強對人民的搜刮，使得人民流離失所，〔註24〕為了生存，惟有挺而走險，內部益加地動亂不已。另外，由於人民對傳教士在內地的所作既為感到痛恨，教案在各地不斷發生。而與教案無關的動亂，自光緒十八年（1892）至光緒三十年（1894），屢起於湖南、江西、廣東、廣西、四川、雲南、河南諸省。光緒二十一年（1895）的甘肅回亂，歷時一年七個月始定。〔註25〕廣西、廣東的天地會亦紛紛舉事。而光緒二十一年中日甲午戰敗，簽定馬關條約，中國的變法運動正式揭開，孫中山的革命起義自是開始。

　　光緒二十四年至二十五年（1898～1899），列強在華的掠奪最為猛烈，國內動亂亦最為嚴重，反教滅洋的運動愈演愈烈，終於釀成了震撼中外的義和團事變，由於慈禧的庇護、宣戰，終於導致了光緒二十六年（1900）的庚子事變。列強在中國境內的暴行更加激烈化。雖迫使慈禧推行新政、預備立憲，以消除革命排滿日益瀰漫的氣焰，但實際並無作為。張之洞曾失望地說：「京朝門戶已成，廢她如故，蒙蔽如故，秀才派如故，窮益加窮，弱益加弱……餉竭債重，民愈怒。」

　　革命黨人在光緒三十三年（1907）至光緒三十四年（1908）間，至少八次起義，均告失敗，加之官方搜捕日益緊張，流亡海外的革命黨人生活艱難，宣統元年（1909）革命的氣氛至為消沈。至宣統三年（1911）黃花岡之役，革命黨人捐軀殉國者人十六人，久蟄的人心因此大為振奮。加上清朝政府財政措施的不當，益加入不敷出，而導致民變的普偏性，或為抗捐，或為搶糧。武昌起義，方終一舉推翻滿清。

　　在光緒十六年（1890）至光緒三十年（1904）的十餘年之間是一個轉捩點，上層階級的某些成員明顯地感覺到社會改變正在進行中，

〔註23〕見郭廷以《近代中國史綱》（上），頁 313。
〔註24〕見《劍橋中國史──晚清篇》（台北：南天，民國 76 年），頁 662。
〔註25〕同註23，頁 316。

張謇就曾評道:「此十年中風雲變幻殆如百歲」。〔註26〕傳統士人階級已逐漸瓦解,他們對朝廷國家的認同亦日漸微弱。而下層階段,尤其是鄉間的普遍貧困,似乎是清末許多社會變遷特徵的種因,所以有手工業情況的改變、移民、赤貧階級的出現。〔註27〕

　　在晚清末期,由於持續不斷的外來衝擊對抗內在因素、農業狀況的惡化使寒微的老百姓陷入更深的困境(辛亥革命前夕比 1840 年農民財政的負擔增加即使不到三倍,至少也有兩倍之多),以及各地興起的民變(根據上海東方雜誌統計,宣統元年有一百一十三次叛亂,宣統三年有二百八十五次),促使商人、企業家、都市知識份子的興起,最重要的是思想運動的勃興。〔註28〕傳統社會的形態與內在結構,逐漸在解體之中,舊制度還未完全隨著清朝的日落西山消失,而新的社會制度又還未成形、茁長,夾在新舊社會過渡時期的知識份子,由於認同的不確定、和精神文化的極度不穩的情況下,而新中國的建立又如此波譎雲變。面對如此動盪不安的社會趨勢,知識份子必袋要先能安身立命,才能進一步投身社會、發展所長。而蘇曼殊、短暫的青春歲月其實還在摸索生命的階段,他還沒有找尋到安身立命的渡口,畢竟這個多動盪的社會,也沒有給予他可依尋的內在制度,更加深了他生命意識的徬徨感。

第四節　文學思潮的變革

　　隨著西學的輸入,不僅中間近代的思想文化、社會結構、政治局勢產生了動搖,亦勢必會影響到以文字為媒介的文學發展。晚清的文學,與晚清的思想革命、政治革命,有著密不可分的關係。一方面它是思想革命傳播的工具,同時又是革命風雷的呼喚者和描繪者。〔註29〕

〔註26〕見張春《柳西草堂日記》,1904 年 10 月 25 日。引自《劍橋中國史——晚清篇》。頁 599。
〔註27〕同上,頁 649。
〔註28〕同上,頁 665。
〔註29〕見任訪秋〈晚清西學輸入與中國近代文學的發展〉,收入《中國近代文學研究》(第 3 期)(廣東中山大學,1985 年),頁 44。

　　一般學者都將中國近代文學史的上限，定在鴉片戰爭處發的
1840 年。〔註30〕鴉片戰爭使得中國由一個閉關自守的國家，變成半
殖民地的犧牲者，大批商品的輸入，使得經濟結構發生了變化，自給
自足的自然經濟遭到了破壞，加速了農業社會的解體。而反映在文學
上的主題，也隨之改變。清中葉以來，在文壇上是完疏無物、標務「義
法」的桐城派獨霸散文界；在詩壇上則是「性靈說」、「肌理說」兩派
籠罩詩壇。在這一個時期的文學創作中，固然不乏具有一定社會內容
的作品，但總的說來，不外吟詠「山水」、「花鳥」，宣揚「忠愛」、「和
平」〔註31〕鴉片戰爭之後，晚清文學便比較能朝向反映這二階段急劇
動蕩著的歷史現實和廣大人民的悲苦。

　　隨著文學內容的變化，在形式上也有某些改變的跡象。首先表現
在語言方面，鴉片戰爭之前，由於創作內容的空虛，作家們多注意文
辭的雕琢、平仄的協調，到了戰後，語言逐漸傾向於質樸、平實。其
次在風格上，有些作品的調子由低沉轉向高昂，由清麗委婉、平和淡
雅轉向慷慨悲壯，蒼涼頓挫。〔註32〕爾後一連串的西方帝國的入侵，
作家們紛紛提出文藝革新的見解。在詩歌方面，黃遵憲、譚嗣同，夏
曾佑等人，提倡所謂的「詩界革命」。黃遵憲非常重視時代發展中語
言的變化，他說：

> 黃土同搏人，今古何愚賢，即今忽已古，斷有何代前。……
> 我手寫我口，古豈能拘牽。即今流俗語，我若登簡編。五
> 千年後人，驚爲古斕斑。(雜感)

雖然他的詩歌形式仍是沿襲傳統，但其語言用字已有新意。而更重要
的是，詩的內容真實地反映了晚清政治外交等方面的巨大事變。〔註33〕

　　嚴復、夏曾佑的〈『國聞報』附印說部緣起〉一文、梁啓超的〈論

〔註30〕同上，頁 49。
〔註31〕同上，頁 51。
〔註32〕同上，頁 55。
〔註33〕見任訪秋《中國近代文學作家論》，頁 50。

小說與群治之關係〉，則是開啓了晚清「小說界革命」。梁啓超曾云：

> 欲新一國之民，不可不先新一國之小說。故欲新道德必新
> 小說，欲新宗教必新小說，欲新政治必新小說，欲新風格
> 必新小說，欲新學藝必新小說，乃至欲新人心，欲新人格，
> 必新小說。

而嚴復、夏曾佑則提出：

> 百餘年來，大彼得、華盛頓、拿破崙奪匹夫、建大業，固
> 以兵得天下矣；其後有南北花旗之戰、俄土之戰、普法之
> 戰，器械之精、士卒之練、攻戰之慘、勝負之速，皆爲古
> 之所無。……雖曰文治，抑亦未嘗不由師武臣力也。至於
> 路德之改教、倍根之叛古、哥白尼之明地學，奈端之詳力
> 理，達爾文之考生物，皆開闢鴻蒙，流益後苦，視拿破崙、
> 華盛頓爲更進一解矣。蓋血氣之世界，已變爲腦之世界矣，
> 所謂天衍自然之運也。

蓋「小說界革命」的理論是以「教」爲本，文學爲「政治服務以便於
教化民心」，也就是在「善爲教育，則因人之情而利導之」，〔註34〕藉
小說爲工具，來「幫助統治階級的政治復興」。〔註35〕小說經由如此
大力的提倡，遂由末流小技，堂而皇之地走人了文學的前哨。小說儼
然成爲改良羣治的利器。它，使得政治革命走入了文學革命，讓兩者
作了結合。然而理論雖是「石破天驚」〔註36〕之論，其間仍然充滿了
矛盾性。周作人對梁啓超的評價頗有啓示，他說：

> 他是從政治方面起來的，他所注意的是政治的改革，因爲他
> 和文學運動的關係也較爲異樣。……他從事于政治的改革運
> 動，也注意到思想和文學方面。在「新民叢報」內有很多的

〔註34〕見梁啓超〈譯印政治小說序〉，收入《晚清文學叢鈔小說戲曲研究卷》
（台北：新文豐，民國78年），頁13。

〔註35〕見阿英《晚清小說史》（台北：天宇，民國77年），頁87。

〔註36〕見司馬長風《中國新文學史》（台北：駱駝，民國76年），頁21
～23。

文學作品。不過那些作品都不是正路的文學，而是來自偏路的，和林紓所譯的小說不同。他是想藉文學的感化力作手段，而達到其改良中國政治和中國社會的目的的。〔註37〕

以梁啓超的《新中國未來記》為例，這只是一部對話體的「發表政見、商榷國計」的書而已，「使讀者有非小說之感」。〔註38〕在一片實用主義工具論為取向的實踐中，小說的娛樂性、言情性與論政性的功能產生了混淆。爾後小說的發展，幾乎汗牛充棟，而相繼問世的「小說林」、「新新小說」、「月月小說」等小說期刊，在某種意義上可視為「小說界革命」的產物，但終不免為黑幕、偵探、言情小說所充斥。〔註39〕這實在是「小說界革命」的倡導者所始料未及的。

　　本文雖以蘇曼殊的詩歌為探討主題，然略觀其小說的形式、內容，在言情說愛的傳統小說主題中，仍不忘說上幾句感時憂國的評論語。此種違背小說內在結構獨立性的作法，實與當時小說界的發展極為有關。

　　梁啓超亦曾對散文的革新多所貢獻。他運用各種字句語詞，來做宣傳維新變法的時論文章。他不避排偶、不避長比、不避佛書名詞、詩詞典故、以及外來名詞。他打破了當時統治文壇散文的桐城派的「古文義法」，加上他在行文時往往滲入個人激烈的感情，所以使得文章雖然是「文盲」，而具親和力的感人魔力。〔註40〕

　　縱觀晚清以降，至民國八年五四運動前的文學革命狀況，真是千頭萬緒、新舊交陳。然而若無晚清以來的嘗試，五四文學運動是無法立即水到渠成的。朱自清在追溯新詩發展的淵源時，也認為清末的「詩界革命」，雖然在詩歌創作上是失敗了，但「在觀念上」，卻對五四時期的新詩運動產生了極大的影響。〔註41〕所以，清末以降的文學過渡

〔註37〕見周作人《中國新文學的源流》（台北：里仁，民國71年，頁95）。
〔註38〕同註35，頁75。
〔註39〕同註29，頁154。
〔註40〕同註33，頁47。
〔註41〕見朱自清《中國新文學大系·詩集導言》（台北：大漢，民國66年），頁1。

時期，各家的文學作品，其間風格、形式內容固然充滿了新舊的矛盾與突兀，或許文學題材是新的，而文學思想、文學風格卻呈現舊有的；或許依創作法則、審美觀點而言多所紕漏，然如此文學變革的二重性，〔註42〕「過渡時期，必有革命。然革命者，當革其精神，非革其形式」〔註43〕、「以舊風格合新意境」的各類作品，其實便已先爲五四的登高一呼預作實驗的道路。

當我們對當時的文學現象作一了解，了解它就是顯示了和古代文學體系截然不同、並開創了五四文學革命的發展，是具有啓蒙時期的過渡形態，〔註44〕再回首檢視蘇曼殊富於「近代味」的詩作，便較能掌握到當時整個大時代的文學趨勢：爲何他曾經明示以但丁、拜倫爲師，但是創作詩歌和翻譯西方文人的詩作都選擇古體；爲何儘管他的題材和主題已具有某種程度的時代性，但是作品的結構、形式和文字思想卻的脫不去傳統的痕跡了。

綜言之，蘇曼殊處於如此政治思潮波濤洶湧、中西文化猛烈撞擊、新舊制度交替運作、傳統與革新的臨界點上，雖然他長期生活於異邦，受到西方思潮似乎較爲強烈，但這也足以證明，爲何他的作品充滿了吶喊與矛盾感。畢竟他人生與藝術的種種追求，在如此錯亂的歷史下，是需要更多的嘗試「接受」與學習「擯棄」的！

〔註42〕見《中國近代文學研究集》（北京，中國文聯，1986年），頁12。
〔註43〕見梁啓超《飲冰室詩話》（台北：廣文，民國71年），卷二，頁9。
〔註44〕同註42，頁29。

第三章　蘇曼殊的人格分析

第一節　人格的形成因素

　　作品的風格是一位創作者的標記，乃是作者透過語言文字的運作而顯現的藝術特質。風格的形成要素與時代的背景、作者的人格及作品的形式內容有關。宋文天祥跋周汝明《自鳴集》言：

> 天下之鳴多矣：鏘鏘鳳鳴，雝雝雁鳴，喈喈雞鳴，嘒嘒蟬鳴，呦呦鹿鳴，蕭蕭馬鳴，無不等鳴者，而彼此各不相為，各一其性也。其於詩亦然。……，然子能為予以言，使于髮髯性初一語，不可得也。予以子鳴，性初以性初鳴，此之謂自鳴。〔註1〕

天下飛禽走獸各有異音，一如詩因為創作者之性情不向而有異。蓋出身、氣質不同，各作家所表現的作品風格當然也會有差異。

　　所謂「人格」，弗洛姆解釋為「所有象徵個人先天和後天的心理性質。」；〔註2〕李序僧的《人格心理學》則進一步說明人格形成的因素：

> 決定人格發展的因素，一方面是個體內在的生涯組織與心

〔註1〕 見文天祥《文文山全集》（台北：河洛，民國64年），頁245。
〔註2〕 佛洛姆《Man of himself》，陳秋坤譯，大地出版社，頁62。

理動機；在另一方面卻是環境外在的社會影響與文化模式，此二者構成人格因素又互影響的往爲複雜的動力過程。

簡單地說，人格，無非是個人身世、情性、學習與文化陶冶的結晶。以《文心雕龍‧體性篇》的說法，就是：

才有庸儁，氣有剛柔，學有淺深，習有雅鄭，並情性所鑠，陶染所凝。是以筆區雲譎，文苑波詭者矣。

其中所言，才、氣乃本之於情性，而學習乃後天的陶染所成。〔註3〕

「家庭」是一個人血脈之所繫，亦是涵養個人人格最初的環境。人格形成的第一步，除了秉承血親的遺傳外，家庭的教育與環境，更能陶染個人性情。「遺傳」對個體人格的重要作用，英國心理學家卡特爾曾詳細地分析母親行爲對胎兒的生理影響以至產生人格形成的巨大作用。但是有關於蘇曼殊的遺傳資料極爲闕如，〔註4〕故先從其身世著手論之。

心理學家十分重視童年的經歷，因其對人格具有決定性的作用。而蘇曼殊不幸的身世和無法享受家庭溫暖的童年，是鑄成其人格的原因之一。〔註5〕曼殊常感慨地說：「思維身世，有難言之恫。」〔註6〕可見家鄉、童年、家人給他的記憶，對他無疑都具有一定的影響。

第二節　一個在自我與時代間激盪的靈魂

一、蘇曼殊生平概述

蘇曼殊，原名戩，字子穀，後更名玄瑛，〔註7〕改字子谷，曼殊

〔註3〕見黃侃《文心雕龍札記》（台北：新文豐，民國68年），頁20。
〔註4〕見毛策《變形的人格再塑——蘇曼殊人格論》，收入《南社學會會訊第一期》，頁3。
〔註5〕同上。
〔註6〕見《題拜倫集》。
〔註7〕柳亞子《蘇曼殊傳略》記爲「後來改名玄瑛」；唐潤鈿《革命詩僧——

是他出家以後自取的法號。〔註8〕原籍廣東香山縣人，光緒十年（1884）生於日本橫濱，光緒二十九年（1903）至惠州某寺，落髮爲僧，〔註9〕民國七年（1918）卒於上海。著作有《梵文典》八卷，〈梵書磨多體文〉、〈沙昆多邏〉、〈法顯佛國記、惠生使西域記、地名今釋及旅程圖〉、〈泰西羣芳名義集〉、〈泰西羣芳譜〉、〈埃及古教考〉、〈粵英辭典〉、〈無題詩三百首〉、〈人鬼記〉、〈英譯燕子箋〉等，現已不知下落。〔註10〕留傳下來，而收入柳無忌所編的《曼殊全集》中的有詩集一卷、譯詩集一卷、文集一卷、書札一卷、雜著二卷、小說集六卷、譯小說集二卷，共十四種。〔註11〕

二、身世乖舛的蘇曼殊

生於日本的蘇曼殊，自小身世不僅迷離複雜，境遇也極爲坎坷。據曼殊同父異母妹妹蘇惠珊的陳述，曼殊既是「私生子」，又是「混血兒」。他的生母爲生父蘇傑生長妾河合仙的妹妹，名叫若子，〔註12〕她到蘇傑生家裡時，只有十九歲，胸前有一顆紅痣，蘇傑生說照中國的相法書上講，她是「當生貴子」的。爾後果然和她生了曼殊，但生育後不到三個月，她就跑回她的老家，往後便不知下落。〔註13〕如此

—蘇曼殊傳》則爲「一名『玄瑛』，後改爲『元瑛』」、裴效維《蘇曼殊小說詩歌集》記的是「後更名元瑛」。

〔註8〕 見唐潤鈿《革命詩僧——蘇曼殊傳》（台北：近代中國，民國69年），頁3。

〔註9〕 據柳亞子《重訂蘇曼殊年表》（收入柳無忌著《從磨劍室到燕子龕》）、文公直編撰《曼殊大師年譜》（收入文公直編《曼殊大師全集》），比自記載蘇曼殊出家年代爲光緒二十九年（1903），時年二十。而李尉的《蘇曼殊評傳》卻記載爲「十二歲出家」（頁20～24）。

〔註10〕 見柳亞子《蘇曼殊傳略》，載柳無忌著《從磨劍室到燕子龕》（台北：時報文化，民國75年），頁119。

〔註11〕 同上，頁120。

〔註12〕 見蘇惠珊《亡兄蘇曼殊的身世》，載柳無忌著《從磨劍室到燕子龕》，頁143。

〔註13〕 據裴效維校點《蘇曼殊小說詩歌集》序言：「他剛剛出世，母子二人便被趕出了蘇家之門，母親帶他在外祖父家居住三年。」與胞妹蘇惠珊所言「暫依外祖父母居住，撫養三年。」大致相同。而柳亞子

「不光彩」的命運，注定了他童年的孤獨與倍受歧視。而這些，就是他既謂「身世有難言之恫」的原因吧！

　　蘇曼殊在六歲時隨父親正室黃氏回到瀝溪的故鄉，〔註14〕一直到十二歲離家，這其間的六年，他都是在故鄉度過的。回鄉的第二年，曼殊開始入私塾讀書，九歲時，父親經商失敗，蘇家破產，從此一蹶不振。〔註15〕光緒二十二年（1896），曼殊開始過著寄人籬下的生活，他先在上海姑母家寄食，十五歲時，接受表兄林紫垣的資助，東渡到日本求學，先後在橫濱華僑新辦的大同學校學習四年、東京早稻田文學高等預科學習一年、成城學校學習數月。在將近六年的留學期間，蘇曼殊一直過著極其清苦的生活。〔註16〕在他東京早稻田大學高等預科學習時，「因林氏只月助十元，僅敷下宿屋膳宿兩費。乃刻苦自勵，遷於最低廉之下宿屋，所食白飯和以石灰，日本最窮苦學生始居之。曼殊竟安之若素，不以為苦。每夜為省火油費，竟不燃燈。」〔註17〕成年之後的蘇曼殊，生活景況並未見改善，在他給朋友的書信中，常提及「借錢」等生活費、旅費事宜，可見他生活並不安定。他沒有固定的職業，以上海為中心，足跡遍佈江蘇、浙江、湖南、安徽、廣東、香港以及日本、東南亞各地。有時以教書為生，有時「貲絕窮餓不得餐，則擁衾終日臥」，有時甚至把金牙敲下來換煙抽。〔註18〕再加上身體狀況一直欠佳，又在暴飲暴食的自我折磨之下，終於在五四運動前夕的一九一八年病逝，享年僅三十五歲。

　　　《蘇曼殊傳略》則記載為：「產後不到三個月，她就跑回她的老家去了，以後是不知下落。」
〔註14〕見柳亞子《蘇曼殊傳略》。
〔註15〕見裴效維《蘇曼殊小說詩歌集》序，頁2。
〔註16〕同上，頁3。
〔註17〕見馮自由《蘇曼殊之真面目》，載《革命逸史》第一集（台北：商務，民國58年），頁235。
〔註18〕見柳亞子《『燕子龕還詩』序》，載《蘇曼殊年譜及其他》（上海，北新書局，1927），頁275。

三、革命黨人蘇曼殊

　　在清末乙未（光緒二十一年）興中會失敗之前，中國革命黨人還未採用「革命」二字爲名稱。從太平天國一直到興中會，黨人都沿用「造反」、「起義」或「光復」等名詞。而在光緒二十一年（1895）九月興中會在廣州失敗，孫總理（即國父）、陳少白、鄭弼臣三人從香港東渡日本，輪船經過神戶的時候，三人上岸買了份日本報紙，發現有一則新聞，題名爲「支那革命黨首領孫逸仙抵日」。國父看了，便與陳少白說：「革命二字出於易經。『湯武革命，順乎天而應乎人』一語。日人稱吾黨爲革命黨，意義甚佳，吾黨以後即稱革命黨可也。」〔註19〕從此以後就決定用「革命」二字，來指從事政治與社會的大變革之事。〔註20〕

　　蘇曼殊正式參加革命活動，是在光緒二十八年，即民國前十年他加入「青年會」開始。「青年會」是中國留日學生的第一個革命團體。由於它以排滿興漢的民族主義爲宗旨，「留學界中贊成者極爲少數」。〔註21〕而曼殊的加入，正說明在清末留日學生之中，曼殊對於以革命解決中華民族前途的認同，是較早覺悟的分子之一。〔註22〕自此之後，他的交遊廣泛了，才思也爲之大進，愛國主義和民族主義的思想待以萌芽。

　　二十歲那年，蘇曼殊的革命熱情達到了最高峯。當時，他尚在成城學校學習初等陸軍，面對帝俄無理侵略東三省的卑劣行徑，蘇曼殊毅然參加了「拒俄義勇隊」，被編入甲區隊第四分隊。〔註23〕它的宗旨本來是「在政府統治之下」，「代表國民公憤」，「擔荷主戰責任」，〔註24〕不料清政府反誣他們是「名爲拒俄，實則革命」，〔註25〕一方

〔註19〕見馮自由《革命逸史》第一集，頁 1。

〔註20〕見廣潤鈿《革命詩僧──蘇曼殊傳》，頁 114。

〔註21〕見馮自由《革命逸史》第一集，頁 155。

〔註22〕裴效維《蘇曼殊小說詩歌集》，頁 4。

〔註23〕見黃福慶《清末留日學生》（台北：中研院近史研專刊（34），民國72 年再版），頁 265。

〔註24〕見《學生軍規則》（《湖北學生界》第 4 期，1903 年 4 月 27 日出版），

面又密諭各地方的官吏搜捕回國活動的留日學生。在清政府的壓迫之下，拒俄義勇隊的成員，一部分退出該組織，而另一部分則藉此認清了清廷的猙獰面目，改原組織爲「軍國民教育會」。〔註26〕曼殊加入該組織，爲救國救民奔走呼號，後雖遭表兄的反對，斷其經濟援助而被迫輟學歸國，亦不稍減其銳氣。到了蘇州之後，他在吳中公學任教，時以寫詩作畫，直抒胸臆。在轉到「國民日日報」搶任翻譯之後，他結識了革命人士陳獨秀、何靡施、章行嚴等人，在短短的數月間，寫出了〈女傑郭耳縵〉、〈嗚呼廣東人〉、〈以詩並畫留別湯國頓〉等革命意念極旺盛的詩文，並且翻譯了法國大文豪囂俄（雨果）的社會小說〈慘世界〉。〔註27〕這是一部翻譯而兼創作的獨特小說，雨果的原著是以貧民出身的工人冉阿讓的悲慘生活史爲骨幹，穿插了當時法國各種社會政治事件，反映了十九世紀前半期法國的社會政治生活，深刻地揭示了窮苦人民的悲慘生活。〔註28〕曼殊的翻譯，吸取了雨果原作中的精神主旨，明寫法國，實敍漢土，表現了曼殊革命思想的激昂，對當時的革命行動，無疑起了鼓舞的作用。〔註29〕

　　同年多，「國民日日報」被查封，〔註30〕蘇曼殊到了香港，經由同學馮自由的介紹，結織主持「中國日報」的陳少白，當時曼殊曾產生用手槍暗殺保皇黨魁康有爲的企圖，〔註31〕後經陳少白極力勸阻才設有實行。光緒三十年（1904）秋，曼殊又在湖南長沙加入了黃興領導的華興會，並參與了該會準備在長沙舉行武裝起義的策劃工作。起義因事先洩露而告終後，曼殊又參加了華興會部分會員在上海舉行的

　　　　　引裴效維《蘇曼殊小說詩歌集》，頁4。
〔註25〕見《密諭嚴拿留學生》（《蘇報》，1903年6月5日）引裴效維《蘇曼殊小說詩歌集》，頁4。
〔註26〕見裴效維《蘇曼殊小說詩歌集》，頁4。
〔註27〕見馬以君《燕子龕詩箋註》（四川，四川人民，1983年），頁2。
〔註28〕見李蔚「蘇曼殊評傳」，頁64。
〔註29〕同上，頁65。
〔註30〕見劉心皇《蘇曼殊大師新傳》（台北：東大，民國77年），頁30。
〔註31〕見柳無忌著，王晶垚、李芸譯《蘇曼殊傳》手稿影本，頁3。

秘密會議。〔註32〕

　　光緒三十三年（1907）蘇曼殊在日參加了革命團體「亞洲和親會」。〔註33〕「亞洲和親會」是於同年四月「由中、印兩國革命志士」，在日本東京發起組織的，會長是章太炎，入會的中國人有張繼、劉師培、何震、陶冶公、陳獨秀等人。該會是以「反抗帝國主義，期使亞洲已失主權之民族，各得獨立」為宗旨，但因成員情況複雜、組織渙散，約活動了十八個月便中輟。〔註34〕

　　辛亥革命之前，蘇曼殊不僅在行動上支持革命，亦在文字上熱烈鼓吹反滿情緒。在〈燕子龕隨筆〉中，他極力頌揚歷史上漢族的民族英雄，如宋末蹈海殉國的陸秀夫、明末客死日本的朱舜水、起兵抗清的鄭成功等人。另又寫成了敘述明末忠臣烈女遺事的《嶺海幽光錄》、《秋瑾遺詩序》、並翻譯了印度人亡國的嘶吼——《婆羅海濱遁跡記》、拜倫為希臘人爭取自由的血淚史——《哀希臘》長詩。總結曼殊在辛亥革命前的活動，可稱為一個典型的、懷著滿腔熱血的革命青年。〔註35〕

　　辛亥革命爆發時，他正在爪哇教書。〔註36〕勝利的消息傳來後，他「欣喜若狂」，〔註37〕並打算典衣賣書，「北旋漢土」。〔註38〕誰知回國後，國內政局的紊亂，令他大大地失望，袁世凱弄權竊國、政治腐敗、軍閥割據。隨著革命理念的嚴重挫敗，曼殊的人生觀，也有如中國的政局一般，從光明臨入了黑暗。正當英年有為的歲

〔註32〕見裴效維《蘇曼殊小說詩歌集》，頁16。
〔註33〕見《南社》（影本，中華書局），頁88。
〔註34〕見章念馳編《章太炎生平與思想研究文選》，（浙江：浙江人民，1986年），頁84～88。
〔註35〕同註25，頁3。
〔註36〕見曾德建《蘇曼殊詩文選註》（陝西：陝西人民，1986年），頁3。
〔註37〕見裴效維《蘇曼殊小說詩歌集》，頁12。
〔註38〕見宣統三年（1911）10月〈與柳亞子‧馬君武書〉及11月〈與柳亞子書〉，載柳亞子編《蘇曼殊全集》第一集（北京：中國書店，1985年），頁238～239。

月，他逐步落入了悲觀、厭世，甚至趨於自戕的生活。〔註39〕雖然他日後的寫出〈討袁宣言〉、〈三次革命軍題辭〉等時文，仍可見其心中洞悉國事是非的敏銳，以及不屈從權勢的剛正性格，但畢竟心情已大不同於辛亥革命之前。字裡行間留下的是對時代的悲情與個人的深沈絕望，而昔日對建設家園的美好憧憬已隨之藏在內心深處的最底層。

　　一直到去世之前，蘇曼殊的生命一直在病魔與悲傷的心情中消磨，即使在病入膏肓時，當他知道國家前途突然展露一線希望，他仍不忘心繫國家。在他給友人丁景深信上說：「且急望天心使吾病早癒，早日歸粵，盡吾天職，吾深悔前此之虛度也。」〔註40〕這句話似有弦外之音。據柳亞子為此所作的箋注：「時中山先生正住粵都，誓師北伐，曼殊即不能為班定遠，猶當為王仲宣，情乎其無命也！」〔註41〕由此可知，曼殊晚年生活形態的消極、頹廢，並非無視於家國，實乃心繫家國卻歌哭途窮的無奈反應！

四、文學家蘇曼殊

　　蘇曼殊是一位極富於感情的作家，由於身世的不幸，時代的曖昧不明、革命情懷的屢遭挫敗，以及佛門出世與人世理念的矛盾等人生境遇，沖激成一頁頁真摯動人的文學結晶。

　　蘇曼殊的小說多以戀愛悲劇為題材，纏綿悱惻、委婉動人，在心理描寫和景物描寫方面都有許多獨到之處。由於傷感頹唐之氣濃厚，〔註42〕有些史學家以為他開了「鴛鴦蝴蝶派」的先河，〔註43〕但也有學者認為曼殊小說中題材狹窄雖是其創作的弱點，然仔細閱讀，其內

〔註39〕柳無忌著《蘇曼殊傳》手稿，頁4。

〔註40〕見蘇曼殊民國6年（1917）10月〈與丁景深書〉，載《蘇曼殊全集》（台北：大中國，民國63年），頁C70。

〔註41〕引自柳無忌著《蘇曼殊傳》手稿，頁5～6。

〔註42〕見馬以君《燕子龕詩箋註》，頁7。

〔註43〕見復旦大學中文系1956級《中國近件文學史稿》（香港：達文社，1978年），頁346。

容不乏對時下社會、政治諸類的寫實批判，〔註44〕〈斷鴻零雁記〉以第一人稱的敘事方式，亦是古代第一人稱小說向現代發展的重要橋樑，〔註45〕這絕不只是一個哀豔的故事，而是一個在東西文化、俗聖生活的矛盾中苦苦掙扎的心靈自白。〔註46〕

曼殊的散文明顯地表現了更多，更鮮明的革命思想，大約可分爲序跋、雜文、筆記、書札、譯文五種，爲數雖不多，但最足以看出他的思想與人生觀。畫跋三十三篇，簡鍊有力，實是最妙的小品文。〔註47〕雜文、筆記多簡潔流麗，穠纖得中，間有慷慨激憤之作。〔註48〕而他的書信，篇篇彷如短賦，頗具特色。

至於曼殊的詩歌，散佚頗多，是其所有文學作品中，最富於藝術價值的類型，他的才華在詩作上得到了充份的發揮。〔註49〕從光緒二十九年（1903）最早發表的「以詩並畫留別湯國頓」，到民國五年（1916）九月發表在名家小說內「芳草」一詩，〔註50〕這其間創作的詩歌，都是他隨著自己的生活和思想的變化，抒寫於國於民於已的感受。〔註51〕這些詩或許有些具有消極的色彩，題材受到個人性格的侷限，但這一些缺點，畢竟是每個詩人創作必經的琢磨歷程，它們真真實實地反映了曼殊一生的心路痕跡、更記錄下當時知識份子身處時代的彷徨心靈。

曼殊取名爲〈燕子龕詩〉，因爲「燕子龕者，曼殊所以自名其飄泊無定之位所也。」〔註52〕作爲一個飄零終身，卻又早殁的詩人，

〔註44〕見曾德建《蘇曼殊詩文選註》，頁11。

〔註45〕見章明壽《古代第一人稱小說向現代發展的橋樑》（《文學評論》1989年第1期，1989年1月）。

〔註46〕見陳平原《中國小說敘事模式的轉變》（台北：久大文化，民國79年），頁76。

〔註47〕見劉心皇《蘇曼殊大師新傳》，頁178。

〔註48〕見馬以君《燕子龕詩箋註》，頁6。

〔註49〕見林佩芬《天女散花──民國詩僧蘇曼殊傳》（台北：時報文化，民國75年），頁15。

〔註50〕見柳亞子《蘇曼殊年譜及其他》，頁165。

〔註51〕見馬以君《燕子龕詩箋註》，頁6。

〔註52〕同上。

藝術上能有如此造詣與特色，實值得加以深入研究。然而就曼殊已散佚的著作名稱觀之，其在有生之年，曾投注不少心力從事佛學、梵文、中西文化等方面的學術研究。惜多已散佚，無法親見，故無法了解「直到為學者的蘇曼殊」。所以本文在曼殊既有的文學遺產中，選擇「詩歌」為曼殊研究的入門途徑。

第三節　童年的影響

　　歷來研究蘇曼殊的學者專家，對於他的身世、家族、甚至籍貫，都曾發生過許多的爭議和誤解。柳亞子、柳無忌父子曾誤信〈潮音跋〉，以為此篇作品係曼殊的自傳，而認定曼殊的父母都是日本人，也因而弄錯了他少年時代的生活與學歷。爾後這些誤，獲得了進一步的訂正。柳亞子所著的《蘇曼殊傳略》與《重訂蘇曼殊年表》兩篇文章，奠定了日後研究曼殊身世的基礎。

　　關於曼殊的家族歷史，一共有三個序。第一序是同治元年（1862）撰寫的，未署作者名字；第二序是同治四年（1865）秋蘇曼殊的父親蘇傑生所寫；第三序不署年份及作者。在《瀝溪蘇氏族譜》中，記載了家族的來源與遷徙經過，茲將其主要內容綜述於下：

> 予姓自漢朝蘇武牧於武安越十載，蒙戴聖恩封贈武功郡望歷代參焉。至宋朝蘇洵父子，身為榮顯貴，眷屬眉山。這今亦以眉山，亦以武功世家，歷代考焉。」〔註53〕始遷祖宗遠，原系廣東省廣州府順德縣是江鄉北堂房九世。明朝初年，常這與其弟宗岳同到香山作商貫，「見深灣之地堪居，安處義貧，可以謀食，生能守富貴，進乎城廓，亦可以求利求名。斯境無瘴厲之疾、水旱之災，遂置田數十畝，造廬而居焉。耕讀漁樵，優遊自樂，任其所娛。」〔註54〕到了三世祖積全，方遷至白瀝港，為落籍廣東省、廣州府、香山、恭常都、戎

〔註53〕　《瀝溪蘇氏族譜》第二序。
〔註54〕　《瀝溪蘇氏族譜》第三序。

屬司、白瀝港、良都四圖五甲的第一代。蘇姓自難碧江後，
惟祖祭省墓乃歸順邑故里，以供子孫之職，由明而迨至乾隆、
嘉慶仍歸故里，以親諸族人。至於道光年間，清朝時節，各
子孫回碧江省墓，半海中途，舟覆浸沒，劫四十人，自始之
後，未有回故里，則宗支日遠日疏矣。〔註55〕

以上記載史料翔實與否，仍須進一步查核。畢竟曼殊的身世童年，對
其創作的意義必大於他的家族背景。關於他的身世，前已有述，不再
贅言。曼殊幼年時，曾誤以爲他人爲己父，〔註56〕九妹蘇惠珊曾回憶
曼殊小時候受到的不平等遭遇，她說：

> ……時或嬸嬸輩言語不檢，有重此輕彼之分，使三兄感懷
> 身世，抑鬱不安。聞他十三歲在鄉居，偶患疾病，頗得嫂
> 嫂照顧，爲其醫治並戒口菜肴等。但有嬸嬸輩，預定其病
> 不能治，將其置之柴房以待斃。過些時病漸痊可，三兄即
> 整裝往滬與其父母重敘，故將這一段苦衷訴諸父母，並說
> 一家數十八，最愛他看，是我的祖母也。

> ……祖母最愛他則表明除祖母外俱是冷眼者，不得溫暖，
> 而有些邈視異國人所生之子女，以至純潔無邪的小孩子當
> 作陌路人，甚至以爲自己是無人所認的日本人，誤將自己
> 高貴之身世，作爲流浪客，故有說『難言之恫』。……

家庭、親情、是一個人奔波世事之後的避風港，尤其身處於價值觀
曖昧，傳統禮教制度面臨瓦解的歷史時代，孑然一身的生命，極需
要一處可以安身的處所。這處所可以是一個真理、一個目標，也可
以是一個溫緩的家、一句親人的慰藉。然而蘇曼殊的一生卻選擇了
浪跡天涯，與家族完全斷絕關係，甚至父親去世時，他都沒有回去
送終，〔註57〕或許可以說是與其在不大理解人事的童年，便親眼見

〔註55〕《瀝溪蘇氏族譜》第三序。
〔註56〕見《從磨劍室到燕子龕》，頁143。
〔註57〕同上，頁28。

到、親身經歷到冷漠反常的家庭氣氛，刻印在他的潛意識中非常有關。甚至已默默地左右著他的人生觀，而隱伏為人格的因子。詩裡的他，是「芒鞋破缽無人識，踏過櫻花第幾橋？」「無端狂笑無端哭」、「行雲流水一孤僧」的孤獨放逸形象，在小說裡的他，藉著人物，則隱隱表現了極端渴望親情、愛情的心事：

> 計余居此，忽忽三旬。今日可下山面吾師；復此掃葉焚香，送我流年，亦復何憾！，如是思維，不覺墮淚，嘆曰：「人皆謂我無母，我豈真無母耶？否，否。余自養父見背，雖煢煢一身，然常於風動樹梢、零雨連綿、百靜之中，隱約微聞慈母喚我之聲，顧聲從何來，余心且不自明，恆結凝想耳。繼又嘆曰：「吾母生我，胡弗使我一見，亦知兒身世飄零，至於斯極耶？」

「身世之恫」的背景，使得他的人格特質多了一抹落寞、孤獨的色影，而善感、陰柔的性情，也多與此息息相關。

第四節　學習歷程的影響

一、佛教思想

　　蘇曼殊雖為佛門弟子，然其一生終在入世與出世、俗與僧之間徘徊，他「誠不頤棲遲於此五濁惡世」，〔註58〕欲藉佛教經義，將「本我」的貪嗔癡愛加以超越，看淡世事，得本我與自我的平衡。他曾在佛法的學習上下過功夫，在民國三年（1914）〈與劉三書〉，中他曾提到：

> 項至來京，專攻三論宗，以一向隨順，住心觀淨，是病非禪；所謂心如盧空，亦無盧空之景。

而〈日本僧飛錫潮音跋〉則曰：

> 年十二，從慧龍寺主持贊初大師，披鬀於廣州長壽寺，法

〔註58〕〈與劉三書〉。

> 號博經，由是經行侍師惟謹，威儀嚴肅，器缽無聲。旋入
> 博羅，坐關三月，詣雷峯海雲寺，具足三壇大戒。嗣受曹
> 洞衣缽，任知藏於高樓古刹。

此段所言當屬「禪宗」。然從「儆告十方佛門弟子啓」、「告宰官白衣
啓」等文章來看，他又似受律宗的影響。〔註59〕考其一生，無論是對
禪宗或律宗，其實他都不太虔誠。佛門戒律的學習，反映在他詩作裡，
不是頓悟之後的大徹大悟，反而是禁錮自由與犯殺情愛的矛盾點。「佛
學思想」的學習不但無法成爲生命的彼岸，反而是「個人主義」戰勝
了「四大皆空」。因而他的作品，所呈現的不是「禪詩」，而是斬不斷
萬千情縷的「文學作品」。

二、中西學的薰陶

　　生於憂患、長於憂患的蘇曼殊，其求學習業的過程極爲不定。七
歲在家鄉的私塾念書，依據其妹蘇惠珊的敘述，曼殊的老師，名爲蘇老
泉，是一清朝舉人，學識淵博。曼殊自幼喜愛文學，書法極端整齊。所
讀的書，一圈一點，無不注重，文學也甚佳。〔註60〕由於家道中落，僅
十三歲的曼殊便終止家塾的學習。而且他在塾就讀期間，「一年而大半
爲病魔所困」。十三歲時，從西班牙羅弼、莊湘處士治歐洲詞學，年十
五，便負笈東渡日本，開始異鄉的求學生涯，入華僑所辦的大同學校。
光緒二十八年（1902）畢業後轉入東京早稻田大學高等預科。光緒二十
九年（1903）進入成城學校。在日本及回鄉期間，章太炎、劉師培、陳
獨秀諸好友都曾教其研讀古詩，陳獨秀還說：「他漢文的程度實在不甚
高明。他忽然要學做詩，但平仄和押韻都不懂，常常要我教他。他做了
詩要我改，改了幾次，便漸漸的能做了。在日本的時候，又要章太炎教
他做詩，但太炎也並不曾好好兒的教。只出著曼殊自己去找他愛的
詩……讀了這許多東西以後，詩境便天天的進步了。」〔註61〕

〔註59〕見《佛學與中國近代詩壇》，頁39。
〔註60〕同註561，頁143。
〔註61〕同註18。

　　光緒三十年（1904），曼殊從香港回到上海，決定了南遊的計劃，周遊暹羅、錫蘭等處，開始學習梵文。精通中、英、法、梵、日五種文字的他，對外來文化能夠直接涉獵原典。而對於中國傳統文化，因為受到影響較少，所以能具備一種較為開放的眼光。比較那些背負傳統包袱太重的士大夫而言，曼殊可以說是相當幸運了。但這種「幸運」，同時也意昧著曼殊作為一個置身於二十世紀初中西文化碰擊的近代知識分子，在尋求文化歸宿，實現自我更新時，無法避免於經歷一場極為痛苦的蛻變過程。

三、交遊對象

　　朋友對於一個人的成長影響極大，荀子曰：「蓬生麻中，不扶自直，白沙在涅，與之俱黑。」（〈勸學篇〉）；《禮記》言：「獨學而無友，則孤陋而寡聞。」（卷十一「學記」），凡此均說明了朋友對於個人學行上的重要。而俗諺亦曰：「不知其人，視其友」，如果我們想了解曼殊的人格、行為，其「交遊對象」是一重要的媒介。

　　曼殊一生閱歷豐富，故交遊也極為廣闊，今依柳無忌〈蘇曼殊及友人〉一文，及曼殊遺留下的書信集、隨筆、詩文等資料，當選析數位交往較密者概述之。

（一）長沙實業學堂時代的朋友

　　楊性恂：民國前九年，曼殊主講長沙實業學堂，與楊性恂同事。楊性恂名德鄰，湖南長沙人。在性恂所著的〈錦笈珠囊筆記〉中，有這麼一段描寫：「香山曼殊居士，姓蘇，名玄瑛，十年前與余同任湖中實業學堂講席。除授課外，鎮日閉戶不出，無壚無淨，與人無町畦。嫻文詞，工繪畫，然亦不常落筆，或畫竟，輒焚之。忽一日，手節杖，著僧服，雲遊衡山，則飄然去矣。」

（二）蘇州吳中公學時代的朋友

　　包天笑：吳中公學設在蘇州，是由學生自己組織的學校，包天笑是曼殊在校中當教授時認識的。包天笑名公毅，號朗生。曼殊曾將靜

女調箏圖的明信片給天笑，並題識於上。他在〈與劉半農書〉中亦云：「朗生兄時相敘首否？彼亦纏錦悱惻之人，見時乞爲不慧道念。」

湯國頓：曼殊離開蘇州，後就到上海「國民日日報社」當翻譯。在國民日日報上，有他的〈以詩並畫留別湯國頓〉詩二首，湯氏可能也是曼殊在蘇州時的朋友。湯國頓，可能也就是廣東人湯覺頓，在民國五年開珠海會議時，被龍濟光刺死。〔註62〕

（三）上海國民日日報時的朋友

章行嚴：在章行嚴用「爛柯山人」爲名所作的小說〈雙枰記〉內，曾提及蘇曼殊：「後靡施復來自閩，余方經營某新聞社，即約與同居……。獨秀山民性伉爽，得靡施恨晚。吾三人同居一室，夜抵足眠，日促膝談，意氣至相得。時更有社友燕子山僧喜作畫，亦靡施劇譚之友。」章行嚴名士釗，號秋桐，又號孤桐，湖南長沙人。章太炎對其頗爲器重，經太炎推薦，被聘爲「蘇報」主筆，從此「蘇報」大爲改觀。辛亥革命後歸國，任總統府常年顧問，後任參議院議員。民國二年（1914），因反對袁世凱稱帝，逃亡日本，在東京主編《甲寅雜誌》，猛烈抨擊帝制。其文慷慨激昂，〔註63〕「出其凌空之筆，抉發政情，語語爲人所欲出而不得出，其文遂入人心，爲人人所誦，不管英倫之於艾狄生焉。」

陳仲甫：曼殊與陳仲甫的交情較章行嚴爲深。他倆認識於光緒二十八年曼殊加入青年會時。爾後曼殊赴滬，與仲甫同事於「國民日日報」。鄭相荐曾說：「曼殊的朋友，恐怕要算仲甫最久最厚。」柳亞子亦以爲曼殊生平第一個得力的朋友，是仲甫，大抵漢文和英文、法文都曾受他指導。〔註64〕曼殊所譯的〈慘世界〉，曾經由仲甫潤飾過；曼殊開始學詩，也由仲甫指導。所以曼殊在〈文學因緣自序〉中，稱他爲「畏友仲子」，且常有詩相往來。

陳仲甫名仲，一名由己，號仲子，又號獨秀，安徽懷寧人。其早

〔註62〕見劉斯奮《蘇曼殊詩箋註》，頁 2。
〔註63〕見任訪秋《中國近代文學史》，頁 376。
〔註64〕見鄭學稼著《陳獨秀傳》（下）（台北：時報，民國 78 年），頁 1221。

年由於不滿八股文，曾轉向「康黨」；後由於百日維新流血結束，再由「康黨」轉入「亂黨」。因藏書樓演說反清被通緝逃滬，與章士釗、張繼等人創立革命報紙「國民日日報」。在日時，以通日、英、法三國文字，除了研究政治還研究文學。日本思想界給其最大的影響，是社會主義與文藝理論。他在民國前，就介紹歐洲文學思潮，又工古詩，章行嚴贊其「文學固有賈生不及之歎」。光緒三十三年（1907）加入「亞洲和親會」，民國四年九月創刊「青年」（翌年改為「新青年」），前期（至 1919 年 4 月 15 日）為止是啓蒙運動的刊物，反孔、宣揚民主和科學、提倡「文學革命」。〔註65〕

（四）南京陸軍小學時代的朋友

曼殊到南京陸軍小學教書，是在民國前七年。這時期有二位重要的朋友，趙伯先與劉三。

趙伯先：名聲，江蘇丹徒人，同盟會重要分子，在黃花岡失敗之後，嘔血而死。在〈燕子龕隨筆〉中，曼殊記曰：

> 趙伯先少有澄清天下之志，余教習江南陸軍小學時，伯先為新軍第三標標統，始與相識，余歎為將才也。每次過從，必命兵士攜壺購板鴨黃酒；伯先豪於飲，余亦雄於食。既醉，則按劍高歌於風吹細柳之下，或相與馳騁於龍蟠虎踞之間，至樂也。倩劉三為題定菴絕句贈之曰：「絕域從軍計惘然，東南幽恨滿紙箋。一簫一劍平生意，負盡狂名十五年。」

〈答蕭公書〉中有：「今託穆弟奉去飲馬荒城圖一幅，敬乞足下為焚化於趙公伯先墓前，蓋同客秣陵時許趙公者；亦昔人掛劍之意，此畫而後，不忍下筆矣。」

劉三：號季平，別號江南，上海人，曼殊在日本東京成城學校習陸軍時，即與同學，此時又是南京陸軍小學的同事，和曼殊的交誼甚切。在曼殊的書札中，和劉三往來的頻率最高，存著有四十餘通，其

〔註65〕同上，上冊。頁 27～160。

中並知劉三時常以金錢周濟曼殊，曼殊詩亦有經劉三修飾者。民前五年十月，曼殊在給劉三的信中，曾囑劉三爲作傳，其信中云：

> 如兄肯爲曼作傳，若贈序體，最妙；因知我性情遭遇者，
> 舍兄而外，更無他人矣。千萬勿卻。知己之言，固不必飾
> 詞以爲美，第摹余平生傷心事實可耳。

由曼殊之言，可知二人交誼之深了。

其曼殊的詩、隨筆中也數處提及劉三，隨筆中有則：「劉三工詩善飲，余東居，畫文姬圖寄之……」「有懷」二首有云：「多謝劉三問消息，尚留微命作詩僧。」〈西湖韜光菴夜聞鵑聲簡劉三〉的詩：「劉三舊是多情種，浪跡煙波又一年。近日詩腸饒幾許，何妨伴我聽鵑啼。」互相應答的詩亦許多，其中充滿眞摯深切的情誼。

（五）蕪湖皖江中學時代的朋友

鄧繩侯：曼殊到蕪湖皖江中學教書，於民國前六年，鄧繩侯是在此時認識的，曼殊當時有畫贈鄧繩侯，書上的題跋云：「懷寧鄧繩侯先生萩孫，爲石如老人之曾孫，於其鄉奔走教育。余今夏至皖江，就申叔之招，始識先生，與共晨夕者彌月。」繩侯名萩孫，安徽懷寧人。

（六）日本民報和天義報時代的朋友

柳亞子《蘇玄瑛新傳》云：「丁未，在日本，從章炳麟、劉師培遊。若梵文典八卷，自爲序……師培爲天義報，倡無政府主義。邀玄瑛同居，刊其畫於報端。師培婦何震則從玄瑛習繢事，號稱女弟子。」章太炎和劉師培是曼殊這一個時期最重要的朋友。章太炎主持民報、劉師培創辦天義報。1905 年 8 月「同盟會」正式成立現本決定以宋教仁籌辦的「二十世紀之支那」作爲同盟會的機關報，後突遭日警押收該報，於是同盟會幹部改名爲「民報」。自民報發刊後，「方興之革命潮流得一統一機關以資進行，急需之革命宣傳，得一鮮明旗幟以資號召，」革命思潮一日千里，留日學生以及國內知識階級之觀念，爲

之一新。使不少徬徨於革命與保皇之間的留日學生紛紛投向同盟會，1906 年，章太炎任命民報主編，革命派勢力更為高漲。〔註66〕

曼殊和太炎的關係最深，在文字上得太炎的幫助亦更多。有淚紅生在〈記曼殊上人〉一文中云：「與太炎居尤久，其文字常得太炎、潤色，故所譯英文擺輪詩，中多奇字，人不識也。」而曼殊與劉三書中亦曾說：「前譯拜輪詩，恨不隨吾元左右，得聆教益；今蒙末底居士（太炎）為我改正，亦幸甚矣。」可見太炎對曼殊的影響甚大。爾後章太炎變節擁護袁世凱任臨時大總統，曼殊對他當時的行為非常不滿，有文字指陳。

章太炎名炳麟，又名絳，號枚叔，別號末底，斯江餘杭人。1910年 3 月 4 日，孫中山先生離日時，同盟會的分裂趨於表面化。1906年，清政府命駐日公使楊樞向日政府交涉，驅逐中山先生，日政府勸其出境，並餽程儀五千元，東京殷商鈴木久五郎亦餽贈一萬元。因中山先生接受日政府的餽金，未經眾議，致離日未久，同盟會員章太炎、張繼、宋教仁、譚人鳳等大起非議，而太炎為憤激。1910 年，章太炎任光復會東京本部會長，與同盟會正式分裂。〔註67〕

而在近代文學領域裡，章太炎的文學觀也是一個頗為複雜的現象。他曾認為革命宣傳文學應該「叫咷恣肆」、「跳踉搏躍言之」。但他又認為文學應有「澹雅之風」、主張以「博約」「閎雅」之文以「說典禮」、「窮遠致」。章太炎又一向倡導魏晉文風，作為鼓吹革命的「義師先聲」。但是，他對於近代啟蒙思想家龔自珍、魏源敢於宣揚叛逆之音的文章，卻貶為「近于怪迂」。以上種種，使得章太炎具有一個矛盾的印象，他既被人尊為辛亥革命前的「革命文化大師」，又被視為文學上的復古主義者。他的文學觀，顯現了新舊嬗替的痕跡。〔註68〕

劉申叔名師培，一名光漢，號少甫，別號無畏；其妻何震，號志

〔註66〕見黃福慶《清末留日學生》，頁 240。
〔註67〕同上，頁 243。
〔註68〕見時萌《中國近代文學論稿》，頁 355。

劍，二人同是江蘇儀徵人。章太炎在〈書蘇元瑛事〉上有這一設記載：
「元瑛與劉光漢有舊，時時宿留其家；然諸與光漢陰謀者，元瑛輒詈
之，或不同坐。『礦而不磷，涅而不緇』其斯之謂歟？用弁急不隸黨
籍，持黨見者多嗛之。光漢為中詗事發，遂以誣元瑛，顧談者不自量
高下耳。」陳仲甫在與柳亞子的談話中，亦說過劉師培把曼殊認作傻
子，他夫婦倆與端方的關係，都不避曼殊面談。馮自由在〈蘇曼殊之
眞面目〉一文中曾回憶到：

> 曼殊與申叔夫婦同寓東京牛込區祈小川町時，偶患精神
> 病，有一夜忽一絲不抖赤身闖入劉室，手指洋燈大罵，劉
> 夫婦咸莫明其妙。

此事雖不知是否眞有其事，但似可知道他那「不肯隨時俯仰，只裝點
做巔瘋病」的樣兒。

　　爾後且曼殊遭到革命黨人的誤會，被指為清室偵探，就是因為曼
殊與劉師培在日的關係。

　　劉師培短暫的一生（884～1919），在思想與行動上充滿多變與
矛盾。在他二十歲（光緒二十九年，1923）赴京會試不第，赴上海
識章炳麟、蔡元培開始，到二十四歲（光緒三十二年，1907）以黨
禍避地日本為止，為「排滿革命運動」時期；〔註69〕到達日本後，
為民報撰稿，遂醉心於無政府主義，其具體的表現便是與妻何震發
行「天義報」，並與張繼（溥泉）合組「社會主義講習會」，成為當
時留日學界的無政府主義的中心人物。光緒三十四年（1908）劉氏
與章太炎之間的關係漸趨不和，接著「天義報」停刊，另成立的「衡
報」又遭禁，劉氏在這種處境之下，為江督端方所收買，於同年冬，
偕妻返上海，投向清廷的懷抱，〔註70〕人入國後，為袁世凱帝制籌
安會六君子之一。其變節叛變，為人所詬病。

〔註69〕見李瑞騰《晚清文學思想之研究》（台北：文化大學76年博士論文），
　　　　頁85。
〔註70〕同註66，頁252。

（七）上海國學保存會時代的朋友

黃晦聞：曼殊在民國前五年秋天，曾到上海頗有一段時日，住在國學保存會的藏書樓內。和他同在一起者，有黃晦聞、陳佩忍等人。

黃晦聞名節，廣東順德人，贈曼殊詩甚多。〈燕子龕隨筆〉中有一則云：「晦聞見寄七律一章，溫柔敦厚，可與山谷詩並讀。……後一年，余經廣州，留廣雅書院，一醉而去。抵日本，居士復追贈一律。……居士有蒹葭樓，余作風絮美人圖寄之。」此外曼殊有書跋一則，云：「晦聞居士客余於藏書樓，寒風蕭瑟，落葉打肩。居士命畫，作此質之，居士得毋有夕陽無限好之感耶？」

黃節在光緒三十年（1904）與鄭實、陳去病等在上海成立「國學保存會」和「國粹學社」。後在「國粹會報」等處發表許多詩文，反清反袁，名振一時。他也是南社最早參加籌備活動的人，他的舊詩功力，對提高南社聲譽有積極意義。因此有人認為，南社詩人，「若言詩學最深，成功最大的，要數黃節的『蒹葭樓詩』。」（盧冀野《民族詩歌論集》）〔註71〕

陳佩忍：名去病，號巢南，別號病倩，江蘇吳江人。他和曼殊相識，是在民國前九年留學日本時，此時留學界因拒俄事件，發起「拒俄義勇隊」，陳佩忍和曼殊都是隊員。他也是南社的主要發起人之一，也先後參加過《警鐘日報》、《江蘇》、《國粹學報》等刊物的編輯工作，所至均組織文社，在安徽組織黃社，在杭州組鐵秋社，在紹興組織匡社、越社。他在中國傳統文化方面有較深的造詣，其活動體現了《國粹學報》派的特點，即企以學術作革命的宣傳。〔註72〕

（八）南京祇垣精舍時代的朋友

楊仁山：民國前四年秋天，曼殊在南京祇垣精舍教書，楊仁山為祇垣精舍的創辦人，是當時有名的佛學研究者。曼殊的佛學觀念，可

〔註71〕同註63，頁419。
〔註72〕見《南社》影本，頁73。

能頗受仁山的影響。在曼殊〈與劉三書〉中云：

> 瑛于此亦時得聞仁老談經，欣幸無量。仁老八十餘齡，道
> 體堅固，聲音宏亮；今日謹保我佛餘光，如崦嵫落日者，
> 惟仁老一人而已。

在另一信上，則提及：「仁山老居士創設學林，實士世勝事，未敢不
應赴耳。」

　　清末民初，肩負佛教傳說家業的僧眾們，如滿清政府一般，閉關
自守、故步自封。祇有知識份子的學者居士們，能隨時代潮流演變，
溫故知新，開啓佛教復新機。而開啓此一機運的耆德元勛，首推楊仁
山先生。仁山先生，名文會，安徽石埭人，近代學者尊之爲楊仁山大
師。他曾到日本，發現許多唐宋遺留於日本的佛學寶典。回國以後，
便絕意仕進，立志畢生弘揚佛學。譚嗣同、梁啓超、章太炎等，都深
受影響致力佛學。〔註73〕

（九）上海太平洋報時代的朋友

　　柳亞子：民國元年，太平洋報在上海印行，經理是朱少屛，總領
輯是葉楚傖，文藝編輯是劉亞子，爾後柳亞子因事離滬，由胡寄塵繼
續編輯。柳亞子名棄疾，號安如，別號亞盧，江蘇吳江人。爲南社創
辦人之一，柳亞子不僅爲曼殊生前好友，曼殊死後，爲曼殊的作品收
集、編輯、研究者亦不遺餘力。

（十）安慶高等學堂時代的朋友

　　鄭桐孫：民國元年冬天，曼殊到安慶教書，鄭桐孫爲當時的同事。
鄭桐孫名之蕃，別號焦桐，江蘇吳江人。安徽高等學堂的生活，曼殊
信札中數次提及，其中有數云：「抵皖百無聊賴，無書可讀，無花可
觀；日與桐兄劇譚斗室之中，或至小蓬萊吃燒賣三四隻，然總不如小
花園之八寶飯也。」而在桐孫與柳無忌的信中，亦寫有下面一段：「我
們在安慶，每天上小蓬萊吃點心、或吃飯……現在回想當時的每天『上

〔註73〕見南懷瑾《中國佛教發展史》（台北：老古，民國76年），頁170。

蓬萊』，亂談今古，覺得生平快樂，莫過于此。」這就是他們在安慶時的一段友誼。

（十一）日本民國雜誌時代的朋友

居覺生：民國三年（1915），曼殊在日本，恰值民國雜誌社在日本東京成立，覺生為民國雜誌的發行兼編輯。曼殊〈與鄧孟碩書〉云：「吾自十月，即遷來覺生先生處」，下署「宣統六年十一月十四日」，正是此年。爾後（民國 5 年，1917），居覺生在東北起兵獨立，曼殊也曾到青島去看他。

居正，原名之駿，字覺生、嶽崧、別號梅川居士，光緒三十年（1905）負笈東京，加入同盟會。辛亥武昌起義之前，常撰文闡發革命大義，與保皇黨之總匯報筆戰。辛亥革命初期樹立武昌軍政規模；民國二年以書生從戎討伐袁世凱；民國三年至八年擔任中華革命黨及中國國民黨主幹。〔註74〕

四、創作觀念

一個文學家的創作過程，一方面包括了創作主體對自己的心理活動之體驗，一方面又包括對外在於創作主體的客觀世界的認知與關懷。而創作觀念的內在意涵，亦與創作過程，具有一種互為因果的積極關係，亦會影響一位作家的作品風格。

關於蘇曼殊的創作觀念，因其本身少有屬於對詩、藝術等方面的明確論點，故惟從其言論文字中一探究竟。曼殊常言「人謂衲天生情種，實則別有傷心之處耳。」（馮春航談）；亦曾提到對詩的看法，他說：「詩亦尋愁覓恨之具也」（與鄧慶初書），〈燕子龕隨筆〉中亦記載著：「雖今出家，以情求道是以憂耳。」蓋蘇曼殊的創作觀念，很明顯地，與其性格、人生觀極為類似。他不把詩當作一嚴肅的創作主課，他不藉詩記載歷史時事，詩乃是他生命的另一扇窗口，他可以藉詩作為渲泄個人感情的一項途徑。故他的詩，其體裁無浩浩長篇，多是精

〔註74〕見吳相湘《民國百人傳》（三）（台北：傳記文學），頁83。

緻洗鍊的七言絕句。較適合於捕捉意境，留有餘味。而強烈的是非觀念，曼殊則表現於雜文書信之中。

「詩」對他而言，無須如佛教般，作為超越「五濁惡世」（〈與劉三書〉）、欲於「蒲團上具有華那，梵音中能造一新世界」的真如世界，詩真實地反應了他的人生，洗淨了他的靈魂，記錄了生命當下的「存在本質」。因為在詩中，他不以佛學教義為指導，而是讓「本我」與「自我」在詩裡相遇、融合。

曼殊常在一人獨處的時候，份外能感受到大自然的脈動，進而感受到個人生命的脈動，而因對客體世界的認知，輕易地掌握到屬於詩的傷感境界，隱隱成為他的詩觀、審美觀。「情根未斷，觸此落葉青燈，蟲聲在壁，伏機書此，聊當話別」（與盧仲農、謙之書）、「聽風望月，亦足以稍慰飄零！」（與柳亞子書）、「寒日節到滬，杏花春雨，滴瀝增悲。獨坐吳姬酒肆，念諸故人鶯飄鳳泊，采酒壓愁，又欷歔不置耳。」（〈與黃晦聞蔡哲夫書〉），雖然曼殊對詩在其生命中的影響，亦有所反省，而語重心長地說：

> 亡友篤生曾尼不慧曰：「此道不可以之安身立命。」追味此言，吾試不當以閒愁自戕也！

然「惟留餘命作詩僧」的絕路心情，真是惟有詩能「隨緣消歲月」了！

第五節　性情氣質

才氣或與性俱來、或受後天環境、學識的薰陶。孟子曰人性本善，荀子云人性本惡，而告子卻說性無善惡之分。蓋本性因人而殊，而人格亦因之而有別。參考曼殊有關的書傳詩文、經歷，略有鈎勒出曼殊之性情才氣有以下數端：（一）浪漫氣質、（二）率直天真、（三）孤高耿介：

一、浪漫氣質

郁達夫曾有段話形容蘇曼殊，其云：

> 蘇曼殊的名氏，在中國的文學史上，早已經是不朽的
> 了，……他的譯詩，比他自作的詩好，他的詩比他的畫好，
> 他的畫比他的小說好，而他的浪漫氣質，由這一種浪漫氣
> 質而來的行動風度，比他的一切都好。〔註75〕

這裡所說的「浪漫氣質」和「行動風度」，其實也即可以作「人格」的理解。蘇曼殊的「浪漫」，是他的生活風範與強烈個性的表現，在他一生的行徑中，有許多的言行舉止及人生抉擇，真切地展現出曼殊富於浪漫主義的特質。他以拜倫為師，並盛舉拜倫為希臘人民爭自由而捐軀的高貴行誼，「拜倫以詩人去國之憂，寄之吟詠，謀人家國，功成不居，雖與日月爭光，可也！」，〔註76〕面對豆剖瓜分的山河，以殷殷憂國之思，曼殊翻譯了拜倫慷慨激昂的〈去國行〉、〈大海〉、〈哀希臘〉，藉拜倫之言一澆胸中塊壘，常至於「歌拜倫『哀希臘』之篇，歌已哭，哭復歌」的深沈境地。不僅如此，他還以身效之，將革命的理想情操，化為實際的行動，這其中包括他參加青年會、拒俄義勇軍、軍國民教育會、光復會、華興會、同盟會、南社，以及辛亥革命之後擁護張中山先生反對袁世凱稱帝等等一連串革命實踐，這些都是他浪漫氣質訴之於憂國思民的一面。

至於他不拘禮教、浪漫多變的生活行為，則可從朋友對他的追憶中想見一斑：

（一）楊性恂《錦笈珠囊筆記》：「曼殊居士十年前與余同任湘中實業學堂講席，除授課外，鎮日閉戶不出。……忽一日，手筇杖，著僧衣，雲遊衡山，則飄然去矣。」

（二）章太炎《曼殊遺書弁言》：「蘇曼殊數以貧困，從人乞貸，得銀數餅，即治食，食已銀亦盡。嘗在日本，一日飲冰五六斤，比晚不能動，人以為死，視之猶有氣。明日飲冰如故。」

（三）柳亞子《燕子龕序》：「君工愁善病，顧健飲啖，日食摩爾登糖

〔註75〕見《雜評曼殊的作品》。

〔註76〕見《拜倫詩選自序》。

三袋，謂是茶花女酷嗜之物。余嘗以芋頭餅二十枚餉之，一夕都盡，明日腹痛弗能起。」

（四）胡韞玉《曼殊文鈔序》：「性善啖，得錢即冶食，錢盡則堅臥不起，嘗以所鑲金牙敲下，易糖食之，號曰：『糖僧』。」

（五）薛慧山《蘇曼殊畫如其人》據注東云：「曼殊喜啖牛肉，一日與宋遁初等集東京民報社，曼殊入浴，予揚言：『吃牛肉料理去』，故作拔關覓履聲。曼殊從室中呼曰：『勿！勿！待我！』遽倉皇出，令座大笑。曼殊張目四顧，徐自話曰：『誑言邪？』眾益大噱。」

（六）馬仲殊《曼殊大師逸事》：「一日，從友人處得紙幣十數張。興之所至，即自詣小南門購藍布架裟，不問其價，即付以二十元。店伙將再啓齒，欲告以所付者過，而曼殊已披衣出門十數武。所餘之幣，于途中飄落。歸來問其取數十元，換得何物？難惟舉舊架裟一件，雪茄煙數包示耳。」

在傳統禮教受到南方文化思潮衝擊的時代，曼殊以「浪漫主義」、「個人主義」的我行我素，在道德、倫理等包袱壓制下企圖尋求新的突破。而這一些似怪異，似特立的行為，無非是他作為一個徘徊在東西方文明的知識份子，產生矛盾待所呈現的反應。

閱讀他的《潮音序》，更可看出他實擁有一顆奔放自由的心：

他（拜倫——筆者注）是一個熱烈的、真誠的為自由而獻身的人，不論在大事業和小事業之，也不論在社會的或政治的每件事情上，都敢于要求自由，他以為自己無論怎樣做，無論做到什麼程度，都不過份。

拜倫的詩，像是一種使人興奮的酒，——飲得越多，就越覺得它甜美、迷人的力量，他的詩裡，到處都充滿了魅力、美感和真誠。

……他是一個性格奔放、心靈高尚的人。他到希臘去，和正在為自由而戰的希臘愛國者咱們站在一起。當他正在從

事這項壯麗事業的時候，竟不幸去世。他的整個生命、經
歷和作品，都是用愛國和自由的理想編織起來的。

文中，曼殊反覆強調者拜倫的為「愛國」、「自由」而獻身的情操，很明
顯地，曼殊在對拜倫的贊譽中，也隱含著對「自我」的某種肯定。易言
之，曼殊在拜倫的身上發現了「我」，又把「我」的氣質灌注到拜倫身
上。〔註77〕由拜倫和曼殊的身上，我們看到的是在歷史逆流中，追求自
由、理想的浪漫心靈遭受挫折的悲劇。曼殊所憑藉的，只是個人的一腔
孤憤和浪漫激情，這就注定了他的反抗不能深入和持久。當革命處于高
潮時，曼殊人格的局限尚能為政治熱情所掩蓋。而當革命落潮後，曼殊
浪漫的局限性便顯露出來，他頹廢狂放，卻又遁跡空門，而他的生命，
也就在矛盾無助、出世又入世的自我戕伐中結束了一生。〔註78〕

二、率直天真

曼殊的「率直天真」，處處反映在他與朋友的交往之中。茲舉數
例如下：

（一）胡寄塵《曼殊文選序》：「美利堅有肥女，重四百斤，脛大如汲
水罋。子谷視之，問：『求偶耶？安得肥重與君等者？』女曰：
『吾故欲瘦人。』子谷曰：『吾體瘦，為君偶何如？』其行事
多如此。」

（二）何世玲：《關于曼殊大師的幾句話》：「一日，曼殊從報紙上看
到一則推銷德國新製玩具的廣告，遂請友人以置衣之資（曼殊
此時因衣盡而不能出院）購得，于病榻上摩挲不已。此時適值
一友人前來探視，見狀乃大贊其手中之物。曼殊于是將此物慨
然奉貽，並對執意不肯領受的友人說道：你如果不受，便不是
誠心贊賞，你就不能不收下。友人堅辭不得，乃攜之而去。曼
殊又復臥于病榻，依舊因衣盡而不能出院。

〔註77〕見馬以君《蘇曼殊與拜倫》，頁72。
〔註78〕同上，頁75。

（三）費公直《題曼殊大師譯蘇格蘭人穎穎赤薔薇詩直幅》：「忽隔籬狹有呼余者，音甚稔，行近乃大師。……大師欲得生鰒，遣下女出市。大師啖之不足，更市之再，盡三器，余大恐禁弗與。急煮咖啡，多入糖飲之……是夕夜分，大師急呼曰：『不好，速爲我秉火，腹痛不可止，欲如廁。』「遂扶之往，暴洩幾弗及登。」

（四）馬仲殊《星殊大師軼事》：「曼殊得錢，必邀人作青樓之遊，爲瓊花之宴。至則對其所召之妓，瞪目凝棍，曾無一言。食時，則又合十頂禮，毫不顧其座後尚有十七八妙齡女子，人多爲其不歡而散。……曼殊善繪事，每於清風明月之夜，振衣而起，勿卒間作畫。既成，即揭友人之帳而授之。人則僅受之可耳；若感其盛意，見於言詞，語未出口，而曼殊已將畫分爲兩半矣。」

（五）胡寄塵：《曼殊文選序》：「一日，余赴友人酒食之約，路遇子谷，余問曰：『君何往？』子谷曰：『赴友飲。』問：『何處？』曰：『不知。』問：『何人招？』亦曰：『不知』。子谷復問余：『何往？』余曰：『亦赴友飲。』子谷曰：『然則同行耳。』至則啖，亦不問主人，實則余友並未招子谷，招子谷者另有人也。」

以上所載，雖然有些爲雜記式的回憶，未可全信，但使我們見到這麼一個對友人全然率直赤誠的曼殊。他的率直，使他對朋友的好不須假藉言辭，在自然中呈顯其人性的光輝。或許他因爲不加修飾、不隨流俗，表現於行爲的可能是嬉笑怒罵、不知所云、不按牌理出牌，如同「嬰兒」般未涉世事，所以有人誤以爲他「不解人事，至不辨稻麥」的無知，〔註79〕但只要知曉他一生耿介孤高的性格，便知，「於人情事故上面，曼殊實在也是十分透徹，不過他只肯隨時俯仰，只裝點做痲瘋瘋的樣兒……當曼殊傻子的人，他們在上曼殊的大當呢！」〔註80〕他並非未涉世事的小兒，相反地，還比同時代的人多

〔註79〕見章炳麟《曼殊遺畫弁言》。
〔註80〕見柳亞子《記陳仲甫先生關於蘇曼殊的談話》。

一些不愉快的遭遇，對他而言，世事所見的是苦多於樂、負面多於正面的。然而他卻能淡泊一切挫折磨難，長留「赤子之心」。他的「赤子之心」，也是他爲自己性靈尋求平衡的另一種方式。在「無端狂笑無端哭，縱有歡腸已成冰」的強烈悲傷的侵蝕之下，在「還卿一缽無情淚，恨不相逢未鬢時」的取捨之間，他的「率直」、「眞摯」的至性至情，使他終無法成爲「無愛無嗔」的佛門戒規弟子。而自內在流露出來的眞、善、美人格，也因而令人感動不已！

三、孤高耿介

蘇曼殊對率直的追求，當他在面對友人時是無私的眞誠與關懷，而在面對社會的污泥與國家的興亡命運時，便化成了「骨髓快一吐」的憤世之情及孤高的行誼。

當他得知劉師培、何震夫婦爲「籌安會」的發起人，竟爲喪心病狂的袁世凱賣命時，他毅然決然地與他們斷絕關係；爲了反抗袁世凱禍國殃民的醜行，除了以個人名義撰寫「討袁宣言」之以表明心跡外，在與朋友鄧孟碩的信末，把民國三年（1914）的紀年，改寫爲「宣統六年」，另一信還寫著「皇帝宣統六年十一月二十日，洋皇帝四年一月五號」，這表面上像在開玩笑般的玩世不恭，實際上是曼殊憤世嫉俗的抗議表現。

另外，當他得悉章太炎擁護袁世凱擔任臨時大總統，並接受袁政府東三省籌邊使之職時，對他的老師仍直接表現內心的不滿。他說：「居士持節臨邊，意殊自得矣！」爾後在致蕭公的書信中，亦再次諷刺：「此次過滬，與太炎未嘗相遇。此公興致不淺，知不慧進言之緣未至，故未造訪，聞已北上矣。」

他的耿介孤高，展現於民族的情感、歷史的使命感，或展現爲愛國行動、或化爲涓滴的文字思想。他曾經大罵某些廣東人是「細崽洋奴」、「亡國賊種」，他說：

我廣東人才天然媚外的性質，看見了洋人，就是爺天祖，

也沒有這樣巴結……當那大英大法等國的奴隸，並且仗著
自己是大英大法等國奴隸，來欺虐自己祖國神聖的子
孫……「中國不亡則已，一亡必先廣東：我廣東不亡則已，
一亡必亡在這班入歸化籍的賊人手裡。」〔註81〕

他也曾譴責菊蘭殖民者「以淫威戮我華胄，罵我國旗。嗚呼，菊蘭者，
真吾國人九世之仇也！」，並提出「非廢卻一切苛則弗休」的嚴正要求
（南洋話）。亦曾一片苦心地藉明末有志之士的光風霽月，來喚起世道
人心的日昧，而撰寫《嶺海幽光錄》。「吾亦欲與古人可謂之詩，可讀之
書，相為浹洽而潛逐其氣，自有見其本心之日昧，是以亦可以悔矣！」

對於佛門的流弊，曼殊雖身為佛門弟子，亦直言不諱地指出其中
弊端，〈儆告十方佛弟子啟〉一文云：

> 唐宋以後，漸入澆漓。取為衣食之資，將作販賣之具。嗟
> 夫異哉！自既未度，焉能度人，譬如從井救人，二俱陷溺。
> 且施者，與而不取之謂，今我以法與人，人以財與我，是
> 謂貿易，云何稱施？……禪宗雖有傳燈，然自六祖滅後，
> 已無轉付衣缽之事。若計內證，則得法看來如竹林竿蔗，
> 豈必局在一人？若計俗情，則衣缽所留，爭端即起，懸絲
> 示戒，著在禪書。然則法藏所歸，宜令學徒公迭。……何
> 取密示傳承、致生諍訟，營求嗣法，不護譏嫌？……吾土
> 諸德，猶有戒香。不務勇猛精進，以弘正法。而欲攀援顯
> 貴，藉為屏牆，何其左矣？

也有論及佛教崇拜木偶的陋習：

> 崇拜木偶，誠劣俗矣……夫偶像崇拜，天竺與希臘羅馬所
> 同，天竺民間常教，多雕刻獰惡神象，至婆羅門與佛教，
> 其始但雕刻小形偶像，以為紀念，與畫像相去無幾耳；逮
> 後希臘侵入，被其美術之風，而築壇刻象始精矣；然觀世
> 尊初滅度時，弟子但寶其遺骨，貯之婆塔，或巡拜聖迹所

〔註81〕見《嗚呼廣東人》。

至之處，初非以偶象爲雯，曾謂如彼僞仁矯義者之淫犯也哉！〔註82〕

面對社會家園等橫逆四起的亂象，他的覺醒，使他看不慣諸多的昏暗現況，或許有人以掩耳鼻的方式苟活一生，或許有人從此依附權貴，然而曼殊卻不畏權貴、不附流俗、敢言敢行，試圖以個人來「沖決世事的網羅」、「不向他人行處行」。他畢竟在這個歷史的漩渦中便不著力、尋不著知音。他的耿介孤高仍在內心，偶有頹喪消極的陰影襲之於心，形於外表的便如同晚明士人的行徑一般，以奇特不羈的離俗生活，來作爲反抗的另一種方式。於是他流連妓院，狂歌狂飲，滿腹的心事惟有「相逢莫問人間事」、「寂對河山叩國魂」，在詩文中一覽無遺；眞的是「我本將心托明月，誰知明月照溝渠」。

〔註82〕《答瑪德利璍湘處士》（1912 年 7 月）。

第四章　蘇曼殊詩的語言

　　詩是一種語言的藝術，詩的創作也就是語言藝術的創造，惟有通過對詩語言的掌握，才能眞正明瞭詩的眞實意義。所以，研究詩必須從詩的語言著手。詩的語言不同於一般日常的語言，只要求傳情達意即達到目的，詩的語言是想像、模擬的語言，具有暗示性，主要在「表現普通一般邏輯所不能表現的世界，即要表現隱蔽在通常的意識下難予捉摸的感情世界。」〔註1〕所以內含的意義愈複雜愈有張力就愈理想。法國詩人梵樂希（Paul Val'ery）以「舞蹈」比喻「詩的語言」、「步行」比喻「日常語言」，〔註2〕就是正確說明了詩語言是超越實用的目的，在於藝術表現之美感上。

　　語言本身具有兩大機能：表義與形聲。一般而言，語言的「意義」是訴諸人的知性，指示意涵的方向；而語言的「聲音」，則直接訴諸人的情緒，顯示意涵的態度。既以，語言的意義，必須透過聲音的表態，才能完全而明確的顯示出來。而詩人創造詩的語言，便是要將這兩種機能互相配合，加強發揮，一發展爲詩的繪畫性，一發展爲詩的音樂性。詩的繪畫性也就是靠「意象」來表現，而詩的音樂性則是「節

〔註1〕村野四郎著，陳千武譯《現代詩的探求》（台北：田園，民國58年），
　　　　頁41。
〔註2〕同上，頁55。

奏」的安排。由此可知，要研究詩的語言表現，必須研究詩的意象與節奏。本章對於蘇曼殊詩的語言表現，即是從這兩方面加以說明的，末節再言曼殊詩的語言特性。

第一節　意　象

「意象」一詞原是起源於心理學，是指「意識的記憶」，也就是「當原來那種知覺的刺激不在眼前時，它可以將這種知覺再產生出來」。〔註3〕站在詩歌創作的角度而言，我們可以這麼說：詩人的情思與外界的物象相交、作用，通過一番審思或聯想作用，使作品成為有意境的景象再現，這便是「意象」。〔註4〕「意象」是詩的主要構造成分，詩人表達內心世界所體驗到的感受，有賴於具體而明確的意象呈現。也就是將個人的感覺與外在觀察到的事物，連繫一起，繪成一幅幅「心靈的圖畫」，〔註5〕就是「意象」。

那麼，詩人的情思與外界的客體物象，是如何相互發生有機性的結合呢？在作者有意識地與外界物象相交會後，經過視覺、聽覺、嗅覺、觸覺等感官的運作，產生了觀察、審思與審美的意識，慢慢釀造，便成為有意境的景象。爾後一再透過文字，將各種感官意象的經營結果，清晰地傳達出來，這便是「意象的浮現」〔註6〕了。所以意象便有所謂的「視覺意象」、「聽覺意象」等；又因為外界的物象有動態、靜態之別，所以作者在意象的經營上，便可區分為「動態意象」與「靜態意象」。往往詩人在語法的構成上，以「名詞」造成「靜態意象」，而以「動詞」造成「動態意象」，「名詞」與「動詞」是構成意象的兩大要素。〔註7〕意象產生來源經由作者主體與外在客體的結合，再透

〔註3〕見陳紹鵬《詩的想像與意象》，收於《詩的欣賞》（台北：遠景，民國65年）。
〔註4〕見黃永武《中國詩學設計篇》（台北：巨流，民國70年），頁3。
〔註5〕見姚一葦《文學論集》（台北：書評書目社，民國63年），頁37。
〔註6〕同註4。
〔註7〕見張淑香《李義山詩析論》（台北：藝文印書館，民國63年），頁13。

過詩的語法與用字的安排，成為一首首美妙動人的詩篇，所以，以下將分別從蘇曼殊詩的色彩設計、麗藻、象徵、語法諸方面加以論述，以呈現曼殊對於意象塑造的成就。

一、色 彩

　　蘇曼殊不僅能詩、能文、繪畫亦為其既擅長。從留傳下來的畫作中，我們可略見曼殊在繪畫方面的才情。觀其畫，如讀其詩文，〔註8〕而一位擅於繪畫的藝術家，不僅對於形象觸感敏銳，對於色彩的舖陳亦有獨到的創見。從蘇曼殊遺留的詩作中，也可以發現他善於以色彩的搭配運用，來傳達內心抽象曼妙的情緒與思維。

　　色彩為我們日常生活中不可或缺的元素之一。色彩，雖然不預設任何文字或語言，但是不同的色彩，會傳達出各異的直接感受。色彩不含文字卻指陳感情，而詩的語言是一種意象式的語言，表現了「心象的內容」，〔註9〕從「色彩」新產生的意念感受，往往使詩語言更能蘊含言有盡而意無窮的情緒暗示。當我們閱讀中國古典詩歌時，常會發現色彩與意象的關連性隨處可見。如溫庭筠喜用「紅色」，《苕溪漁隱叢話》說他的詩「殊有富貴佳致」、《漫叟詩話》說「言富貴不及金玉錦繡，惟說氣象」，或與紅色的喜事、幸福象徵有關。〔註10〕每位詩人對不同色彩的嗜好度，是隨著詩人自身的性格而差異的，換句話說，色彩的偏好，就是性格的表現。〔註11〕不僅如此，色彩的選擇，也在不知不覺中，反映了詩人的心情。不論是鮮明的或晦暗的，如果細心體會，便會發掘出音韻或言語之外，屬於圖象的直接感受。

　　蘇曼殊的詩作中出現色彩字，或運用色影舖陳的比率極高，茲舉例的表現曼殊詩中色彩的設計情形。如〈以詩並畫留別湯國頓〉二首

〔註8〕 見蔣健飛《情僧蘇曼殊其人其重》（雄獅美術，58期：民國64年12月），頁55。

〔註9〕 見葉維康《秩序的生長》（台北：志文，民國64年3版），頁120。

〔註10〕 見黃永武《詩心》（台北：三民，民國67年5月4版），頁168～169。

〔註11〕 見黃永武《詩與美》（台北：洪範，民國76年12月4版）頁54～55。

之一：

> 海水龍戰血玄黃，披髮長歌覽大荒。
>
> 易水蕭蕭人去也，一天明月白如霜。

據劉斯奮的《蘇曼殊詩箋注》，此詩發志於光緒二十九年（1903），爲曼殊所存最早的作品。該年曼殊在日參加革命組織，遭表兄反對，不得已輟學歸國，詩即作于此時。〔註12〕

　　此詩兩首，第一首以魯仲連義不帝秦自喻，表現了反抗清廷義無反顧的心態：「蹈海魯連不帝奏，茫茫煙水著浮身。國民孤憤英雄淚，灑上鮫綃贈故人。」，同樣的革命豪情，到了第二首，筆鋒一轉，除了改以荊軻自況之外，原先直接訴諸文字的陳述方式，也代以不言而喻的色彩，渲染出內心「誓死」與「希望」的糾葛。在外在的客觀環境裡，滿是斑駁污穢的血跡，視覺上給人晦暗不明的寫實意味，亦能製造挑戰的衝動。〔註13〕但是作者的內在靈魂，是以「白」的無邊、純淨，來暗示作者那般不懼于外在環境、胸襟遼闊的浪漫情懷。而一般言之，「白色」的色彩語言，就是代表著清明性、嚴肅性、崇高性。〔註14〕

　　縱觀蘇曼殊的詩作中，常與白色對用的色彩是「紅色」。譬如〈本事詩〉十首之一：

> 烏舍凌波肌似雪，親持紅葉索題詩。
>
> 還卿一鉢無情淚，恨不相逢未髻時。

這是一膾炙人口的詩，我們姑且不論此詩的女主角是誰，但經由詩中紅白對比的強烈效果，當可以聯想到曼殊內在感情的熾烈與真誠。雖然詩歌中的色彩不一定皆賦與象徵意義，但至少從色彩聯想中，影響了感情

〔註12〕見劉斯奮《蘇曼殊詩箋注》（廣東：廣東人民，1981 年），頁 2。
〔註13〕見蕭水順《青紅皂白——中國古典詩歌中的色彩》引言（台北：故鄉，民國 69 年），頁 26。
〔註14〕見李蕭錕《色彩意象世界》（台北：漢藝色研，民國 76 年），頁 130。

的產生與轉化。經由色彩學的角度，我們了解到「紅」屬於暖色系，具有渲染、興奮、積極的作用，〔註15〕而且有擴散效果，燃燒每個人的神經。即使外在環境屬於寒色系，如白色、青色，仍可以感覺到那份紅的灼燒。這首詩裡，曼殊以肌膚的雪白，映襯於寫滿情思的紅葉之間，益頭得「紅」葉彷彿女主角的心一般熾烈。然而如此賁張的視覺效果，轉折到三、四句，竟是作者無色無味的淚眼，絕情拒之！如此大幅度的寒暖擴張復收縮，怎不使我們更能感受到作者內心的矛盾、衝突呢？

蘇曼殊除了紅、白對比之外，亦常使用紅、綠互補色的運用。按照色彩學的解說，互為補色的兩種顏色，互相鄰接時，最富有活躍感，能表現出鮮明的感覺。〔註16〕而朱光潛亦說：「任何兩種補色擺在一塊時，視神經可以受最大量的刺激，而受極小量的疲倦，所以補色的配合容易引起快感。」〔註17〕紅色的炙熱配以青色的淒清、寒冷，也可以產生一悲一喜兩種情緒的極端反應。在蘇曼殊的詩中，綠與紅的搭配，就常給人多種不同的感受。如〈淀江道中口占〉：

> 孤村隱隱起微煙，處處秧歌競插田。
> 羸馬未須愁遠道，桃花紅欲上吟鞭。

在一片平疇綠野間，幾朵艷紅的桃花如仙棒般，將青綠大地的寧靜安詳頓時變為活躍。當然身在如此鮮明，富于生氣的景物間，作者心情的愉悅輕快是可想而知的。即使昔日一直縈撓於心的壯志未酬，此時，也隨著輕盈的馬蹄而暫拋腦後了。這是曼殊詩中難得一見的愉悅心情。〔註18〕

同樣的紅綠對比，在其他詩作中所傳達的語言可能大焉不同。如曼殊在民國二年（1913）所作的〈吳門依易生韻〉十一首之一：

〔註15〕同上，頁 126。
〔註16〕見林書堯《色彩學》（台北：作者發行，民國 72 年），頁 119。
〔註17〕見朱光潛《文藝心理學》（台北：開明，民國 73 年 1 月重 15 版），頁 315。
〔註18〕見馬以君《燕子龕詩箋註》，頁 10。

碧城煙樹小彤樓，楊柳東風繫客舟。

故國已隨春日盡，鷓鴣聲急使人愁。

民國元年（1912）二月，臨時政府為免國家的分裂，與袁世凱妥協，選舉其為臨時大總統，並於五月將首都從南京遷至北京，從此國家政權為北洋軍閥袁世凱所篡奪。〔註19〕國勢凌亂至此，蘇曼殊遂有如此的感傷與失落。滿眼的青綠冷寂中，一抹艷紅燒進了視線，怎不令人心驚？怎不使人產生不安的悸動？又加上東風中狂舞不止的柳條絲絲，心只有更加地茫亂！連鷓鴣也無情地割裂了原本寧靜的空氣，身處其間的作者，心緒的悲憤真是到了極點！這裡，作者成功地運用色彩的強烈對比、以及聽覺的交錯運用，造成詩境的多層空間與多重效果，不僅完成了傳情達意的目的，更使詩的意象鮮活了起來。

善於運用「紅色」，是蘇曼殊詩作中值得重視的特色。曼殊詩作有四十七題九十九首，〔註20〕詩句中運用紅色，或其紅色近似的色彩有四十五首之多，幾占了詩歌總量的半數。如此使用的頻繁，其創作的內在動力便非常值得研究。

蘇曼殊究竟將「紅色」發揮到何種地步呢？〈東居雜詩〉十九首之一云：

誰憐一闋斷腸詞，搖落秋懷只自知；

況是異鄉兼日暮，疏鐘紅葉墜相思。

「紅」在這裡是以漸層的方式出現。首先映人眼簾的是「日暮」的暈紅，爾後是飄落的秋葉，枯殘中帶著鮮紅。這已令人驚後復驚，作者

〔註19〕見郭廷以《近代中國史綱》（下冊），頁 411～445。

〔註20〕蘇曼殊到底寫了多少詩？一直是個未定數。近幾年來大陸出版有關蘇曼殊的詩集，訢收錄的詩多寡不一，如施蟄存輯的《燕子龕詩》（江西人民）有四十七題九十九首，馬以君箋註的《燕子龕詩箋註》（四川人民）為五○題一○三首，劉新奮箋註的《蘇曼殊詩箋註》（廣東人民）為四十九題一○一首，裴效維校點的《蘇曼殊小說詩歌集》（社科院）為五○題一○二首。詳見陳詔《蘇曼殊到底寫了多少詩？》（光明日報，1985 年 6 月 18 日第 3 版）

運用了推想，給讀者再進一層的已不是具象的「色彩」，而是抽象的「相思」。「相思」的熾烈、濃重，也因此之推演，自然要比先前的「日暮」、「紅葉」的「紅」更令人心驚了！

　　色彩是造成意象視覺效果極為重要的一環，由以上的分析，可知蘇曼殊詩歌中，意象色彩非常豐富，他的色彩，不僅呈現了奇麗美妙的美感經驗，更重要的是顏色的背後，寫下了作者寂寞、衝突的「生命色彩」。當再舉數例以說明之：

> 胡姬善解離人意，笑指芙蕖寂寞紅。（遊不忍池示仲兄）
>
> 姑蘇台吟夕陽斜，寶馬金鞍翡翠車。（吳門依易生韻）十首
>
> 最是令人淒絕處，發虹亭畔柳波橋。（同上）
>
> 輕風細雨紅泥寺，不見僧歸見燕歸。（同上）
>
> 翡翠流蘇白玉鉤，夜涼如水待牽牛。
>
> 知否去年人去後，枕函紅淚至今留？（東居雜詩十九首）
>
> 胭脂湖畔紫騮驕，流水棲鴉識人橋。
>
> 為向芭蕉問消息，朝朝紅淚欲成潮。（同上）

詩句中鮮明濃厚的色彩背後，是同樣厚重的悲涼、空虛、寂寞。由美麗鮮艷色彩所引致反面情調的對比，給人的拍擊力也更強烈，感受也更深刻。

　　據桑塔耶那在「色彩」一文中所說的

> 每一個具有多樣內容的事物，都具有一種形式與意義之潛能（Potentiality），一當注意使我們習慣了形式的種種變化，形式即能受到欣賞；而且一當這些形式之各種情緒價值，把新客體及其他具有類似情緒的經驗相聯合以後，這一新

　　形式就能取得意義，因此使它在心意中得到一個同情的環
　　境（a sympathetic environment）。〔註21〕

或許我們可以藉此為蘇曼殊運用色彩的方式作一「美學」上的解釋。
曼殊詩中以鮮明強烈的顏色來映襯哀傷、寂寞，而這些色彩強烈的「客
體」（芙蕖、鞍、車、亭子、橋等），在曼殊主觀情感的掌握後，這些
色彩客體遂「變成了其他各種對於心意具有一種類似影響的至善客體
（ultimats）之生動象徵」。「垂虹亭畔」加上「柳波橋」，使這首詩言
有餘而意無窮，曼殊的詩作中，色彩遂有這種充滿抒情的象徵作用。

二、麗　藻

　　蘇曼殊的詩作不僅喜用植根麗鮮明的色彩，所運用的意象，亦往
往喜歡選擇華麗奪目的藻飾。語言表現方式的特殊，使讀者彷彿進入
一個纖巧綺麗、雕金琢玉的瑰麗世界：

　　玉砌孤行夜有聲，美人淚眼尚分明。（〈有懷二首〉）
　　湘弦灑遍胭脂淚，香火重生劫後灰。（〈為調箏人繪像二首〉）
　　寶鏡有塵難見面，妝台紅粉畫誰眉。（〈代柯子簡少侯〉）
　　來醉金莖露，胭脂畫牡丹。（〈柬法忍〉）
　　月華如水浸瑤階，環佩聲聲擾夢懷。（〈吳門依易生韻〉）
　　姑蘇台畔夕陽斜，寶馬金鞍翡翠車。（同上）
　　綠窗新柳玉台旁，臂上微聞菽乳香。（〈無題八首〉）
　　軟紅帘動月輪西，冰作闌干玉作梯。（同上）
　　卻下珠帘故故羞，浪持銀蠟照梳頭。（〈東居雜詩十九首〉）
　　玉階人靜情難訴，悄向星河覓女牛。（同上）
　　翡翠流蘇白玉鈎，夜涼如水待牽牛。（同上）
　　碧闌干外夜沈沈，斜倚雲屏燭影深。（同上）
　　燈飄珠箔玉箏秋，幾曲回闌水上樓。（同上）
　　銀燭金杯映綠紗，空持傾國對流霞。（同上）
　　珍重嫦娥白玉姿，人天攜手兩無期。（同上）

〔註21〕見桑塔耶那著，杜若洲譯《美感》（台北：晨鐘，民國61年），頁115。

知否玉樓春夢醒，有人愁煞柳如煙。（〈春日〉）

碧闌干外遇嬋娟，故弄雲鬟不肯前。（〈碧闌〉）

相逢天女贈天書，暫住仙山莫問予。（〈答鄭繩侯〉）

斜插蓮蓬美且鬆，曾教粉指印青編。（〈失題〉）

偷嘗天女唇中露，幾度臨風拭淚痕。（〈寄調箏人〉）

何心描畫閑金粉？枯木寒山游故城！（〈調箏人將行〉，屬繪《金粉江山圖》，題贈二絕）

諸天花雨隔紅塵，絕島飄流一病身。（〈步詞答云上人三首〉）

猛憶玉人明月下，悄無人處學吹簫。（〈吳門依易生韻十一首〉）

空言少據定難猜，欲把明珠寄上才。（同上）

萬物逢搖落，姮娥耐九秋。（〈南樓寺懷法忍、葉葉〉）

流螢明滅夜悠悠，素女禪娟不耐秋。（〈東居雜詩十九首〉）

露濕紅蕖波底襪，自拈羅帶淡蛾羞。（同上）

　　由以上諸詩例中，可以反映出華美的藻飾是蘇曼殊營造詩歌意境的方式之一。由感官的享受層面而言，作者似乎想刻意在詩中完成一些絕美、濃烈、且超越紅塵俗世的意象。這其中似乎是更接近於女性世界的生香活色，玉台、寶鏡、妝台、瑤階、寶馬、金鞍、翡翠車、珠帘、銀蠟、珠箔、金杯、碧闌干、金粉、明珠……，這些金雕玉珠、密度極高地堆疊在一起，自然形成強烈的視覺效果。而美人、胭脂、姮娥、星河、天女、嬋娟、玉人、花雨……等物象的佈置，更是除了超越了視覺世界，加添了絕出塵外的想像之美。同樣具有「絕美」，但這些一並不及於塵世，為詩帶上了想像的羽翼。

　　「意象不論如何眩目，它們並不能使一個詩人出色，衹有在它們被詩中主要的感情修飾，或被該種感情所激起的思想或意象修飾，才足以為詩人天才的明證。」〔註22〕也就是說，華麗的意象即使能給予視覺上美好的經驗，若無作者的內在情感以為泉源、動力，那麼，意象的華麗，只是空洞而表面的裝飾而已。檢視蘇曼殊的詩，配合思

〔註22〕原 Coleriodge 語，引自張淑香《李義山詩研究》（台大中研所碩士論文），頁24。

索他的生命歷程，我們會感覺到，這些鮮艷不實的意象在詩中的作用，除了乍見時的「驚艷」，真正沈澱在心底的，其實是作者靈魂底層的悲哀。坐在「寶鏡妝台」前施胭脂的，是一個等待情郎而歲月不再的女子；在姑蘇台畔追弔歷史的遺蹟，一幕幕繁華的寶馬、金鞍、翡翠車，在美麗而短暫的暮色灼燒之下，更顯得歷史的無常與矛盾；「碧闌干外夜沈沈，斜倚雲屏燭影深。」碧闌干的冰冷寫盡了夜深後的冷寂，美麗的雲屏在燭影的映照下、更顯得美麗物象的空虛蒼白；「嫦娥」、「天女」、「麻姑」等天人的出現，喻示著作者無法克服人世限制的另一種超俗世的寄託。「珍重嫦娥白玉姿，人天攜手雨無期。」，以「嫦娥」喻凡間女子，可知「愛情」與「女子」在曼殊的心目中，一直是遙遠而浪漫的「領域」，他深怕兩者因肉體，塵世的污穢而遭到破壞。所以他一生在兩者之中矛盾，而兩者，在他的詩中永遠成為絕美而脫俗的「絕塵風景」。〔註23〕

總之，我們可以看出，曼殊詩中由瑰麗物象所營造的意象世界，其實所指的反而是「美麗」背後的「孤獨」、「冰冷」、「憂鬱」。美麗，映照無情的時間正摧殘著美麗、它讓美麗終究只成為一只軀殼而已。愛倫·坡（Poe）在其《創造的哲學》一文中，曾說：「憂傷與美結合，才是最富有詩的氣氛。」。〔註24〕這種觀點，足以說明曼殊以麗藻暗示本質的悲劇。而兩者極端的張力，且呈現出曼殊詩歌中獨特的淒婉氣氛。〔註25〕

三、象　徵

「象徵」，我國古典文藝理論書籍中雖未曾正式提出這個名詞，但在創作的實踐上卻早已運用自如。其中最突出的倒子就是屈原。他在詩歌中大量採用象徵手法，這種手法是構成他浪漫主義創作精神的重要標誌之一。象徵手法，一般是指借外界有形的事物，來表現內心

〔註23〕見邵迎武《蘇曼殊新論》（天津：百花文藝，1990年），頁124。
〔註24〕見林以亮編《美國詩選》（台北：今日世界社，民國52年再版），頁44。
〔註25〕見黃侃《縬秋室說詩》，收於《蘇曼殊全集》第五冊，頁237。

主觀感受和情緒的一種藝術手法。﹝註26﹞和「比擬」手法不同的是，前者雖然也取兩物之間的相似點，但「比擬」所合的意念，容易找尋，也容易確定；但是「象徵」卻表現出高度的曖昧。﹝註27﹞

　　縱觀蘇曼殊的詩歌，有以神話故事為象徵手法的媒介。從文學發展史上觀察，「象徵」，首先以「神話」的形式出現。﹝註28﹞神話折射出人類對大自然的觀感，以及對自身生命的希望，中外皆然。以下先看看蘇曼殊詩中對於「嫦娥」意象的運用：

> 萬物逢搖落，姮娥耐九秋。（高樓宇懷法忍、絮絮）
> 曾遣素娥別意，是空是色本無殊。（答鄧繩侯）
> 珍重嫦娥白玉姿，人天攜手兩無期。
> 遺珠有恨終歸海，睹物思人更可悲。（東居雜詩十九首）

嫦娥偷靈藥、奔月求長生，是人類渴望生命自由與不死的欲求，在中國古典詩歌作品中，也常以「嫦娥」寫意象。譬如李商隱常用「嫦娥」，象徵著孤獨冷清的生命，和他多曲折的人生抉擇極為有關。﹝註29﹞在蘇曼殊詩中以「嫦娥」為「象徵人物」，主要象徵了「女性」在曼殊心目中的完美形象。按蘇曼殊一生中曾遇到一些女子，對他鍾情無限，而他對她們的青睞，不能不為所動。但由於他遁跡空門，斷絕塵緣的初衷，勢必不可能接受她們的愛情。而他那些幽怨哀婉的詩篇，也就是源於這一些矛盾和痛苦。﹝註30﹞曼殊以「嫦娥」代稱女子，並非只是單絕的「借代」手法，女子在他心目中的形象是「高潔無瑕」的，一如嫦娥在月宮般，那樣純美而遙不可期。而曼殊與情愛之間自然形成的距離感，亦是造成他會以「神話」人物來表現「女性形象」的另一個極重要的原因。

﹝註26﹞見巴斯（J. Robert Barth, S. J.）著，邱文媛譯「文學與宗教想像」（中外文學，第十五卷第6期），頁123。
﹝註27﹞見黃慶宣《修辭學》（台北：三民，民國74年9月5版），頁338。
﹝註28﹞同上，頁39。
﹝註29﹞見龔鵬程《文學批評的視野》（台北：大安，民國79年），頁123。
﹝註30﹞見任訪秋《中國近代文學作家論》（河南：河南人民，1984年），頁199。

另外，蘇曼殊也常以「月華」為象徵，如：

星裁環珮月裁璫，一夜秋寒掩洞房。（〈無題八首〉）
此去孤舟明月夜，排雲誰與望樓台？（〈東行別仲元〉）
流螢明滅夜悠悠，素女嬋娟不耐秋。（〈東居雜詩十九首〉）
方草天涯人是夢，碧桃花下月如煙。（〈方草〉）

以上各詩句中「明月」所呈現的象徵意涵，各有不同。「星裁環珮月裁璫，一夜秋寒掩洞房」以及「碧桃花下月如煙」中，「月色」的寒意、迷離，成了外在環境曖昧不明的象徵；「此去孤舟明月夜，排雲誰與望樓台？」與友人別離的自己，如同一艘「孤舟」。而划向「明月」，則是象徵著清冷寂寥的未來。

以上所舉詩中的「明月」，其形象不脫「高掛天邊」的自然客觀形象，而這句「流螢明滅夜悠悠，素女嬋娟不耐秋」、「嬋娟」不僅擬人化，而且還有著受不住秋天蕭殺的想像。和李商隱：「嫦娥應悔偷靈藥，碧海青天夜夜心」一詩中不耐寒意寂寥的「嫦娥」，具有類似的情緒。葉嘉瑩說：「義山詩中的『碧海青天』之境界都是超乎凡人的境界，在此境界中的心情，也該都是寂寞的心情。」〔註31〕一種純粹屬於詩人氣質的「寂寞」，在李義山詩中體察得到，在蘇曼殊的詩中亦感受得到。曼殊在下一句讀寫到：「相逢莫問人間事，故國傷心只淚流」，可以知曉他的「寂寞心」，來自於對家國、人世的不捨情懷，心中理想朗朗如「明月」，而寂寞高懸的心亦如「明月」。那種追求「理想」，又為「理想」的幻滅而傷痛的靈魂，怎不令人感動呢！

四、語　法

前已有述，在中國的語法上，「名詞」與「動詞」是構成意象的兩大要素。「名詞」是選擇意象最直接的素材，因此意象部分常見名詞的並列，也由於名詞在中文語法上易於孤立，導致單純意象的產

〔註31〕見葉嘉瑩《迦陵談詩》（二）（台北：三民，民國73年1月5版，頁162）。

生。〔註32〕至於「動詞」對意象的塑造，也很重要，動詞的運用得宜，能使靜態的意象生動活潑，產生畫龍點睛之妙。以下即從語法的觀點，討論曼殊詩中也「名詞」與「動詞」所構成的意象。

（一）名詞的運用

　　中國文字作爲古典詩歌的媒介，自有其語法構成上的獨特性，這種獨特性，就是「拒絕一般邏輯思維及文法分析，詩中『連接媒介』之省略，使語法結構鬆散或被破壞，因此反而使所有的意象在同一平面上相互上並不發生關係地獨立存在。」〔註33〕這些文字所產生的意象交互投射，形成一種莫名的氣氛。其意象的主動，放射出豐富的暗示與想像空間。而這種特色，多是由「名詞」新構成的。

　　由「名詞」所造成的「意象」，爲中國古典詩歌帶來「意在言外」、「詩中有畫」的想像，同樣地，也爲蘇曼殊帶來富於意涵的詩境。以下即從語法的觀點，探討曼殊詩中由「名詞」所構成的意象，

　　　寒禽衰草伴愁顏，駐馬垂楊望雪山。（〈久欲南歸羅浮不果，因望不二山有感，聊書所懷，寄二兄廣州，兼呈晦聞、哲夫、秋枚滬上〉）
　　　行人遙指鄭公石，沙白松青夕照邊。（〈過平尸延平誕生處〉）
　　　落日滄波絕島濱，悲笳一動劇傷神。（〈落日〉）
　　　契闊死生君莫問，行雲流水一孤僧。（〈過若松町有感示仲兄〉）
　　　輕風細雨紅泥寺，不見僧歸見燕歸。（〈吳門依易生韻十一首〉）
　　　燈飄珠箔玉箏秋，幾曲回闌水上樓。（〈東居雜詩十九首〉）
　　　狂歌走馬遍天涯，斗酒黃雞處士家。（〈憩平原別邸贈玄玄〉）

這些詩句的意象，都是由名詞或名詞片語的孤立或並列而產生的。在陳述主觀感情時，或許前面有一直述句或論斷句出現，爾後便以語法散漫的方式，省略連繫的媒介，將客觀景、物加以並列或孤立，於並

〔註32〕見楊文雄《李賀詩研究》（台北：文史哲，民國72年6月再版），頁128。
〔註33〕見葉維廉《秩序的生長》，頁95。

置的意象間，自成獨立的畫面結構。而自其間的交互投射，自然創造出作者主觀的感情。〔註34〕

　　「契闊死生君莫問，行雲流水一孤僧」，在一片默然無語的停頓後，曼殊將鬱積在內心的萬千話語、生命裡長長的悲歡離合，壓縮成三名獨立的名詞：「行雲」、「流水」、「孤僧」。沒有激昂的動詞、語氣詞作串連，有的只是靜態的意象呈現，或許我們可解釋爲：孤僧佇立於行雲、流水之前，或許可視爲「孤僧行跡如行雲流水」，但就是由於語法的孤立所形成的意象沒有加入任何說明詞之故，意象才能隨機併發出來，予人更豐富的想像空間。

　　「落日滄波絕島濆，悲笳一動劇傷神」，以三個自然界的客觀意象——落日、滄波、絕島濆，造就出一種彌漫蒼穹的悲戚感，由三種意象的舖陳，竟能產生超越文字的動態感，眞是難得！這種來自視覺上的知覺暗示，正好也予以聽覺上「悲笳聲」更深刻的感受空間。「輕風細雨紅泥寺，不見僧歸見燕歸」二句詩，則充份展現古典詩歌的空靈妙境。詩中不僅有畫，更展現了「前不見古人，後不見來者」的生命境界。不落言詮，卻在其間透露無限禪機！〔註35〕

（二）動詞的運用

　　前文曾就蘇曼殊詩中「名詞並列」所造成的意象效果加以分析，但是「只含有簡單意象的詩句，必定顯得散漫不夠緊湊、缺乏動態。這樣的詩句也許能表現普遍性的抽象概念，……但不能描寫現實人生的詩歌必無法引起讀者心靈上的共鳴，激發讀者的情憬。有生命的詩歌貴在於能含蘊自然界生命現象與過程的縮影，描寫動作主力者之間種種動態關係。」詩句描寫動態關係的，主要便是靠「動詞」。

　　「動詞」是產生動態意象的主要媒介，運用得宜，能使意象生動活潑，彷彿有了生命力，動態意象的創造與安排，最重要的就是必須

〔註34〕見高友工、梅祖麟著，黃宣範譯，《論唐詩的語法、用字與意象》（上），頁43。
〔註35〕見楊鴻烈《蘇曼殊傳》，收入《蘇曼殊全集》第四冊，頁71。

含有高度的想像彈性，把直線式的動作敘述，還原爲整體平面性的情境畫面，即克服時間性的限制，而回歸到空間性的呈露，把敘述變爲描繪。〔註36〕這樣才會產生動態且具體的意象。以下將分析曼殊詩中運用動詞爲動態意象的情形

　　齋罷垂垂渾入定，庵前潭影落疏鐘。（〈住西湖白雲禪院作此〉）

　　江頭青放柳千條，知有東風送畫橈。（〈花朝〉）

　　孤燈引夢記朦朧，風雨鄰庵夜半鐘。（〈過若松町有感〉）

　　莫愁此夕情何限？指點荒煙鎖石城。（〈有懷二首〉）

　　玳瑁窗虛延冷月，芭蕉葉捲抱秋花。（〈何處〉）

　　水晶窗卷一燈昏，寂對河山叩國魂。（〈兵門依易生仆的〉）

　　綺陌春寒塵馬嘶，落紅狼藉印苔泥。（同上）

　　莫道橫塘風露冷，殘荷猶自蓋鴛鴦。（同上）

　　一曲凌波去，紅蓮禮白蓮。（〈飲席贈歌者〉）

　　況是異鄉兼日暮，疏鐘紅紫墜相思！（〈東居雜詩十九首〉）

　　雲樹高低迷古墟，問津何處覓長沮？（〈述文〉）

讀完這一些詩句，可以馬上感到「動詞」的運用，爲詩句帶來畫龍點睛的效果，「齋罷垂垂渾人定」之後，應是一片寧靜無聲的禪定境界，但作者卻意外地下了一個「落」字，將原本屬於視覺上的靜止氣氛「處前潭影」倏忽跳進了屬於「聽覺」的世界。由於鐘聲的響起，更襯托出空間與心靈上的寧靜。這與張繼的「姑蘇城外寒山寺，夜半鐘聲到客船。」有著異曲同工之妙！「何處」一詩中的「延」與「抱」字，更是將夜半冷寂的心情，予以動態性的點化，彷彿「冷寂」成了戲劇的主角。一個「延」字，將屋內的空寂漫延開來，與屋外泠虛的月光合爲一契，團團密密地將天地包住，叫人無處逃遁；而一個「抱」字，難以遮掩的悵惘情愫完全顯露。雖然字面上不忍秋花凋謝的是「芭蕉」，但實際是暗指

─────────────

〔註36〕見朱光潛《詩論》（台灣：開明，民國 71 年 4 月 11 版），頁 122。

凝視「芭蕉」的人兒；其是一個「抱」字，生命的有限與時光的無情、兩者亙古以來交織的悲劇情節，在此巧妙點發出來。

其次，擬人化的動態意象，亦是曼殊所常用的，譬如「一曲凌波去，紅蓮禮白蓮」，在風起波濤動後，隨之舞動的蓮花姿態，輕盈曼妙的可人魅力經一個「禮」字展現無遺。又如這句「淺荷獨自蓋鴛鴦」，一個「蓋」字，帶來的何止是橫塘邊的溫暖，更帶來了作者內心對生命溫情的渴望。中國人常以「自然生命」寫文學比喻的出發點，詩人更常把自然萬物賦予生命、思想和情感，這就是擬人化。用到詩歌，擬人化等於把主詞當作活生生的人物，藉以投射出人類所具有的生命動態。〔註37〕以上所舉諸詩，曼殊以動態的意象將萬物予以擬人化，不僅活化了物態，更表達了作者內在靈魂的聲音。不僅達到「化美爲媚」（charm），立即化爲「活動的美」（Beauty motion）的地步，更進入了「生命之美」的境界。〔註38〕

第二節　節　奏

由於中國文字的形、音、義三者不分，在先天上具有音韻優美的條件。又因爲單音節易於表情，而且字羣的衍生孳乳，是由「聲義同源」繁衍而來，在文字的外貌上大部分有形符足以辨認，音符在形體上，意義又在音符裡，而詩歌又是語言運用到最精鍊的境界，因此我們可以說：中國的詩歌，有一半的生命是寄託在音韻節奏之中，〔註39〕藉著音律來烘托意象，傳情達意。

近體詩的講究格律，是爲了形成一個富於音樂性的形式。「節奏是賦予音響以生命的要素。」，〔註40〕音樂既是以節奏爲命脈，故詩

<hr>

〔註37〕見《論唐詩的語法、用字與意象》（下），頁155。
〔註38〕朱光潛《詩論》，頁134。
〔註39〕見潘麗珠《盛唐王孟詩派美學研究》（台北：師大國碩所碩士論文），頁114。
〔註40〕見劉燕富《詩與音樂》（幼獅文藝186期），頁114。

的音樂性，也是以節奏爲基本要素。〔註41〕詩的節奏是怎麼形成的呢？「以詩來說，節奏是一種定期強勢法（Periodical emphasis），也是字音在聲音關係上的排列。詩中表現節奏，最顯明的是格律和韻腳，有了這些，詩才能抑揚、宛轉、均衡流暢，所以名詩人愛倫坡（Alen Poe）說：『詩是美的韻律的創造。』」。〔註42〕詩的音樂性，除了具有「聲音」的本質之外，還具有「意義」的本質。因爲詩以語言文字寫成的，詩的節奏必須要服膺詩的意涵。故《文心雕龍‧聲律篇》云：「聲畫妍蚩，寄在吟詠，吟詠滋味，流於字句。」可見詩的抑揚頓挫，目的是在於表現詩情。

其次，詩歌節奏的產生，既來自於格律與韻腳，而近體詩的本身自己有固定的格律，在「格律」未加入文字之前，只是一個純粹的節奏模式，一旦加入文字，便成爲富於內在意義的獨立個體。詩人必須在固定統一的格律模式中，掌握語言音響的表現性，運用有限的自由，創造最理想的內在節奏形式。〔註43〕清代沈德潛《說詞晬話》曾提到：

> 詩以聲爲用者也，其微妙在抑揚抗墜之間，讀者靜氣按節，
> 密詠恰吟，覺前人聲中難寫，響外傳之妙，一齊俱出。

可見「節奏」並非僅指外在格律的模式，它的奧妙，就在於和諧的聲韻節奏，以及字義與音響間相互和諧的關係。本章擬就和諧的韻腳、平仄的安排、變化的句式與靈活的句法四方面，來探討曼殊詩歌的節奏之美。

一、用　韻

詩中的押韻具有強化節奏性的效果，能「使人明瞭詩句的起造，以及章節的終點，在那終點上反復其餘，以造成一唱三歎的情緒效果。」。〔註44〕韻腳的音質也各有特色，如果運用得當，可以加強情

〔註41〕見張淑香《李義山詩析論》（台北：藝文印書館，民國63年），頁74。
〔註42〕同註40。
〔註43〕同註41，頁76。
〔註44〕見王夢鷗《文學概論》（台北：藝文印書館，民國78年8月3版），頁79。

感的展現。清代詞論家周濟曾說：

> 東真韻寬平，支先韻細膩，魚歌韻纏綿，蕭尤韻感慨，各
> 有聲響，莫草草亂用。〔註45〕

周氏雖是論詞的用韻，卻也說明了詩歌中韻腳呈現的情感特質。大致
說來，韻腳的特色為：

> 東董寬洪，江講爽朗，支紙縝密，魚語幽咽，佳蟹開展，
> 真軫凝重，元阮清新，蕭篠飄淺，歌哿端莊，麻馬放縱，
> 庚梗振厲，尤有盤旋，侵寢沈靜，覃感蕭瑟，屋沃突兀，
> 覺藥活潑，質術急驟，勿月跳脫，合蓋頓落，〔註46〕車遮
> 淒咽，寒山悲涼，先天輕快，家麻放途，皆來瀟灑，魚模
> 舒徐，支思幽徵，東鐘沈雄，江陽壯闊。〔註47〕

現在讓我們來讀讀蘇曼殊的作品：

> 燈飄珠箔玉箏秋，几曲回闌水上樓。
> 猛憶定庵哀怨句：三生花草夢蘇州。

這首「東居雜詩十九首」之一，為曼殊在民國三年（1914）居留日本時
所作。〔註48〕是年為袁世凱大力復活帝制的一年，亦是清室遺老認為復
辟在望的一年。〔註49〕身於異鄉的曼殊，時時心繫家國安危，徘徊復徘
徊，低吟又低吟，「幾曲回闌」遠眺家鄉，卻更加地觸景生情。這種強
烈的鄉思，經押韻字的「秋」、「樓」、「州」的點化，更加深了作者低迴
不已的感覺。三個字同屬平聲「尤」韻，尤韻字的音質特色予人「盤旋」
不已的感受，可知這首詩的韻腳布置，與內容的情感配合得極縝密和諧。

> 狂歌走馬遍天涯，斗酒黃雞處士家。
> 逢君別有傷心在，且看寒梅未落花。

〔註45〕見《宋四家詞選目》敘論。
〔註46〕以下見王易著《詞曲史》的說法。
〔註47〕「車遮淒咽」以下看法，見《文史論文集》下冊，頁885。
〔註48〕見劉斯奮《蘇曼殊詩箋註》，頁93。
〔註49〕見《近代中國史綱》（下），頁423。

這首〈憩平原別邸贈玄玄〉詩作於民國三年初春，當時曼殊仍在日本，對於革命的前景一直處於憂慮傷心之中。而這一首詩中，曼殊卻表現出難得的瀟灑樂觀。面對朋友的傷懷，曼殊以未落的寒梅，勸告朋友對革命要有勝利的信心。押韻的「涯」、「家」、「花」三字，屬於平聲「麻」韻，麻韻字的音質特色，給人的是「放達」的感受，韻字的選擇，正與詩中「曠達自適」的愉快心情，十分相配。

> 諸天花雨隔紅塵，絕島氛流一病身。
> 多少不平懷柔事，未應辛苦作詞人。

這首〈步韻答云上人〉三首之一，為曼殊宣統元年（1909）年赴爪哇時既作。全詩描寫一位遊子飄流異鄉，無法逃脫世事煩惱的沈重心情。曼殊雖為僧人，因為眷戀著紅塵，無法進入「諸天花雨」的超然境界；雖時有詩作，卻也不滿意於只成為一位吟風弄月的詩人。如此糾纏矛盾的生命處境，讀來令人倍感鬱結。而押韻的字眼「塵」、「身」、「人」、又是屬於平聲「真」韻，其韻字的音質特色高「凝重」，更是充分反應了曼殊生命的深沉困惑。

> 烏舍凌波肌似雪，親持紅葉索題詩。
> 還鄉一鉢無情淚，恨不相逢未鬈時。

這首〈本事詩〉十首之一，是曼殊極為膾炙人口的作品，短短的二十八字，道盡了曼殊徘徊人世與出世、情愛與佛門間的幽微心情。本詩的詩眼就在於一個「恨」字，這個「恨」字，點出了他既懊悔又矛盾的感受。生命既已走入了佛門「四大皆空」的境地，又如何能沾惹情網呢？誰知他卻又割捨不下！這正是曼殊一生生命悲劇的癥結所在。全詩的押韻字為「雪」、「詩」、「時」，屬於平聲「支」韻，支韻的音質具有「幽微」的特色，詩人的心情更因此而展露無遺！

　　曼殊的七絕占遺詩的絕大部分，所以以上所舉，皆屬於七言絕句。曼殊的五、七絕幾乎都是三句押韻，讀起來特別地流暢鏗鏘，節奏也顯得極為和諧自然。而且曼殊用韻的選擇，與內容的境界互相配合，頗能

展現聲情的特色，因限於篇幅無法一一殫訴，不過，我們可由其韻腳選用的統計情形，看出曼殊詩風形成的端倪：（近體詩九十六首）

次數	一二	一二	九	九	八	六	五	五	四	三	二	二
韻腳	先	尤	眞	支	蕭	庚	灰	麻	元	陽	齊	蒸
次數	二	二	二	二	一	一	一	一	一	一	十五	
韻腳	歌	東	征	交	多	刪	寒	侵	魚	饔	出韻	

　　從上表統計題示，曼殊的近體詩韻腳選用，以「尤」韻（十二次）、「先」韻（十二次）頻率最高，「支」韻（九次）、「眞」韻（九次）次之，「蕭」韻（八次）、「庚韻」（六次）的次數也很多。「尤」韻的音質特色爲「感慨」、「盤旋」、「先」韻則爲「細膩」、「輕快」、「支」韻所傳達的聲情則傾向於「幽微」。韻腳的主要聲情爲感慨、細膩、幽微，與曼殊傾向於女性化的人格特質與詩風類型，似有關連之處。雖然韻腳的聲情並沒有一定的原則，但畢竟注意韻腳的音質特色，可有助於聲情的傳達。

二、平　仄

　　近體詩非常講究平仄的互相遞用，也就是講究「長短遞用、平調與升降詞或促調遞用」〔註50〕的變化，以構成詩的節奏原則。雖然近體詩的平仄有其模式，然而這些原則乃是源於人類生理感官的自然要求，從平仄的抑揚頓挫中，我們能感受到感情的起伏變化，而產生共鳴。

　　平仄的安排，是爲了感情上的需要，所以也有某種的變化彈性。有些詩句爲了詩情的傳達，不得不邁出正格，造成拗格，這種現象，我們可從曼殊詩中看到，如：

　　　天生成佛我何能？幽夢無憑恨不勝。
　　　－－－｜｜－－　　－｜－－｜｜－
　　　多謝劉三問消息，尚留微命作詩僧。
　　　－｜－－｜－｜　　｜－－｜｜－－

〔註50〕見王力《中國詩律研究》（台北：文津，民國76年），頁6。

這首〈有懷〉二首之一屬於平起式首句入韻的七言絕句，第三句的平仄規律原應爲「仄仄平平平仄仄」，七句律絕的第一字平仄可以不論，而第六字應仄卻平，是爲拗平，則第五字就以改平爲仄的方式以爲拗救，換句話說，就是兩字的平仄互換。曼殊作詩頗能依格律規則，由此略見其守律之情形。

> 萬戶千門盡劫灰，吳姬含笑踏青來。
> ｜｜－－｜｜－　－－－｜｜－－
> 今日已無天下色，莫牽麋鹿上蘇台。（〈吳門依易生韻〉十一首）
> －｜｜｜－－｜｜　｜｜－－｜｜－－

這首爲仄起格首句押韻的七言絕句，第三、四句的格律應爲「平平仄仄平平仄，仄仄平平仄仄平」，而這首詩第三句的二、四、六三字平仄顛倒，該平爲仄，該仄爲平，所以第四句的二、四、六字各自「拗救」，以造成平仄的和諧。近體詩的二、四、六字是重要的節奏點，平仄不合，並非正則，極近似古風式的古詩。〔註51〕可是曼殊用平仄也有大膽嘗試的一面。

　　曼殊的詩作多數守格律，然而他爲了情感上的表達需要，也會不惜破壞格律，自創拗調，頗成奇特的風格。如這首：

> 無量春愁無量恨，一時都向指間鳴。
> －｜－－－｜｜　｜｜－－｜｜－
> 我亦艱難多病日，那堪更聽八雲箏。
> ｜｜－－－｜｜　｜｜－｜－｜－－

這首詩爲仄起首句不押韻的七言絕句，其格律應爲：

> 仄仄平平平仄仄，平平仄仄仄平平。
> 平平仄仄平平仄，仄仄平平仄仄平。

然而檢查此詩的平仄，在首兩句大致還能符合格律要求，到了第三、四

〔註51〕同上，頁91。

句詩，幾乎已完全不顧格律的安排，該平卻拗仄，該仄卻拗平，尤其第四句，一字平一字仄的平仄交錯，讀來眞是有如鯁在喉。清顧炎武的《音論》說：「平聲輕遷，上去入之聲重疾」，江永的《音學辨微》也指出：

> 平聲長、空，如擊鼓鐘；上去入短、實，如擊土木石。

忽而悠長，忽而重疾的節奏，彷彿身在病中的長短呻吟，正足以表現出曼殊「艱難多病」的生命狀態。可見他別具一格的平仄節奏，成功地加強了意義節奏的內在性。

三、句　式

詩句的本身含有兩種形式，其一是音節形式，另一則爲意義形式。音節形式是指句中節奏的停頓方式，而意義形式則是指句中的意象語和情趣語的組合方式，意象語爲名詞及其修飾語，此外便是情趣語。〔註52〕一般的情形，都把五言詩的音節形式棍爲「23」的節奏，而把七言詩句視爲「43」的節奏。但若再細分時，五言詩則有「221」或「212」，七言詩則有「2221」或「2212」的區別。根據王力的詩律云：「近體詩句的節奏，是以每兩個音爲一節，最後一個音獨自成爲一節。」〔註53〕無論是那一種句式，意義形式的結構方式，往往會影響音節形式的純粹性，使得單純的字句節奏，在變化中生動起來。今以蘇曼殊的近體詩爲例：

> 江頭青放柳千條，知有東風送畫橈。
> 但喜二分春色到，百花生日是今朝。(〈花朝〉)

這首詩從「43」的句式來看，都是一致的，但實際細分之，仍有「2212」與「2221」的相雜節奏變化。第一、二句的節奏爲「2212」，到了第三句，則變化爲「2221」的句式，爾後第四句又回到了「2212」的句式上。詩句中不對稱的節奏會形成前進的動力，而對稱的節奏則會把

〔註52〕同註46，頁128。
〔註53〕《中國詩律研究》(台北文津，民國76年)，頁6。

這動力以平穩的拍子持續下來。〔註54〕這首詩寫的是百花盛開的盎然春意，大地是一片欣欣向樂的生機，所以曼殊在第三句巧妙地運用了句式節奏上的變化，無形中將原本單詞的音節形式，帶進了意義的形式之中，使我們從句式中感受到生機的動力。

> 九年面壁成空相，持錫歸來悔晤卿。
> 我本負人今已矣，任他人作樂中事。（《本事詩十首》）

這首詩在「43」的整齊和諧之中，也有「2212」與「1213」的節奏變化。第一、二、三句規律的節奏排列，使人自然地感知到，此刻作者陷入了時空回憶的深沈夢境之中，末句跳進來奇特的節奏，突地破壞了心中的懊悔，更顯示他錯雜混亂的心境。

以上所述，從整體的節奏來看，句式的安排並無反常。曼殊的詩中還有一些一反常的句式。如：

> 忽聞鄰女兒陽歌，南國詩人近若何？
> 欲寄數行相問訊，落花如雨亂愁多！（《寄晦聞》）

這首詩的首句使用「25」的句式，後三句則為「223」的節奏形式，「25」的節奏在七言絕句中都極為少見，一旦出現有強調與驚愕的效用，〔註55〕在這首詩中也具有這種作用。可見曼殊對於句式節奏的安排，頗能配合內在情感的律動變化。又如第二個例子：

> 孤燈引夢記朦朧，風雨鄰庵夜半鐘。
> 我再來時人已去，涉江誰為絲芙蓉？（《過若松町有感》）

這首詩原是回憶昔日歡樂時光的短暫，所生空虛悵惘的感覺。藉著第一、二句裡重覆「2212」的規律節拍，曼殊表現了沈醉在舊時情景的迷離感受。第三句的突兀句式「133」的奇特節奏，將時空拉回到現實的場景，讓人猛然警覺到今日的空虛無常。末句則又再回到原先的

〔註54〕見高友工、梅祖麟著、黃宣範譯《分析杜甫的『秋興』》（中外文學一卷6期），頁14。

〔註55〕同上。

「2212」的句式，更加強了今昔交昔的意涵表現。

綜合以上所述，很明顯地，曼殊頗能掌握到詩的句式節奏臨別產生的音樂效果，加強意義上的表現，在句式上作適當的安排與變化。

四、句　法

句法是指詩句在字詞形態上的安排。一句之中，字彙的結構排列，上下句在形態上所呈現的關係與效果，都是以影響詩的音樂性表現。基本上蘇曼殊詩的句法構成極爲靈活，可包括三個部分：（一）雙聲韻的配置；（二）疊字的運用；（三）散文句的安排，茲分別論述如下：

（一）雙聲疊韻的配置

所謂「雙聲」是指兩字的聲母相同；而兩字的韻母相同者，稱爲「疊韻」。在聲韻學上，同聲紐的都屬於「雙聲」，同韻部的皆屬於「疊韻」。「雙聲疊韻」是我國語言文字的特色之一，如果能夠細心經營、運用得當，能夠增進詩歌中音韻和諧之美。曼殊的詩歌中，也非常重視雙聲疊韻的安排，茲以詩例爲證（字旁有△△有符號者表示雙聲，○○○符號者表疊韻）：

國民孤憤英雄淚，洒上鮫綃贈故人。（〈以詩並畫智利湯國頓〉）

孤燈引夢記朦朧，風雨鄰庵夜半鐘。（〈過若松町有感〉）

誰贈師梨一曲歌，可憐心事正蹉跎！

琅玕欲報從何報？夢裡依稀識眼波。（題〈師梨集〉）

多謝劉三問消息，尚留微命作詩僧。（〈有懷〉二首）

湘弦洒遍胭脂淚，香火重生劫後灰。（〈為調箏人繪像〉二首）

懺盡情禪空色相，琵琶湖畔枕經眠。（〈寄調箏人〉三首）

日日思君令人老，孤窗無那正黃昏。（同上）

我亦艱難多病日，那堪更聽八雲筝！（《本事詩》十首）

丈室番茶手自煎，語深香冷涕潸然！（同上）

慵妝高閣鳴筝坐，羞爲他人工笑顰。（同上）

裌裟點點疑櫻瓣，半是脂痕半淚痕。（同上）

五里徘徊仍遠別，未應辛苦爲調筝。（調筝人將行，屬繪〈金
粉江山圖〉，題贈二絕）

秋風海上已黃昏，獨向遺編弔拜倫。

詞家飄蓬君與我，可能異域爲招魂。（題〈拜倫集〉）

多謝索書珍重意，恰儂憔悴不如人。（《步韻答云上人》）

春來夢到三山未？手摘紅櫻拜美人。（同上）

九關日以遠，肝膽竟誰托？（耶婆提病中，末公見示新作，伏
枕奉答，兼呈曠處士）

姑蘇台畔夕陽斜，寶馬金鞍翡翠車。（《吳門依易生韻》十一首）

春色總憐歌舞地，萬花撩亂爲誰開？（同上）

年華花柳共飄蕭，酒醒天涯問六朝。（同上）

故國已隨春日盡，鷓鴣聲急使人愁。（同上）

白水青山未盡思，人間天上雨霏微。（同上）

以上諸例，所以不憚詞費，廣加援引，就是要證明蘇曼殊對於「雙聲
疊韻」字的靈活運用。事實上，還有許多使用雙聲或疊韻的情形，限
於篇幅，不及贅引。他在這方面的成就，的確值得注意。

（二）疊字的運用

寫物抒情，有時只要多用一字相疊，便能使興會神情，一齊湧現，這種修辭法，叫做「疊字法」。〔註56〕疊字在音響節奏上，具有極微妙的作用，因為在文字上是單字的重複，而且發聲輕輕，節奏上自然比較快速，可以使詩句的音調達到靈活動聽的美感效果。如《詩經》中的「蕭蕭馬鳴」是摹擬聲音，崔顥〈黃鶴樓詩〉名句「晴川歷歷漢陽樹，方草萋萋鸚鵡洲」，則分別以疊字描繪自然景物的具體形象，栩栩如生。古典詩詞中運用疊字的佳例，真是俯拾即是。現在，我們來看看蘇曼殊在詩歌中運用疊字的情形。

舊廂風月重相憶，十指纖纖擘荔枝。（〈東居雜詩〉十九首）

槭槭秋林細雨時，天涯飄泊欲何之！（同上）

為向芭蕉問消息，朝朝紅淚欲成潮。（同上）

可憐十五盈盈女，不信盧家有莫愁。（同上）

碧闌干外夜沈沈，斜倚雲屏燭影深。（同上）

流螢明滅夜悠悠，素女嬋娟不耐秋。（同上）

卻下珠帘故故羞，浪持銀蠟照梳頭。（同上）

人間花草太匆匆，春未殘時花已空。（〈偶成〉）

平原落日馬蕭蕭，剩有山僧賦大招。（〈吳門依易生詞〉）

月華如水浸瑤階，環佩聲聲擾夢懷。（同上）

建業在何許？胡塵紛漠漠。（邢婆提病中，末公見示新作，伏枕

〔註56〕見黃永武《字句鍛鍊法》，頁85。

作答，兼呈曠處士）

裊裊點點疑櫻瓣，半是脂痕半淚痕。（〈本事詩〉十首）
　　○○

華巖瀑布高千尺，未及卿卿愛我情。（同上）
　　　　　　　○○

日日思君令人老，孤窗無那正黃昏。（〈寄調箏人〉三首）
○○

孤村隱隱起微煙，處處秧歌竟插田。（〈淀江道中口占〉）
　　○○

遠遠孤飛天際鶴，雲峯珠海幾時還？（久欲南歸羅浮不果，回
○○

望不二山有感；聊書所懷，寄二兄廣州，兼呈晦聞、哲夫、秋枚三公

滬上）

齋罷垂垂渾入定，庵前潭影落疏鐘。（〈住西湖白雲禪院作此〉）
　　○○

疊字既雙聲復又疊韻，兩個樂音的重疊，具有增強表現的作用，使讀者在閱讀時，將注意力自然集中到重疊的字詞上，印象自然鮮明，節奏自然暢滑。疊字置於字首，詩句開始便是重複的字音，馬上能予人強烈深刻的情緒。如「槭槭」秋林細雨時、「朝朝」紅淚欲成潮、「日日」思君令人老、「遠遠」孤飛天際鶴諸詩句，將聲情自然集中在前面重疊的部分，使人有迴盪不已的詩境，爾後才是悠悠的訴境。若改為「秋林槭槭組雨時」、「紅淚朝朝欲成潮」、「思君日日令人老」、「孤飛遠遠天際鶴」，便無法感受到如此深刻的秋意、如此悲痛欲絕的相思了。

　　另外，相反的一類影式，則是把疊字置於句尾，如：

流螢明滅夜悠悠……
　　　　　○○

平原落日馬蕭蕭……
　　　　　○○

人間花草太匆匆……
　　　　　○○

將疊字改在詩尾，不僅在聽覺上有綿長不盡的感覺，還隱隱含有意在言外的意境。

至於將疊字用在詩句的中間，所產生的節奏效果，則有起伏抑揚、委婉曲折的音律美。如：

十指纖纖擘荔枝……
　　　○○

可憐十五盈盈女……
　　　　○○

卻下珠簾故故羞……
　　　○○

這三句，曼殊寫的是女子的儀態容貌，他運用疊字的輕柔節奏，巧妙地表現出女子纖弱含蓄之美，使意象在音響之中，自然地具體起來。

（三）散文句的安排

曾遣素娥非別忘，是空是色本無殊。（〈答鄧繩侯〉）

但喜二分春色到，百花生日是今朝。（〈花朝〉）

劉三舊是多情種，浪跡煙波又一年。（〈西湖韜光庵夜聞鵑聲，柬劉三〉）

我再來時人已去，涉江誰為采芙蓉？（〈過若松町有感〉）

收拾禪心侍鏡台，沾泥殘絮有沈哀。（〈為調箏人繪像〉）

此後不知魂與夢，沙江同泛采蓮船。（〈失題〉）

誰知北海吞氈日，不愛英雄愛美人！（〈落日〉）

春泥細雨吳越池，又聽寒山夜半鐘。（〈吳門依易生韻〉十首）

最是令人淒絕處，垂虹亭畔柳波橋。（同上）

畢竟美人知愛國，自將銀管學南唐。（〈無題〉八首）

只見銀鶯羞不語，恐妨重惹舊啼痕。（同上）

縱使有情還有淚，漫從人海說人天。（同上）

莫道橫塘風露冷，殘荷猶自蓋鴛鴦。（同上）

莫怪東風無賴甚，春來吹發滿庭花。（〈晨起口占〉）

曼殊運用散文化的詩句極爲普遍，從以上所學的詩例，可以看出「散文化」已成爲其語言風格的特色之一。有些上下句之間用了很多連接媒介，有些則以口語化的句型造成節奏流暢、旋律和諧的效果。散文句構在詩中其有使音律轉折、流暢、意象自然呈現的效果，而柳亞子曾說曼殊的詩具有「思想的輕靈、文辭的自然、音節的和諧」三種特色，這也部分要歸因於散文句法的效果。近體詩如律詩有對偶的要求，而對偶的句式極爲整齊，意象濃密、語法又不緊湊，所以詩句的節奏便顯得緩滯。〔註57〕「搗蓮煮麝春情斷，轉綠回黃妄意賒。玳瑁窗虛延冷月，芭蕉葉卷抱秋花」，爾後再配上「傷心怕只妝台照，瘦盡朱顏只自嗟」的散文化詩句，節奏頓時就順暢起來，將前面濃烈的情感，隨音律無限地擴展開來，造成節奏上的流暢和諧。

第三節　語言特性

詩是語言的藝術，如何選擇恰當又精鍊的語言，關係到一首詩的成敗。以上諸節分別從蘇曼殊詩作的意象、節奏諸方面來分析其詩的形式特色。蓋語言運用得當，不僅能建構出詩的特殊形式、豐富詩的意涵，運用獨特，更能產生個人化的風格。宋人胡仔《苕溪漁隱叢話》曾有一段話：

> 詩句以一字爲工，自然靈異不凡，如靈丹一粒，點石成金也。

而西方泰納在《藝術哲學》中也指出：

> 風格把內容包裹起來，只有風格浮在面上。一部書不過是一連串的句子……我們的眼睛和耳朵所能捕捉的只眼於這些句子，凡是心領神會，在字裡行間所能感受的更多東西，也要靠這些句子作媒介。〔註58〕

〔註57〕同註41，頁 105。
〔註58〕引自《文學理論資料匯編》（台北：華諾，民國 74 年），頁 376。

可見語言在文學作品、尤其是詩中，何等重要。閱讀曼殊的詩作，其語言具有諸多特色，是造成詩歌風格特殊的原因之一。以下將歸納分析之：

一、富近代味

郁達夫在〈雜評曼殊的作品〉一文中指出「他的詩出于定庵的『己亥雜詩』，而又加上一脈清新的近代味……用語很纖巧，擇韻很清諧，使人讀下去就能感到一股快味。」這種非刻意求新而讀者自覺其新的「近代味」，來自他內在氣質的天然呈露，〔註59〕就如同他給人「清新自然」的詩味，亦來自於個人自然渾成的性情。在這首「淀江道中口占」可見一斑：

> 孤村隱隱起微煙，處處秋歌競插田。
> 羸馬未須愁遠道，桃花紅欲上吟鞭。

語言讀來如一首抒情歌謠，若無詩人看到了大自然的清新生命力，他又怎能寫出充滿「赤子之心」的詩呢？文句雖如家常小語，卻意涵深刻，蓋「詩以意為主，文詞次之。或意深義高，文詞平易，自是奇作。世效古人平易句，而不得其意義，翻成鄙野可笑。」（劉攽《中山詩話》）

二、以佛語入詩

隨著佛教的傳入中土，給中國輸入了另一種與固有傳統不同的、高度發達的意識形態和思維方式，而且佛教文化又是具有文學性。如此，佛教在民間廣泛地流傳，就必然影響到中國的文學創作。〔註60〕劉熙載曾說：

> 文章蹊徑好尚，自「莊」、「列」出而一變，佛書入中國又
> 一變……〔註61〕

他指出自於佛書的傳入中國，對中國文學造成了一大轉變。到清朝末

〔註59〕見劉斯奮《蘇曼殊詩箋注》，頁13。
〔註60〕見孫昌武《佛教與中國文學》，（上海：上海人民，1988年），頁122。
〔註61〕見劉熙載《藝概》卷一〈文概〉（台北：金楓，民國75年），頁25。

年，中國雖正值西學輸入與自身民族存亡的危機之中，文化結構產生根本的動搖，但是佛學卻對於當時的中國學術界發生了強烈的影響。梁啓超在《飲冰室詩話》中曾云：

> 說清所謂新學家者，殆無一不與佛學有關係。

當時佛學也在中國近代詩壇上發生影響，這種影響主要表現在三方面，分別是：

1. 在宗教意識上對狂禪的批判；
2. 在文學批評上對佛學意識的詩大；
3. 在文學建設上形成眞正的佛教文學。〔註62〕

蘇曼殊的佛教信仰，據說是「嗣受曹洞衣缽」（〈日本僧飛錫潮長跋〉），應屬禪宗一派。但從〈徼告十方佛弟子啓〉、〈告宰官白衣啓〉等文章來看，他又似兼受律宗的影響。〔註63〕雖然曼殊所創作的詩歌中也偶露禪機，意境悠遠，無跡可尋。然而更多的時候，他的佛語，反而呈現的是他內心對愛情、身世的矛盾源頭。如〈本事詩〉六首之一：「還卿一缽無情淚，恨不相逢未鬀時。」。這裡，曼殊不但未寫出遁入佛門後應有的清靜修持，反而滿是追求人間情愛與佛內戒律的矛盾。

又如這首〈過若松町有感示仲兄〉：「契闊死生君莫問，行雲流水一孤僧。無端狂笑無端哭，縱有歡腸已似冰！」，身份雖是孤僧一個，形跡如行雲流水，精神上卻絲毫未有行雲流水般的自在，更無禪宗的頓悟，有的只是生命的「大悲」，糾結在心化爲「冷寂」，而非佛家的「空靈」。這就是曼殊眞正的面貌，明用「佛語」，寫的卻與佛理大相逕庭。「七情六慾」與「四大皆空」，兩者對他而言，都是「心靈的磨難」。生命的掙扎痕跡，經由「佛語」入詩，而畢現無遺。他是未達到禪詩既要求的「空靈之美」，但卻完成了詩的創作及生命的眞誠。

〔註62〕見陸草《佛學與中國近代詩壇》（文學遺產，1989年2月），頁29。
〔註63〕同上，頁39。

三、語多委婉曲折

　　袁枚在《隨園詩話》中曾說：「東坡近代詩，少蘊釀烹煉之功，故言盡意亦止，絕無弦外之音，味外之味。」亦說：「作近體短詩，不是半吞半吐，超超元箸，斷斷不能得弦外之音、味外之味。」。〔註64〕曼殊的詩貴在言外之意，語多曲折委婉。

　　曼殊怎樣才能達到曲折委婉的語言特性呢？歷來研究曼殊的詩論多傾向形而上的描述，較少落實於「表現技巧」的探討方面，欲了解曼殊詩作中委婉曲折的語言特性，須直接進入曼殊的詩作中，方能找到一些答案。

> 落日滄波絕島濱，悲笳一動劇傷神。
>
> 誰知北海吞氈日，不愛英雄愛美人。（〈落日〉）
>
> 乍聽鸝歌似有情，危弦遠道客魂驚。
>
> 何心描畫閑金粉？枯木寒山滿故城！（〈調箏人將行，屬繪〈金粉江山圖〉：題贈二絕〉）
>
> 秋風海上已黃昏，獨向遺編弔拜倫。
>
> 詞客飄蓬君與我，可能異域爲招魂。（〈題拜倫集〉）
>
> 來醉金莖露，胭脂畫牡丹。
>
> 落花深一尺，不用帶蒲團。（〈東法忍〉）
>
> 江南花草盡愁恨，惹得吳娃笑語頻。
>
> 獨有傷心驢背客，暮煙疏雨過閶門。（〈吳門依易生韻〉）
>
> 碧海雲峰百萬重，中原何處托孤蹤？
>
> 春泥細雨吳越池，又聽寒山夜半鐘。（同上）
>
> 萬戶千門盡劫灰，吳姬含笑踏青來。
>
> 今日已無天下色，莫牽麋鹿上蘇台！（同上）
>
> 狂歌走馬遍天涯，斗酒黃雞處士家。

〔註64〕見袁枚著，雷瑨註《箋註隨園詩詞》（台北：鼎文，民國63年），頁59。

　　逢君則有傷心在，且看寒梅未落花！（憩平原別邸贈玄玄）

　　蟬翼輕紗束細腰，遠山眉袋不能描。

　　誰知詞客蓬山裡，煙雨樓台夢六朝。（東居雜詩十九首）

在「落日」一詩裡，蘇曼殊以蘇武牧羊的典故，暗示了內心對家國的大愛與己身情愛間的劇烈衝突；「何心描畫閑金粉？枯木寒山滿故城！」兩句，在這裡，作者藉著「枯木寒山」的客觀意象，傳達出超乎言外的離緒絲絲，讀來令人鼻酸；「落花深一尺，不用帶蒲團」，短短十字，道不盡玄妙的禪機；他對於家鄉的深深眷戀，在「春泥細雨吳越地，又聽寒山夜半鐘」訴諸聽覺的描述中，含而不露地傳達出來！

　　「逢君別有傷心在，且看寒梅未落花！」蘇曼殊的詩歌中雖多抒情之作，相應於當時熱衷革命的作品而言，似缺少一種「陽剛熱血」。然我們仔細品味，會發現情深相同，惟他是將那股激昂、直接的感情，化為一縷縷微妙曲折的言詞，隱於山水景物之間。若不能讀出他的言外之意，便無法體會那顆豐沛易感的心靈。〈憩平原別郎贈玄玄〉，最末終結，是來自他的慧心曉悟。寒梅，雖在霜雪間承受刺骨的冷冽，但是堅毅不屈的生命力，著實感動了曼殊，使他對不安的國勢，產生了屬於禪宗頓悟的智慧。這裡沒有奔放的熱情，卻滿是寬闊的「生命轉圜」！

　　語言文字只是代表現象和經驗的符號，我們不要只有看到語言僵硬的本身，要知道，語言文字之外，是真實而活潑的現實和經驗世界。〔註65〕「意在言外」運用在文學批評家的術語裡，雖屬於「美感經驗」的層面探討，但站在作家創作的動機而言，卻是作者性情與經驗觀照的最真實反映。這是我們在閱讀語言之餘，必須去超越語言，作進一步探討的重點。

〔註65〕見黃維樑《中國詩學縱橫論》（台北：洪範，民國 75 年 11 月 4 版），頁 120。

第五章　蘇曼殊詩的內容分析

「詩者，志之所之也，在心爲志，發言爲詩。情動於中而形於言，言之不足故嗟嘆之，嗟嘆之不足故永歌之……。」（〈毛詩序〉）；韓愈亦有言：「大凡物不待其平則鳴……人之於言也亦然，有不得已者而後言，其歌也有思，其哭也有懷。」（〈送孟東野序〉），蓋一首詩的內在意涵，乃詩人發諸內心的言語，訴諸於筆端，就成爲「文學作品」。也就是說，一首詩的內容，來自於作者從生活的觀察，這其中，包括了觀察對象、觀察的態度和方法等，而就文學創作來說，就是題材的選擇以及由此經營而成的主題。

題材，是指作品所描繪的生活事件或現象。此乃作家根據他對生活的體驗，從大量素材中選擇、集中而成的。一方面會受到作家的性情、世界觀和思想的影響，一方面也和作家的寫作習慣和表現方式息息相關。

至於主題，按照一般的說法，是指題材中反復出現的要素。仔細而言，「主題」爲貫穿整個作品的一條線，它將作品中種種互不連貫、或以其它方式相聯的特徵聯爲一體。〔註1〕它是作者對於現實生活的觀察、體驗，以及處理題材時提煉所得的結果。本章將從蘇曼殊詩歌

〔註1〕見羅言、福勒著，袁德成譯《現代西方文學批評術語》（四川：四川人民，1987 年），頁 285。

內容的題材、主體呈現著手，冀能繼續前章對語言的分析，更進一層地試探曼殊詩作風格的核心。

第一節　題材分類

李重華《貞一齋詩說》曾提到題材的重要，他說：「吟詠先須擇題；運用先須選料。不擇題則俗物先能穢物，不選料則粗才安足動人？」，﹝註2﹞而西方大文豪歌德亦云：「獨創性的一個最好的標誌，就在於選擇題材之後，能把它加以充分的發揮。」，﹝註3﹞一個詩人是否深具才思，從其創作時對題材的選擇與發揮，便知高下。

蘇曼殊在數量極為有限的詩作中，約可分為以下數項題材類型：寫景類、懷古類、情愛類、感懷類等，茲分別探討如下：

一、寫景類

蘇曼殊一生遊歷過許多國家，日本、香港、爪哇、新加坡等地他都住過一些時日，其閱歷極為豐富，藉著詩，他在異鄉飄泊所感受到的無依孤單，得以獲得抒發。

舉凡詩中描寫山水、花鳥或自然界一切景物，皆可稱為「寫景詩」。宋梅聖俞說：「凡詩意新語工，德前人所未道者，斯為善矣；必能狀難寫之景如在目前，含不盡之意見於言外，然後為至也。」。﹝註4﹞寫景類的詩並非要將客觀景物完全摹擬如一，乃是要「含不盡之意見於言外」，讓客觀景物與主觀經驗互相對話，使景物在創作中「再生」。

曼殊以寫景為題材的作品頗多，如這首〈過蒲田〉詩：

柳陰深處馬蹄驕，無際銀沙逐浪潮。

茅店冰旗知市近，滿山紅紫女郎樵。

馬以君在《燕子龕詩箋註》云：「曼殊詩中，也有一些是沖破『愁』

﹝註2﹞　見丁福保編《清詩話》（三）（台北：藝文印書館，民國58年）。
﹝註3﹞　見《文學理論資料匯編》（上），頁274。
﹝註4﹞　見《宋史‧文苑五‧梅堯臣傳》（台北：鼎文，民國69年），頁13091。

和『恨』去描寫風光景物的。如『過蒲田』……這類詩調子明快爽朗、生氣盎然，給讀者以美的享受。是不可忽視的作品。」，這首詩寫的雖是蒲田的風景，但並非僅一紙靜止的風景。他將擺動的酒招、躍躍的馬蹄、翻騰的浪潮，以及行走其間的女子，都安排進入畫中，與其說它們如畫，還不如說他們正在扮演一齣劇情生動而豐富的戲。

　　此外，如〈淀江道中口占〉：「孤村隱隱起微煙，處處秧歌竟插田；羸馬未須愁遠道，桃花紅欲上吟鞭。」一路讀來，順暢如話，彷彿從風景中一路行來的明快感受，繪形傳神，具有聲、情並茂的境界。〈遊不忍池示仲兄〉云：「白妙輕羅薄幾重，石欄橋畔小池東；胡姬善解離人意，笑指芙蕖寂寞紅。」，這首充滿異國風味的寫景詩，不先由景物直接入手，而反從池畔東洋女子的衣著寫起；詩末再藉女子的纖手指向景物，自然而然地由此帶領讀者，將眼光集中於美妙的風景。其「曲折委婉」的敘景角度，與「離人」苦悶多折的寸寸柔腸，其實是非常符合的。又如〈東居雜詩十九首〉之一云：

　　　　槭槭秋林細雨時，天涯飄泊欲何之！
　　　　空山流水無人跡，何處蛾眉有怨詞？

一句景，喚起情愫一縷，整首詩情景互映，一氣呵成，不僅景緻空靈，感染到內心的聲音，也充滿如景般的空寂寥落。

　　由以上所舉數倒，可知蘇曼殊所創作的寫景詩，風格特殊，景緻不僅描繪的逼真，且靈動富於戲劇性，是其寫景成功的關鍵所在！

二、懷古類

　　藉著歷史事幼或人物以為詩歌的興起，而表達作者個人內心對於歷史或所處時代的觀感，這樣的作品正是所謂以懷言為題材的詩。基本上，「懷古詩」和「詠史詩」從史出發的性質非常接近，而兩者的區分標準就在於「議論」與「抒懷」兩種成分在作品中所占的比例。一般說來，「詠史」詩篇的作者，對於歷史事件或人物所抱持的態度，往往是理性的、分析的，因此這一類作品都偏向採取議論的方式；至

於「懷古」詩篇的作者，他們往往是抱著一種感性的、觀賞的態度面對歷史事件或人物，因此，他們的作品都偏向於抒發個人的感想與襟懷，抒情成分多於議論。〔註5〕從觀蘇曼殊的作品，幾無採取議論的方式看待歷史的事件或人物，而多以抒情的手法，藉「歷史」爲題材以抒發一己的感懷。如〈過平戶延平誕生處〉：

> 行人遙指鄭公石，沙白松青夕照途。
> 極目神州餘子盡，袈裟和淚伏碑前。

　　據劉斯奮考證，此詩發表於 1909 年 12 月出版的《南社》第一集，當是本年上半年居日本時所作。〔註6〕蓋辛亥武昌起義之前三年間，清政府以加強鎮壓和僞裝立黨兩手，迫使革命黨人處於極其困難的境地。1908 年熊成基領導安慶起義失敗後，革命黨於 1909 年一年中，竟至毫無動作。蘇曼殊來到鄭成功誕生之遺跡，自然觸發了累積已久的悲壯情懷。蓋鄭成功毅然起兵、並堅持對清的作戰，其情操令他感同身受。而相近的身世，益使曼殊自然衍生出對鄭氏的強烈懷念。詩中有景，首先以「鄭公石」點出歷史的重心點，接著加入了「沙白松青夕照邊」的遠景。最後以一個「袈裟和淚伏碑前」的特寫，對主題思想加以突出、深化，使人讀後經久難忘。

　　又如〈吳門依易生韻〉十一首，主要是詠吳地的事情。（按吳門，乃蘇州的別稱，爲春秋時吳國的都城），其或詠當時所見的景緻、人物，或藉歷史遺跡而抒一己之懷。如其中三首：

> 月華如水浸瑤階，環佩聲聲擾夢懷。
> 記得吳王宮裡事，春風一夜百花開。
> 姑蘇台畔夕陽斜，寶馬金鞍翡翠亭。
> 一自美人和淚去，河山終古是天涯！
> 萬戶千門盡劫灰，吳姬含笑踏青來。
> 今日已無天下色，莫牽麋鹿上蘇台。

〔註5〕見蔡英俊《興亡千古事》（台北：故鄉，民國 71 年），頁 10。
〔註6〕見《蘇曼殊詩箋註》，頁 19。

此三首乃是追懷春秋時代吳越兩國興衰爲題材的詩作。第一首並無一字懷古的情緒字眼，而是以純客觀的手法來旁映出吳王夫差曾盛極一時的狀況，看似無心的一句「記得吳王宮裡事」，道盡了歷史興衰的無常感。第二首則是以色彩的富麗、辭藻的華美，來營造對比的強烈效果。一句突轉而來的「一自美人和淚去」，將原本繽紛絢麗的繁華世界，急遽翻覆爲無可轉圜的時空悲劇本質，其震撼性，在轉折與對比中爆發出來。第三首，以今昔的對比映照出歷史的無常與無情，「萬戶千門盡劫灰，吳姬含笑踏青來。」雖然，歷史曾爲山河留下了滄桑的歲月痕跡，千門萬戶都全化成了灰燼，但是當地的百姓卻對歷史的悲劇無動於哀。歷史不需憑弔，亦無庸追悔，眞心體悟歷史教訓，活在當下才是關鍵，也就是「今日已無天下色，莫牽麋鹿上蘇台！」是也。

> 水驛山城盡可哀！夢中衰草鳳凰台，
> 春色總憐歌舞池，萬花撩亂爲誰開？
> 年華花柳共飄蕭，酒醒天涯問六朝。
> 猛憶玉人明月下，悄無人處學吹簫。

〈吳門依易生韻〉中的另外二首，則是以六朝在金陵建都的歷史爲題材所抒發的歷史感懷。前者以花草無視於歷史的變遷無常，來暗示歷史規則的「無情」。歷史的無常，其實與大自然的變遷暗合，蘇曼殊客觀地道出了自然的輪迴，豈不是也要我們警惕那如花草般生滅的「歷史眞象」嗎？另一首詩，曼殊採用了一貫的隨筆手法，淡然無意地道出了對歷史與友人的懷思。六朝繁華的無常，與友人離合的無常，在酒醒獨處之時，全都不分古今地襲人心頭，而這些椎心之痛，卻只在曼殊輕輕的一筆中帶過！

　　歷史是人類的有形記憶，它記載著人類在不同時空條件下的活動與成就，從其中，我們可以捕捉一些屬於人類自身的永恆影像。而詩人便掌握歷史的現象，將他對生命的看法與生活的透視，藉著詩的文字表現出來。以懷古爲題材的詩是作者從外在的、昔日的世界，走入

內在、今日世界的媒介；從蘇曼殊的懷古作品中，我們不僅感受到他
對歷史的敏銳，更可以因此體悟到在歷史舞台上的我們，是如此微不
足道！曼殊的詩，不僅在懷古，更暗示了亙古以來人類永恆的悲劇！

三、情愛類

　　以「情愛」為題材的詩，自古即屢見不鮮，多情如曼殊者亦不例
外，曼殊詩作中以「情愛」為題材者占大部份，這顯示出「情愛」的
追求，是曼殊生命的另一種「熱烈」。曼殊曾曰：「雖今出家，以情求
道是以憂耳。」，〔註7〕透過這些一以情愛為題材的詩的觀照，我們可
以了解曼殊在情感追尋上的矛盾。

　　蘇曼殊的情愛詩中，絕少是呈現對於情愛的純粹讚歎，他不在詩
裡談情，談的是情愛給予內心的矛盾與衝突。在小說〈斷鴻零雁記〉
中，曼殊曾有這麼一設話：

> 余實三戒俱足之僧，永不容與女子共住者也。吾姊盛情殷
> 濯，高義干雲，吾非木石，云胡不感？然余固是水曜離胎，
> 遭世有難言之恫，又胡忍以飄搖危苦，擾吾姊此生哀樂耶？
>
> 〔註8〕

這段文字，雖出自小說中語，視為作者內心自我的告白亦無不可。「凡
心」，使曼殊與鍾情女子在情感上分劈不開，但「禪心」，卻又使他極
力回避情愛的歸宿。感情愈是向前發展，他所承受的打擊就愈沈重！
〔註9〕如此強烈的搏戰，呈現在詩中的更是一個永無休止、永無結果
的「凡心」與「禪心」的衝突過程。如〈寄調箏人〉之一云：

> 禪心一任蛾眉妒，佛說原來怨是親。
> 雨笠煙蓑歸去也，與人無愛亦無嗔。

讀完此詩，「歸去」二字彷彿說明著曼殊心中的「絕情」、「灑脫」，然

〔註7〕見〈燕子龕隨筆〉，收入《蘇曼殊全集》（台北：大中國），頁B52。
〔註8〕見《蘇曼殊全集》（北京：中國書店），頁116。
〔註9〕見《蘇曼殊新論》：頁126。

而真正細心體會，事實上曼殊的「無情」隱藏著正是無可救藥的「多情」。熊潤桐說得好：

> 他的「雨笠煙簑歸去也，與人無愛亦無嗔」，和法國魏爾倫的《無言之曲》中間那篇「一都冷雨」的卒章，「既與人無愛無嗔，又何事傷心如許」句，同是一傷心人語。但是，佛心既然是多情的，為什麼又會無愛無嗔的呢？唉！這不過是納蘭性德所謂：「人到多情情轉薄」罷了！怨即是親，嗔即是愛，離名談相，此中三昧，非絕代情人，如曼殊者，斷不能夠體識得到哩！（〈蘇曼殊及其燕子龕詩〉）

曼殊遁入佛門以求解脫，然而佛門的清規戒律，對他而言，只成為一種壓抑、逃避的途徑。事實上，情濃如他，而且對情愛的境界追求又是如此完美理想，在理想與真實、精神修為與情愛渴求的糾結下，只怕他自己也愈理愈亂了。當他真正地去面對內心千迴百轉的哀情時，那種「欲說還休」的心情，真是令人心驚！〈東居雜詩〉十九首之一云：

> 珍重嫦娥白玉姿，人天攜手兩無期。
> 遺珠有恨終歸海，睹物思人更可悲！

又如〈無題〉詩：

> 棠梨無恨憶秋千，楊柳腰肢最可憐。
> 縱使有情還有淚，漫從人海說人天。

即使是裝做毫不在乎的「漫說」，其實更能反敲出「衝突」的劇烈。詩人雖是盡力在壓抑，情愛還是如此輕易地撥弄了他的心弦。

> 收拾禪心侍鏡台，沾泥殘絮有沈哀。
> 湘弦灑遍胭脂淚，香火重生劫後灰。
> 淡持娥眉朝畫師，同心苹蕚結青絲。
> 一杯顏色和雙淚，寫就梨花付與誰？（〈為調箏人繪像〉）

詩人努力地「凡心」收拾為「禪心」，想把沾上殘絮的鏡面擦拭乾浮，然而情愛揮之不去，反而使得凡心更加地沈重！這種折磨人心的迷

惘，曼殊在佛門中尋求解脫之道：

> 契闊死生君莫問，行雲流水一孤僧，
> 無端狂笑無端哭，縱有歡腸已似冰。（〈過若松町有感示仲兄〉）
> 生憎花發柳含煙，東海飄零二十年。
> 懺盡情禪空色相，琵琶湖畔枕經眠。（〈寄調箏人〉）

然而他修持的境界，並非佛門的「空」，卻是化歡腸爲「冰」。他找不
到「超越」的疏通管道，反而只是在圍堵情愛的渲泄，即使是枕臥著
佛經，坐禪以求人定，亦無法徹底擺脫情愛的糾纏。

四、感懷類

《文心雕龍‧物色篇》云：

> 是以詩人感物，聯類不窮。流連萬象之際，沈吟視聽之區：
> 寫氣圖貌，既隨物以宛轉；屬采附聲，亦無心而徘徊。

詩人具有一顆異常敏銳的心緒，周遭景物的變化，對詩人而言，都是
一次次靈感的觸發與湧現。他可能因景而洞悉到生命存在的本質問
題，也可能感悟到國事的凌夷，這些寫就內心感觸的詩篇，是以感懷
爲題材的詩。這一類的作品，因爲在於記錄下詩人的內在感懷，千頭
加萬緒，範圍也較爲寬廣。

在蘇曼殊的作品中，因感懷而興起的詩篇，或源於憂心國事、或
哀憐身世飄零，大抵皆有所發。「以詩並畫留別湯國頓」一詩，是曼
殊難得一見的軒昂之作，隨著生命的遭遇、革命的挫敗諸問題，詩人
抒發家國之情的作品，已不復如此積極。如〈吳門依易生韻〉十一首
之一：

> 碧城煙樹小彤樓，楊柳東風繫客舟。
> 故國已隨春日盡，鷓鴣聲急使人愁。

又如〈無題〉詩八當中的二首：

> 綠窗新柳玉台旁，臂上微聞菽乳香。

> 畢竟美人知愛國，自將銀管學南唐。
> 水晶帘卷一燈昏，寂對河山叩國魂。
> 只是銀鸚羞不語，恐妨重惹舊啼痕。

〈為玉鸞女弟繪扇〉：

> 日暮有佳人，獨立瀟湘浦。
> 疏柳盡含煙，似憐亡國苦。

及〈東居雜詩〉十九首之一：

> 流螢明滅夜悠悠，素女嬋娟不耐秋。
> 相逢莫問人間事，故因傷心只淚流。

按〈吳門依易生韻〉、〈無題〉、〈為玉鸞女弟繪扇〉作於民國二年
（1913），〈東居雜詩十九首〉則作於民國三年（1914）。〔註10〕蘇曼
殊早年的傾心反清革命、辛亥革命成功後短暫的愉悅，到了袁世凱私
心篡奪政權，革命的熱烈，期望隨之落空。此時創作的詩篇，徒有「亡
國苦」、「故國已隨春日盡」的悲觀情懷。民國二年（1913）曼殊有篇
〈討袁宣言〉，痛陳袁世凱竊國的居心。其云：

> 嗚呼！衲等臨瞻故國，可勝愴惻！自民國創造，獨夫袁世
> 作孽作惡，迄今一年。擅屠操刀，殺人如草；幽薊冤鬼，
> 無帝可訴。諸生平等，殺人者抵；人討未伸，無殛不逞。
> 況辱國失池，蒙邊夷亡；四維不張，奸回充斥。上窮碧落，
> 下極黃泉；新造共和，固不知會真安在也！

可證其對家園的前途依舊是縈繞於心的。然而身為一位革命者，其對革
命的心態往往是浪漫多於實際。因為對現實有所不滿，故產生「革命」
以革其命。但事實上，革命的成功，才是真正開始邁入時代考驗的階段。
袁世凱的竊國，是民國草創初期研遇到的一次大挫敗，對革命家而言，
可能會因此對革命的成果由憧憬而產生「幻滅」，從此由激進逆轉而下，

〔註10〕見《蘇曼殊詩箋註》，頁71、79、85。

成爲消極、無奈、逃避的否定式悲觀。〔註11〕曼殊設想的革命高士，是享受著「壯士橫刀看草檄，美人挾瑟請題詩」的躊躇滿志，卻沒有設想革命者必須從血和污穢中殺出生路的痛苦，所以當他看到革命過程中必須受到挫折的黯淡形勢，就容易失望。〈討袁宣言〉即使再驚世駭俗，若缺乏強韌永恆的勇氣，感懷家園的憂心也只能留在筆端了。

除了抒發愛國情懷之外，個人感懷身世處境的詩，占了曼殊感懷詩的大部分：

> 九年面壁成空相，萬里歸來一病身。
>
> 淚眼更誰愁似我，親前獨自憶詞人。（〈憶劉三、天梅〉）
>
> 寒禽衰草伴愁顏，駐馬垂楊望雪山。
>
> 遠遠孤飛天際鶴，雲峯珠海幾時還？（〈久欲南歸羅浮不過，因望不二山有感，聊書所懷，寄二兄廣州，兼呈晦聞、哲夫、秋枚三公滬上。〉）
>
> 誰贈師梨一曲歌，可憐心事正蹉跎！
>
> 琅玕欲報從何報？夢裏依稀識眼波！（〈題師梨集〉）
>
> 天生成佛我何能？幽夢無凭恨不勝。
>
> 多謝劉三問消息，爲留微命作詩僧。（〈有懷〉一首）
>
> 諸天花雨隔紅塵，絕島飄流一病身。
>
> 多少不平懷裡事，未應辛苦作詞人。（〈步韻答云主人〉）
>
> 無量春愁無量恨，一時都向指間鳴。
>
> 我亦艱難多病日，那堪更聽八雪箏？（〈本事詩〉十首）
>
> 丹頓裴倫是我師，才如江海命如絲。
>
> 朱弦休爲佳人絕，孤憤酸情欲語誰。（同上）
>
> 春雨樓頭尺八簫，何時歸看浙江潮？
>
> 芒鞋破缽無人識，踏過櫻花第幾橋！（同上）

〔註11〕見林志儀《蘇曼殊及其小說》（《江漢論壇》總 35 期，1983 年 7 月），頁 36。

　　秋風海上已黃昏，獨向遺篇弔拜倫。

　　詞家飄蓬君與我，可能異域爲招魂？（〈題拜倫集〉）

　　江南花草盡愁根，惹得吳娃笑語頻。

　　獨有傷心臚背容，暮煙疏雨過閶門。（〈吳門依易生韻〉）

這些作品，寫出的是一個負荷著歷史矛盾、自我矛盾的靈魂眞象。作爲一個「有歷史的動物」，作爲被大動盪大變革大轉折的近代中國歷史所侷限的過渡性人物，蘇曼殊無可倖免地成爲「新」、「舊」交會關頭各種掣肘、矛盾和衝突的截體。詩中的「傷心淚」，實際上已分不清是情愛與佛門的掙扎、本我欲望與自我理想的矛盾、還是大我與小我的交戰，它已成爲蘇曼殊的生命風格，再自然地滲透到他的創作之中，成爲曼殊獨特的創作風格。

第二節　主題呈現

　　主題又稱爲主題思想或中心思想，是經由作者對現實生活的觀察、體驗、分析、研究，以及對題材處理和提煉所得的思想結晶。

　　福樓拜爾曾說：「既有傑作的秘訣全在這一點：主旨同作者性情的符合。」〔註12〕由於作者的立場觀點、思想性情、創作意圖不同，主題自然帶有明顯的傾向性。不同的作者處理相同的「題材」，會表現出不同的「主題性」。

　　蘇曼殊的詩作中，有不同類型的題材，然貫穿在諸作品間的主題不外乎：身愁、鄉愁、國愁，呈現各種春水似的愁思。

一、無處逃遁的身愁

（一）情愛的掙扎

　　蘇曼殊在〈畫跋〉中有段文字：

　　甲辰，由暹邏之錫蘭，見崦嵫落日。因憶顯玄奘諸公，跋

〔註12〕見《文學理論資料匯編》（上），頁 275。

> 涉艱險，以臨斯土，而遊跡所經，均成往跡。余以縶身精
> 網，殊悔蹉跎……

曼殊的身陷情調，當然也是他熱烈追求情愛、「日日思卿令人老」的
結果。「兒女情長，殊堪畏佈」，〔註14〕在狂熱於情愛的另一面，
曼殊其實是憂心忡忡的，他的終極關懷，是靈魂的自我救渡，即使在
愛情中，他所追求的仍是一個超越愛和死的本體眞如世界。〔註15〕他
曾謂：

> 胡盡日懷抱百擾于中，不能自弭耶？學道無成，而生涯易
> 盡，則後悔遲耳。

正道出了在追求愛情與企求超越愛情、生死的箇中況味。

　　縱觀曼殊詩作，無一不展現他一生的孤寂感與矛盾性，然仔細
分析，其面對愛情的眞實面相卻各有不同。「桃腮檀口坐吹笙，春水
難量舊恨盈；華嚴漫布高千尺，未及卿卿愛我情。」（〈本事詩〉），
寫的是一種熾烈的愛情火花；但是追求佛門「四大皆空」的結果，
對愛情又不時採取著「不惹塵埃」的冷漠與麻木，「生憎花發柳含煙，
東海飄零二十年。懺盡情禪空色相，琵琶湖畔枕經眠。」、「禪心一
任蛾眉妒，佛說原來怨是親。兩笠煙蓑歸去也，與人無愛亦無嗔！」
（〈寄調箏人〉）。然而，在割捨的矛盾中他仍舊渴望愛情的到臨，於
是，愛情成了心底隱隱的思念，「偷嘗天女唇中露，幾度臨風拭淚痕。
日日思君令人老，孤窗無那正黃昏。」（〈寄調箏人〉），「卻下珠簾故
故羞，浪持銀蠟照梳頭。玉階人靜情難訴，悄向星河覓女牛。」（〈東
居雜詩〉）。掙扎的結果，惟留滿懷的悵惘、遺恨：「烏舍凌波肌似雪，
親持紅葉索題詩。還卿一缽無情淚，恨不相逢未鬢時！」「九年面壁
成空相，持錫歸來悔晤卿。我本負人今已矣，任他人作樂中箏！」

〔註13〕蘇曼殊〈寄調事人〉三首。「卿」一作「君」。
〔註14〕見〈斷鴻零雁記〉。
〔註15〕見《蘇曼殊新論》，頁 132。

（〈本事詩〉），以及「放不下」的悲哀：「方草天涯人是夢，碧桃花下月如煙。可憐羅帶秋光薄，珍重蕭郎解玉鈿。」（〈方草〉）、「淡掃蛾眉朝畫師，同心華鬢結青絲。一杯顏色和雙淚，寫就梨花付與誰？」（〈爲調箏人繪像〉）。每一首對情愛的告白，都是曼殊自我生命血淋淋的軌跡。

（二）身世的飄零

　　「他的坎坷多愁的命運是早在他出生之初就已經註定了；中日混合的血緣造成了他不快樂的童年，間接促使了他的青年時出家爲僧，更甚的是，使他成爲心理上的飄泊者，終生都在追尋與失落交替的漩渦中掙扎。」〔註16〕關於蘇曼殊坎坷多愁的身世，前已有述，不再贅言。其多外的身世，是形成其個人孤獨、飄泊氣質的重要因素。如此獨特的氣質，即使是身在熱鬧活絡的人羣之間，他還是會敏銳感受著人羣之後的寂寞的淒冷。

> 范滂有母終須養，張儉飄零豈是歸？
> 萬里征塵愁入夢，天南分手淚沾衣。（別云上人）
>
> 春雨樓頭尺八簫，何時歸看浙江湖？
> 芒鞋破缽無人識，踏過櫻花第幾橋？　（本事詩）十首之一。
>
> 江南花草盡愁根，惹得吳娃笑語頻。
> 獨有傷心驢背客，暮煙疏雨過閶門。（吳門依易生韻）十一首

〈別云上人〉一首可曼殊運用兩個典故來傳達「有家歸不得」的感慨。范滂「有母在家」，而張儉的「無家可歸」，都在在的借以自比，他以僧人的身份雲遊四方，雖然無親情的牽掛，但也只能繼續飄泊，即是歸國，其飄泊的心情亦復如此！「芒鞋破缽無人識，踏過櫻花第幾橋？」孤獨的背影是他一生的寫照，從身世的「難言之慟」，到或長或短的異鄉飄泊，除了「獨有傷心驢背客，暮煙疏雨過閶門」的獨自行吟，又有何處可歸呢？

〔註16〕見《天女散花》，頁9。

二、自我放逐的鄉愁

　　蘇曼殊出生於日本，日本可以說是其第二故鄉。六歲時（民國前23年，1889），由嫡母黃氏攜同歸廣東瀝溪老家，雖是回到了自己的家鄉，族人以曼殊為日本女子所生，視為異類，言詞之間，頗有輕視之意。〔註17〕即使是在自己的土地上，一種不被認同與渴求認同的飄零感，無形中已在他幼小的心靈生根，滋長而形成了永恆的「鄉愁」。

　　爾後大半生的歲月，曼殊又在四處旅遊、讀書、講學中度過：光緒二十一年（1895），十三歲的他，隨姑母姑丈到上海學習中西文；光緒二十四年（1898），與表兄林紫垣赴日本橫濱就讀；光緒二十九年（1903）師級學回國任「國民日日報」翻譯，十月十三日報社解散，旋赴香港。光緒三十三年（1907），二十四歲的曼殊，與劉申叔，何震夫婦東渡日本，八月返回上海，十一月又東渡日本；光緒三十四年（1908）八月復歸上海，九月抵金陵，主講祇垣精舍。往來於金陵、上海之間；宣統元年（1909），與章太炎、黃季剛同居東京，八月返國，赴西湖重居白雲庵，因劉師培夫婦投靠清廷，黨人中有誤會曼殊對革命的誠意，曼殊遂匆促至上海。十一月南至新加坡，後赴爪哇，主講噧班中華會館所辦的中華學校；宣統三年（1911），曼殊自爪哇返回日本，旋重渡爪哇，仍主講於噧班中華學校。民國元年辛亥革命成功，自爪哇返國，五月初再赴日本，九月啓舫返上海。民國二年（1913）十一月至日本西京，十二月至東京；民國五年訪居正於青島，九月至西湖，自是往來於杭州上海之間。民國六年（1917）二月，曼殊至日本，月餘，復返上海，及至民國七年（1918）三月二十二日去世之前，曼殊一直留在國內，未再旅居他國。〔註18〕

　　這些東飄西盪的人生經驗，其實並不似一般人所言的「多釆多姿」，而是存在著曼殊深沈的「自我放逐」的潛在意識。光緒三十二年（1906）與劉三的書信中，曼殊曾感慨地寫道：

〔註17〕見《蘇曼殊大師新傳》，頁19。
〔註18〕見《蘇曼殊研究》，（上海：上海人民，1987年）頁16。

> 自初九日由杭返滬，舉目無親，欲航海東遊，奈吾表兄尚
> 無回信，欲南舊故鄉，又無面目江東父老。是以因循海上，
> 辛至影落江湖，無可奈何！

這雖是曼殊與友人往來的書信的隨筆紀錄，當下的感傷，實是其一生「鄉愁」情懷的最基本面貌。

在〈久欲南歸羅浮不果，因望不二山有感，聊書所懷寄二兄廣州、兼呈晦聞、哲夫、秋枚三公灑上〉一詩云：

> 寒舍衰草伴愁旗，駐馬垂楊望雪山。
> 遠遠孤飛天際鶴，雪峯珠海幾時還？

此詩作于光緒三十四年（1908）冬末或宣統元年（1909）春初，〔註19〕這時曼殊正在日本，不二山即是日本富士山。身在異鄉，行蹤無定，而心事的飄零，正如孤飛天際、失卻友伴的鶴鳥，繫念著遠方的友人及家國，通篇呈現出濃烈的鄉愁情懷。另〈過若松町有感〉一詩，詩中雖未見一字一句言及思鄉的痕跡，但卻在朦朧的情境營造中，浮現出一位無依的身影，未知應身繫何處？其云：

> 孤燈引夢記朦朧，風雨鄰庵夜半鐘。
> 我再來時人已去，涉江誰爲采芙蓉。

又，「寄調箏人」詩三首之一：

> 生憎花發柳含煙，東海飄零二十年。
> 懺盡情禪空色相，琵琶湖畔枕經眠。

此詩應是宣統元年（1909）曼殊在日本居留時的作品。〔註20〕自六歲回到瀝溪老家到宣統元年這二十年之間，曼殊經常往返于日本與中國兩地，「生憎花發柳含煙」，宇宙間萬物萌發鑽動的繁盛生機，看在一個飽受「鄉愁」之苦的羈旅者眼中，只有更加激起心中思鄉的沈痛與

〔註19〕見《蘇曼殊詩箋註》，頁14。
〔註20〕同上，頁31。

無奈。

〈步韻答云上人〉三首，爲蘇曼殊宣統二年（1909）下半年赴南洋之後的作品。其二首云：

> 諸天花雨隔紅塵，絕島飄流一病身。
> 多少不平懷裡事，未應辛苦作詞人。
> 舊遊如夢劫前塵，寂寞南洲負此身。
> 多謝索書珍重意，恰儂憔悴不如人！

這豈是一位享受異國浪漫生活的旅者心聲？滿紙都是點滴在心的辛酸淚！滿懷的青年壯志，原應在自己心繫的家國中一展抱負的，誰知身不由己飄流異鄉，只能藉著詩文抒發鬱積於心的理想。也就是爲何曼殊會寫下「多少不平懷裡事，未應辛苦作詞人」的心境！他以「鄉愁」爲主題，其實無非寫的就是生命當下的面貌。

〈耶婆提病中，末公見示新作，伏枕奉答，兼呈曠處士〉一詩，表達出同樣的「鄉愁」主題：

> 君爲塞上鴻，我是華亭鶴。
> 遙念曠處士，對花弄春爵。
> 良訊東海來，中有遊仙作。
> 勸我知餐飯，規我近繡約。
> 炎蒸困羈旅，南海何遼索！
> 上國亦已蕪，黃星向西落。
> 青驪逝千里，瞻鳥止誰屋？
> 江南春已晚，淑景付冥寞。
> 建業在何許？胡塵紛漠漠。
> 佳人不可期，皎月照羅幕。
> 九關日以遠，肝膽竟誰托？
> 願得趨無生，長作投荒客！……

前幾首以「鄉愁」爲主題的詩，曼殊主要將這份愁思鎖定在個人孤零飄泊的處境上。但在這首詩中，曼殊沒有純粹的「遊子他鄉」、「羈

愁旅思」，而是把個人這種「炎蒸困羈旅」的愁思放在特定的歷史環境中，同祖國的命運和革命的前途聯繫在一起。此詩是他於宣統二年（1910）臥病南洋時所寫。是年二月，革命黨人策動廣州起義失敗，所謂「胡塵紛漠漠」，正是暗指清朝反動統治勢力的空前猖獗。他憂心家國的前途渺不可期，所以在詩中流露出「上國亦已蕪」，「建業在何許」的質疑。有的革命者以實際革命的行動來一解內心的憂心與熱情，然而曼殊呢，「願得趨無生，長作投荒客」，學佛以求解脫、以及居留他鄉作異鄉客，便成為他「自我放逐」的方式。這些，無非是藉以逃避現實世界的殘酷，也足以感知曼殊身心交瘁的苦境！他曾說：

> 嗟夫！聖人不作，大道失而求諸禪；忠臣孝子無多，大義失而求諸僧；春秋已亡，褒貶失而求諸詩。以禪為道，道之不幸也；以僧為忠臣孝子，士大夫之不幸也，以詩為春秋，史不幸也。〔註21〕

在這段文字裡，曼殊明白而強烈表明了內心「歌哭途窮」的矛盾。在國難當頭之時，他其實是不願就此趨無生，成為投荒客，如同六朝的竹林七賢，以狂歌浪吟的方式來抵抗當權者的無道。更不願滿懷一肚子的低沈消極，然而以個人的心力，畢竟無力抵抗於這個時代，只得讓自己在「求諸禪」、「求諸詩」中去尋求生命的「安置」！

三、有志難伸的國愁

身處於亂離多舛的歷史之中，一位詩人藉著詩抒發個人的身愁、鄉愁之時，勢必無法將小我的處境，脫身於整個大時代之外，而徒言一己的悲苦亂離。也就是說，一位真正心有所感、忠於生命的詩人，他的悲喜，往往受到悲慘動盪的世事所牽絆。詩人情有所至，不容僅止於情，於是聲淚便凝為鏗鏘頓挫的聲韻，亂離之境化為各種代表性的意象，相互映發，結合而成藝術性的組構。亂離之情，就寄於這個

〔註21〕見蘇曼殊《嶺海幽光錄》。

客觀的有機組構之中，成為獨立存在的一個感情世界。〔註22〕

　　由前述二大「主題」：「身愁」與「鄉愁」的詩作分析中，我們可以發現，心繫家國興亡的曼殊，他一生的遭遇，其實是和整個歷史潮流休戚相關的。所以當他感懷身世、思念家園的情思迸放於詩作之中，一股濃烈的「國愁」，便自然地隱現於字裡行間，彷彿已成為他生命中的血脈！如〈耶婆提病中末公見示新作，伏枕奉答，兼呈曠處士〉、〈南樓寺懷法忍、葉葉〉二詩，寫的是「鄉愁」、更是「國愁」，因此，詩的內在意涵也益發地深刻。

　　所謂「詩如其人」，曼殊詩中對家國情懷的諸種面貌，其實是和其對革命的理想熱誠、幻滅幅度互相映照的。忱當其對革命的情緒激昂澎湃，革命的理想受到振奮時，詩作中「國愁」的情緒，便自然地染上了「激興」的色彩，最明顯的便是前面引述過的〈以詩並畫留別湯國頓〉。

　　可惜的是，這種悲壯的風格並沒有在他的詩中進一步地發展下去，因為初出茅廬的那股英銳之氣，已逐漸為嚴酷多變的現實所消磨殆盡了。時代的因素，加上「個人主義」的行為特徵，注定了他的反就非但不能撼動巨大的現實悲劇，反而會使他自己感到疲憊不堪，心灰意冷。〔註23〕〈吳門依易生韻〉一組詩，便透露著曼殊抗爭之餘產生的悵惘與頹喪。〈為玉鸞女弟繪扇〉一詩亦是表達這種悽楚悱惻的「傷心」：

> 日暮有佳人，獨立瀟湘浦。
> 疏柳盡含煙，似憐亡國苦。

詩人假藉「佳人」來含蓄地說出精神之慟。再如〈無題〉八首之一：

> 綠窗新柳玉台旁，臂上微聞菽乳香。
> 畢竟美人知愛國，自將銀管學南唐。

〔註22〕見李正治《神州血淚行》（台北：故鄉，民國71年），頁7。
〔註23〕見邵迎武《蘇曼殊與拜倫》（《天津師大學報》，第3期，1986年6月），
　　　　頁70。

曼殊借助一位色藝俱佳的美人形象，不僅微妙地寄托了自己心靈上因辛亥革命失敗，而產生的家國深愁，而且亦含蓄地譏諷了那些靦顏事袁世凱的民國官僚政客，使得這首小詩頗具深意。〔註24〕

即使是客居異地，曼殊仍時時夢縈神州。民國二年（1914）他住在日本，的揮淚低吟著對家國的憂傷，〈東居雜詩〉十九首，深深地寫出對祖國的遙遠深情。

蘇曼殊的愛國精神是充分的，然而在思想上和理智上，他卻是脆弱的。由於缺乏獻身於實際行動的勇氣，由於無法真正認清「革命」的主義，只知「踽踽獨行」，所以不能落實於反抗邪惡。所扮演的角色完全是一位「詩人」式的慷慨悲歌，最後終於悲觀失望而走上消極頹廢的道路。〔註25〕

這無可厚非，曼殊天生的個性就是屬於詩人的特質，他適合扮演的角色就是：詩人！

〔註24〕《蘇曼殊的感時國詩》，頁75。
〔註25〕同上，頁76。

第六章　蘇曼殊詩的風格分析

第一節　何謂「風格」

　　中國典籍文章自古論「風格」二字的定義與指涉各有不同,「風格」一詞最早是用以論人,繼而再用以論文。而論文的指涉又從作品本身的風範格局、藝術特色,到作品所賦與的實際目的。〔註1〕晉葛洪《抱朴子・疾謬篇》是以「風格」言人的風範品格:

> 以傾倚屈申著爲妖妍標秀,以風格端嚴者爲田舍樸駭。〔註2〕

追至曹丕《典論論文》中論建安七子的個性與風格,「風格」一詞漸用於評論文章的風範、格局。如《文心雕龍・夸飾篇》言:「詩書雅言,風格訓世,事心宜廣,文亦過焉。」,〔註3〕杜甫〈薛端薛復筵簡薛華醉歌〉云:「座中薛華善醉歌,歌辭自作風格老。」,〔註4〕與今日言文學「風格」,乃專指文學作品所展現的特色,其義相去不遠。

　　《文心雕龍・體性篇》云:

> 夫情動而言形,理發而文見,蓋沿隱以至顯,因內而符外

〔註1〕見施又文《顧亭林之人格及其詩歌風格》,頁 20。
〔註2〕見葛洪《抱朴子・疾謬篇》外篇卷二十五。
〔註3〕見王更生《文心雕龍讀本》(下篇),頁 155。
〔註4〕見楊倫編《杜詩鏡銓》卷三(台北:華正,民國 70 年),頁 126。

者也。然才有庸儁，氣有剛柔，學有淺深，習有時雅鄭，
並情性所鑠，陶染所凝，是以筆區雲譎，文苑波詭者矣，
故辭理庸儁，莫能翻其才；風趣剛柔，寧或改其氣；事義
淺深，未聞乖其學；體式雅鄭，鮮有反其習；各師成心，
其異如面……是以賈生俊發，故文潔而體清；長卿傲誕，
故理侈而辭溢……〔註5〕

「風格」形成的面貌，劉彥以爲正反映出作者個性、才學的面說。也
即是說文章的風格，乃與作者的情性，才份習習相關的。所以才有所
謂「風格即人」〔註6〕的說法。

作品「風格」除了是個人的標記、是透過語言文字的形式運作，
而顯現出的藝術特質外，〔註7〕「時代背景」亦是決定作品風格的重
要因素。孟子云：「誦其詩，讀其書，不知其人可乎？是以論其世。」
（《孟子‧萬章下》），今人姚一葦亦云：

所謂風格，乃一個時代的一般性或社會意識，與一個藝術
家的特殊性或個人意識，透過藝術品的形式與品質而形式
的那一藝術家的世界。〔註8〕

所以當我們在詩人的作品之間欲尋求作品風格的形成因素、分析風格
的因子、詩的創作形式、內容與風格三者之間的互動關係，詩人成長
時代環境亦不可忽略。如此方能窺得作品全貌。

姚一葦先生說：「吾人對於一個作家或一部作品的風格探討時，一
方面要衡量它的時代性，與它所具現的時代意識；另一方面同時要研
究他個人心理和生理的狀態，以確立它的特殊性與它的個人意識。」，
〔註9〕蘇曼殊雖是「行雲流水一孤僧」，然而他並非孤絕於塵俗之外，

〔註5〕同註3，頁22。
〔註6〕爲法國作家布封名言，見《文學理論資料匯編》（中），頁696。
〔註7〕見蔡英俊《樸素的與激情的》，收入「鵝湖月刊」第二卷第7期，頁35。
〔註8〕見姚一葦《藝術的奧秘》（台北：開明，民國57年），頁294。
〔註9〕同上。

他的生命與創作，時時與清末民初的脈動交溶一契的。今日我們在分析他的創作風格類型之前，勢必要先對形成其風格的時代、人格、詩歌創作諸因素作一通盤的了解，才能確實掌握其風格的獨特處。

第二節　蘇曼殊詩的風格類型

風格既然是文學作品於內容、形式的和諧中所展現出的藝術內涵特色，而且風絡的成因，與作者所處的外在世界及性情、學習諸方面極爲有關。前文已將蘇曼殊詩歌作品有關的時代、人格及語言、內容因素分別試加探討。本章將綜合前文以言曼殊詩歌的風格類型，看看曼殊所處的環境，及其性情、經歷對他的詩風造成何種的影響。如此循序漸進，爲使曼殊的詩歌風味得一完整的呈現。

曼殊詩歌風格徑歸納有三；分別是：（一）清新自然，（二）哀婉纖麗，（三）悲壯沈鬱。

一、清新自然

郁達夫在〈雜評曼殊的作品〉一文中曾指出：

> ……他的詩裡有清新味，有近代性，這大約是他譯外國詩後所得的好處。

文公直的《曼殊大師傳》亦云：

> 一片眞情，一任靈機觸發，自然流露，不假雕琢，佳趣天成。

分析曼殊詩作之所以別有一番「清新自然」的詩風，主要的原因，就在於詩呈露了曼殊「率直天眞」的自然本性。「我」是曼殊全部創作所顯現出的強烈主觀情緒的形象裁體。他在創作中總是自覺或不自覺地致力于一個「我」的形象塑造，〔註10〕如此強烈的主觀色彩，儘管他在不同時期，對不同的事物可能產生迥異於前的思維、情感色彩，但是這個「我」所擁有的靈魂，卻都有著相同的名字。率眞、熱情、

〔註10〕見《蘇曼殊新論》，頁39。

善感、富赤子之心的天性，於作品創作中，自然因爲這個「我」的映顯，而呈現出作者個人強烈的氣質－－清新自然。

當我們閱讀這首〈住西湖白雲禪院作此〉詩：

> 白雲深處擁雷峯，幾樹寒梅帶雪紅。
> 齊罷垂垂渾入定，庵前潭影落疏鐘。

和歷來寫景詩的雕琢刻工極爲不同的是，曼殊同樣是將景寫入詩中，詩中的景物彷彿不是在曼殊的筆下，而是自然，映照在湖水之間，他好像是漫不經心地濡筆一揮，似其天眞浪漫的言語行爲，卻出現了如此令人醉心、清幽的意境。

當然曼殊的與佛結緣，佛教那種以直覺觀照爲特徵的參禪方式，對曼殊的詩歌風格、生命情調，自然造成微妙的感染力量。〈答鄧繩候〉一詩，讀似淡雅輕靈，品味起來卻予人無盡意：

> 相逢天女贈天書，暫住仙山莫問予。
> 曾遣素娥非別意，是空是色本無殊。

這裡未明言一句禪話，卻禪意無限；未表示一句生命哲理，卻深意雋永。佛家言萬象皆「空」，所有有形質的東西稱爲「色」，此間種種，無非只是「因緣和合」而構成的「假象」，不必執著、但需放下，然而對曼殊而言，做爲一位「佛門弟子」，與做爲一個「俗世間人」，其實「自我生命」的內在本質並無二致。他之所以投身佛門，無非是爲追求自我與本我的平衡，也就是渴望一顆純淨的心靈。但他無法捨卻俗世紅塵，情關難斷，亦無非是因爲忠實於「自我生命」的內在呼喚。即使是徘徊於出世與人世之間，即使對佛門而言，他並非是位嚴守戒規的出家人，但他所要求面對的是他「自己」的靈魂，而非「佛祖」，亦非「歷代聖賢」，只要是對生命忠實眞誠，存在的當下是率眞、自然的，「是空」？「是色」？又何需拘泥呢！

另外，曼殊詩體裁絕大多數都是七言四句的小詩，清麗如畫，適度地掌握了絕句渾然天成的語言特質：如〈淀江道中口占〉、〈過蒲田〉、

〈遊不忍池示仲兄〉、〈東沾忍〉、〈吳門依易生韻〉（白水青山未盡思）、
〈憩平原別鄧贈玄玄〉諸詩，皆清新自然，呈現七言絕句的詩風。

二、纖麗哀婉

　　蘇曼殊遺留的詩作中，有些一頗具晚唐纖麗哀婉詩風，[註11]
並有多處沿襲晚唐詩人李商隱的作品，如〈無題〉八首之一：「星裁
環珮月裁璫，一夜秋寒掩洞房。莫道橫塘風露冷，殘荷猶自蓋鴛鴦。」
語出於李商隱的〈宿駱氏亭寄懷崔雍崔袞〉一詩：

　　　　竹塢無塵水檻清，相思迢遞隔重城。
　　　　秋陰不散霜飛晚，留得枯荷聽雨聲。

而曼殊的〈吳門依易生韻〉十一首之一：「水驛山城盡可哀！夢中衰
草鳳凰台。春色總憐歌舞地，萬花撩亂為誰開？」其以纖麗哀婉的懷
古方式，與李商隱〈李衛公〉一詩的風格略近：

　　　　絳紗弟子麈塵絕，鸞鏡佳人舊會稀。
　　　　今日致身歌舞池，木棉花暖鷓鴣飛。

曼殊另還有〈集義山句懷金鳳〉一詩，其對於李商隱的喜愛，可以想
見一般。當然我們不能因此而武斷地說曼殊的詩受到李商隱的影響，
畢竟曼殊獨特的美學觀點，及其獨特的生命關切、見解、性格等內外
因素，都是無形中塑造其「纖麗哀婉」詩風不可或缺的因素。

　　另外，題材的選擇、創作態度的趨於陰柔，以及常以女性角色入
手等方面，都是造成纖麗詩風的源頭。

　　曼殊的詩多以情愛為題材，前已有述，如〈為調箏人繪像〉、〈本
事詩〉、〈無題〉、〈東居雜詩十九首〉等詩。他也嘗言：「余以縶身情
網，殊悔蹉跎！」，[註12] 情愛之纏綿於心，化為詩句之後，使自然
流露出纖麗的哀婉的風絡。再加上曼殊色彩運用所造成的纖麗視覺效

〔註11〕見胡寄塵《說海感舊錄》，收入《蘇曼殊全集》第五冊，頁 257。
〔註12〕《畫跋》：收入《蘇曼殊全集》第一冊，頁 140。

果，益增詩風的纖麗特色了。

　　值得注意的是，曼殊常從女性的角度著手，以女性為主角，或寫女性情思，或描摹女性言行，如〈為調箏人繪像〉二首：

　　　　收拾禪心侍鏡台，沾泥殘絮有沈哀。
　　　　湘弦灑遍胭脂淚，香火重生劫後灰。
　　　　淡掃蛾眉朝畫師，同心華髻結青絲。
　　　　一杯顏色和雙淚，寫就梨花付與誰？

寫的是調箏女子的悲情。〈本事詩〉十一首之中，亦有站在女性立場者，如：

　　　　慵妝高閣鳴箏坐，羞為他人工笑顰。
　　　　鎮日歡場忙不了，萬家歌舞一閒身。

寫的則是一位歡場女子身不由己的感傷。另如〈何處〉：

　　　　何處停儂油壁車？西泠終古即天涯。
　　　　搗蓮煮麝春情斷，轉綠回黃妄意賒。
　　　　玳瑁窗虛延冷月，芭蕉葉卷抱秋花。
　　　　傷心怕只妝台照，瘦盡朱顏只自嗟！

這首詩，寫的雖是一名女子暗傷歲月的流逝，然而亦未嘗不是曼殊的自況。

　　一位女子，自古即被灌輸「無才便是德」的觀念，即便是接受西潮思想如曼殊者，亦不能割捨傳統遺留下來的守舊觀念。也許有此先入為主的想法，曼殊對於能憂心國事，甚至為國捐軀的女子，便時以詩文稱頌之。所以在〈秋瑾遺詩序〉中會發此感想：「秋瑾素性，余莫之審，前此偶見其詩，嘗謂女子多風月之作，而不知斯人本相也。」〔註13〕如因此曼殊寫家國之痛，常從女子入手，如〈為玉鸞女弟繪扇〉：

　　　　日暮有佳人，獨立瀟湘浦。

〔註13〕同上，頁132。

　　　　疏柳盡含煙，似憐亡國苦。

〈無題〉八首之一，亦云：

　　　　綠窗新柳玉台旁，臂上微聞淑乳香。
　　　　畢竟美人知愛國，自將銀管學南唐。

另如〈東居雜詩十九首〉中的：「羅襦換罷下西樓，豆蔻香溫語未休。說到年華更羞怯，水晶窗下學箜篌。」、「翡翠流蘇白玉床，夜涼如水待牽牛。知否去年人去後，枕函紅淚至今留？」、「秋千院落月如鉤，為愛花陰懶上樓。露濕紅葉波底襪，自拈羅帶淡蛾羞。」、「人間天上結離憂，翠袖凝妝獨倚樓。凄絕綠楊絲萬縷，替人惜別亦生愁」、「銀燭金杯映綠紗，空持傾國對流霞。酡顏欲語嬌無力，雲鬢新簪白玉花。」以上諸詩，描寫女性的纖麗柔婉，亦是栩栩如生。

　　縱觀前面所舉的詩倒，描寫女子者讀來真是絲絲入扣。從創作過程而言，曼殊以女性角度發抒，必須要先走入女性的生命情境之中，去感受去體會，才能捕捉女性的微妙心理與形象。曼殊之所以如此曲折委婉，不直言說，和本人個性的陰柔纖弱，極為有關。所以自然便會選擇以女性的角度寫內心之情，以為自己的陰弱個性作一掩飾。無形之中，便形成其「纖麗哀婉」的獨特詩風。

　　熊潤桐〈蘇曼殊及其燕子龕詩〉曾論曼殊的詩：「……真可謂哀感頑艷之極了……不染輕薄的氣習，不落香奩的窠臼……」；王志鍾〈燕子龕遺詩序〉亦云：「所為詩蒨麗綿眇……」，柳亞子的〈燕子龕遺詩〉也說：

　　　　君好為小詩，多詩語，有如者人所謂「卻扇一顧，傾城無
　　　　色」者。

高旭亦曰曼殊的詩是「其哀在心，其艷在骨。」〔註14〕以上諸語，皆言曼殊詩風中屬於「纖麗哀婉」的部分。

─────────────

〔註14〕見高旭《願無盡廬詩話》：故人《蘇曼殊全集》第五冊，頁234。

三、悲壯沈鬱

在曼殊一生的歲月裡，身繫的不僅僅是個人的情愛，更讓之憂心忡忡的是家國的命運、革命的成敗。由於時代的乖舛，他的理想一再遭受挫敗，面對如許翻騰的局勢，曼殊內心抑制不住的「悲壯沈鬱」，遂化爲詩句的聲聲低吟。他並非一位無涉世事、無愛無嗔的沙門佛徒遁跡於深山之中，也並非是個「時代的僵屍」，只知寫些一己的情愛來粉飾現實。他的多愁善感、他的洞悉世情，讓他的詩比一般人多份屬於那個時代的傷心慘目。「總是有情拋不了，袈裟嬴得淚痕粗」，〔註15〕他的情與時代脈搏同躍動、齊低沈。

「沈鬱」一詞，歷代詩家多指詩聖杜甫獨特之詩風。風格的存在，本是流動不居的，「沈鬱」的內涵，也會因作家特質、作品形式內容之不同，而融鑄不同程度的悲劇性。故曼殊的「沈鬱」實不必與杜甫的「沈鬱」相比。蓋「沈鬱」詩風的建立，應基於詩人生命意識的悲感、深度的憂國憂民之思及迴婉含蓄的義蘊上。〔註16〕陳廷焯《白雨齋詩話》云：

> 作詞之法，首貴沈鬱，沈者不浮，鬱則不薄。〔註17〕

如此展現而成的沈鬱詩風，便具有崇高與壯美的境界。

當然曼殊「悲壯沈鬱」的源泉有許多，諸如國勢的凌夷、人生的坎坷、理想的破滅、愛情的不幸等，都可能是傷心的起站。但是，當曼殊的目光從現實的際遇上，轉向尋找內心的痕跡時，傷心的起站往往已成爲朦朧不清、飄忽未定的的詩句。你可以發覺他已在不經意間，將人生的諸多問題，曲折的投影成沈重、悲壯又強烈的陰影，忽然間彌漫開來，將你籠罩！

曾經，曼殊對於革命的理想是「壯士橫刀看草檄，美人挾瑟請題

〔註15〕見劉三《贈曼殊》詩，同上，頁286。
〔註16〕見蕭麗華《論社詩沈鬱頓挫之風格》（台北：師大國研所75年碩士論文）。
〔註17〕見陳廷焯《白雨齋詩話》（台北：河洛，民國67七年）頁4。

詩」，〔註18〕〈以詩並畫留別湯國頓〉二首充滿著詩人義無反顧的悲壯情懷；爾後這種壯闊的詩風，隨著革命的挫敗、嚴酷的現實，並沒有進一步地發展下來，因爲初出茅廬的那股英銳之氣，已逐漸消磨殆盡了。

　　於是，出現在詩中的是陰鬱低沉的憂思歌吟，如〈過平戶延平誕生處〉，在這首詩中，我們已找不著曼殊早年慷慨悲壯的氣概。作此詩時（宣統元年，1909 年）及前幾年，革命前程充滿艱險，許多革命黨人都在行動中先後壯烈捐軀。〔註19〕而日本的革命黨人自光緒三十三年（1907）起，即發生內訌，保皇黨人不免喜形於色，認爲「革命黨之勢力，在東京既已銷聲匿跡，民報社各人互相噬嚙，團體全散，至於民報而不能出，全學界人亦無復爲彼所蠱惑者……孫文亦被逐出境，今巢穴已破，吾黨全收肅清克復之功，自今以往，決不復能爲患矣。」〔註20〕這是 1907 年 7 月 17 日梁啓超寫給康有爲的信，其態度雖過於樂觀，但從其中可以了解在日的革命黨內部眞是問題重重。而宣統元年（1909），革命黨在國內竟至毫無動作，所以曼殊會有「餘子盡」的沈痛。

　　由於感情的深摯，愛國詩人往往在尋常景物中見出不尋常的意義，隨處觸發愛國之思。他們見花落，便聯想起同胞的血；聽鳥鳴，便惹起家國之思。〔註21〕曼殊的牽繫於心，使得大自然間的物換星移，都會爲他帶來莫名的激盪。如〈吳門依易先韻〉十一首之一：

　　　　江南花草盡愁根，惹得吳娃笑語頻。

　　　　獨有傷心驢背客，暮煙疏雨過閶門。

江南一帶的繁花茂草，興起了作者如狂絮般的愁思。這首詩和詩人貫

〔註18〕錄自曼殊《與柳亞子書》（辛亥 11 月）。
〔註19〕王玉祥《蘇曼殊的感時憂國詩》，頁 73。
〔註20〕見丁文江《梁任公先生年譜長編初稿》上冊，頁 245。
〔註21〕見馬進《南社詩歌的藝術特色》，收入《文藝論叢》第 19 期，1985年 4 月，頁 184。

的作風一般，沒有具體的敘述悲哀的源頭，只是在用心咀嚼沈鬱的本身。正是由於找不著源頭，更能打動讀者的內心，因為曼殊已將屬於個人的當下情懷，轉化為生命存在的普遍難處。每個人都會遭遇到，畢竟生命的本質就是孤獨、多難與矛盾，大文豪里爾克說過：

> 佇立在開花的樹下，流動的小河灣，我們孤獨得可怕。〔註22〕

王維的〈辛夷塢〉：「木末芙蓉花，山中發紅萼。澗戶寂無人，紛紛開且落。」寫的雖是芙蓉花的生命，不也正觀照到世間所有生命的悲劇本質嗎？

所以當我們進一步閱讀曼殊詩作時，我們不能忽略來自於曼殊生命個體的「悲劇意識」！黑格爾曾說過：

> 凡始終都是肯定的東西，就會始終沒有生命。只有通過消除對立和矛盾，生命才變成對它本身是肯定的。〔註23〕

悲劇的意識來自於自我生命與外在現實的對立衝突，生命愈是旺盛、強烈、深遠，就愈易感受到外在現實的限制、缺陷。於是，在不斷的對立與矛盾中不斷錘煉，那顆悲劇的心靈更提昇著自我的價值。〔註24〕曼殊詩中的「悲壯沈鬱」風格，如果我們只感受其「愁」，那麼便只看到曼殊情感的表象而已。若我們在激發起哀憐與恐懼的情緒時，不去耽溺於如此低沈的情緒，而是藉此情緒，使吾人心靈中的潛在鬱積之情得以解脫，從而得到啟示，這才是悲劇意識的積極意識。〔註25〕

我們可以說，「還卿一缽無情淚，恨不相逢未鬀時。」（〈本事詩〉），「無端狂笑無端哭，縱有歡腸已似冰！」（〈過若松町有感示仲兄〉）、「相逢莫問人間事，故國傷心只淚流。」（〈東居雜詩十九首〉）、

〔註22〕見李永熾編譯《笑的人生——里爾克篇》（台北：純文學，民國 77 年 9 月），頁 149。

〔註23〕見黑格爾《美學》（一）（台北：里仁，民國 70 年），頁 206。

〔註24〕見《蘇曼殊新論》，頁 209。

〔註25〕見亞里士多德著，姚一葦譯註《詩學箋註》（台灣：中華，民國 75 年 9 版），頁 72。

「芒鞋破缽無人識，踏過櫻花第幾橋！」（〈本事詩〉），來自於曼殊僧
人生命的切身之痛，亦屬於那個時代的悲情，但當我們讀著蘇軾的「寄
蜉蝣於天地，渺滄海之一粟。哀吾生之須臾，羨長江之無窮」（〈前赤
壁賦〉），古往今來，在時間與空間的大舞台之中，人們不是一直扮演
著「有限」與「無限」的劇情嗎？曼殊的「悲壯」、「沈鬱」，不也是
你我生命的共鳴嗎？

第七章　結論──蘇曼殊詩的地位與評價

　　前面數章，一方面透過作品的外緣研究，我們得以進入蘇曼殊的生命世界，從身世、學習、性情、人格特質、時代背景的抽絲剝繭（註見本文第二、三章），了解到曼殊這一才華橫溢、天才型的詩人，其「清新自然」、「纖麗哀婉」、「悲壯沉鬱」各型風格的成因（詳見第六章）；一方面則藉著作品的內在研究，分析曼殊詩歌的創作技巧、語言特性、主題呈現、題材分類等（見第四、五章），以呈現曼殊詩作的藝術本質。從外緣研究、進入內在研究，再將兩者熔鑄而成的詩歌風格加以分析，我們可以清晰地感受到曼殊的生命情調與精神意識。

　　然而曼殊的詩歌藝術在他自我生命的架構之中究竟有何意義？納入整個時代的情境之中，又會留下什麼雪泥鴻爪呢？

一、詩在其個體生命中的意義

　　「人格形態」本不一定發爲詩，但它是詩人形成創作的原始動機。〔註1〕曼殊的人格特質具有天眞浪漫的「無拘性」與孤高耿介的「執著性」（詳見第三章第五節），這兩者的生命情調，前者使他如行雲流水般無執於生命任何一端，忽入世忽出世；而後者，則使得他勇於執著情義，易繫身於憂國憂己的情網之中。如此「無拘」與「執意」的雙重人格，不僅形成曼殊矛盾多變的思緒，亦形成其既「浪漫」又

〔註1〕參考徐復觀《中國文學論集》，〈儒道兩家思想在文學中的人格修養問題〉一文。（台北：學生），頁2。

「沉鬱」的詩歌風格。

　　將曼殊的詩歌作品納入其生命結構之中，我們可以看出，由於曼殊自身生命的缺憾：這其中包括了過於短暫的生命歲月、不夠圓融豐厚的人生觀，及過於傾向感性浪漫的情性，反映於創作的詩歌，亦呈現如此感性深長而理性不夠清明的特質。但是我們應了解，藝術的活動總是在矛盾和衝突中等也調和與舒緩，並不一定需要有明確的答案。同樣地，曼殊詩歌中個人浪漫色彩的濃厚（詳見第六章第三節），是真實地反映了曼殊一生的遭遇，藉由詩的呈現，我們得以感受其情感的深沉跌宕。曼殊詩的「爲藝術心靈而文學」的率住自然，是對傳統詩歌數千年受儒教「載道文學」的另一種聲音。而詩的「自覺」，也自覺地主動著人格的「自覺」，使他能更勇敢而真實地剖露出自我與本我的掙扎痕跡，呈現出高尚而可貴的創作靈魂。

二、詩在時代情境中的意義呈現

　　蘇曼殊是一位具有高度民族思想與真摯情操的作家，在當時，正是中華民族處在交織著改革、革命、反革命、新文化運動等各類聲浪的時代（詳見第二章）。在如此希望與幻滅交相沖激猛烈的年代，蘇曼殊內在的呼喚，尤其是詩，彷彿顯得孤獨而微弱。他曾在詩文中義憤填膺，痛詆禍國殃民者，揚言要以熱血灌漑革命的花朵；也曾積極引介西方文學，鼓吹革命自由思想，在傳統中掙扎，開創新時代的個人思維模式；也曾在短暫的求學生涯中，藉著自我修習與問學（詳見第三章第四節），創作了頗堪玩味的詩歌藝術。這些詩作形式雖來自傳統，其內容也較有繼承先賢的痕跡，〔註2〕但傳統的形式中卻含有進步的時代精神，爲近代詩壇由古典詩過渡到白話詩，寫下了「文學變革」的痕跡，其歷史的價值應大於藝術的價值。

　　蘇曼殊的一生如同其詩一般，正值中國新舊的過渡時期，他個人

〔註2〕　陸草《試論蘇曼殊的詩》，收入《中州學刊》1984年10月第5期，頁80。

的歷史還正在蘊釀，如同初春綻放的新芽。他的人、他的詩，已向著未來嶄新的中國開啓了包括思想、文學、佛學，甚至是人格諸方面的可能。他並非一位拿起時代號角，大聲疾呼的領導者，也沒有一套改革文學、社會制度的恢宏大法，但卻在無形中爲我們提供了一處寶貴的新沃土，在那裡，新文學的種子已播下，得以在日後五四新文化運動中茁壯成形。

三、其詩的評價

晚清以降的近代詩壇，最爲文學史家所津津樂道的是黃遵憲、梁啓超、夏曾佑諸人提倡的「詩界革命」，爲民國八年的「白話文運動」帶來了前導與實驗。由於一些詩人在古體詩中加入了新名詞，反應了新思想、新時代，爲中國傳統詩注入了通俗化的因子，於是胡適的《嘗試集》才得以順勢而起，掀起了「新詩」運動。倡導「詩界革命」的歷史意義，固然是無庸置疑，但歷來文學史的撰寫者，如胡適的《五十年來中國之文學》、劉心皇《現代中國文學史話》、司馬長風的《中國新文學史》、周錦的《中國「新文學」史》等，在論述新詩運動的興起，前推至晚清時，皆未提及蘇曼殊在詩歌創作上的「繼往開來」之定位，實爲一大遺憾。

王德鍾曾說：

> 烏摩！近代詩道之宗旨，誠難言矣！所稱能詩者，爭以山谷宛陵臨川后山爲歸，自喜寄興深傲，裁章闌澹，刊落風華以爲高：然僅規撫北宋之清削，而上不窺乎韋孟之門者，則謇澀瑣碎之病作焉。

> 自古作家，珊瑚鈇鉏之詞，苟其風朝散朗，無傷大雅，在所不廢：今固亦有二三鉅子，力武晚唐，以沈博絕麗自雄，顧刊播所見，隸事傷神，遣詞傷骨，厥音靡靡，託體猶遠在「疑雨」之下，宜乎玉台西崑見詬於世哉。於是而蘇曼

　　殊之詩以徂百代已。〔註3〕

曼殊的詩體雖古，但內容在傳統與近代的轉化上，卻意味深長，具有時代的意義。任訪秋在《中國近代文學史》上爲曼殊的詩下一結論，他說：

> 它們不像當時一般愛國詩歌，只想有意告訴讀者一點什麼。讀者只要明白了那點意思，閱讀的目的也就達到。曼殊的詩，則使人看到了全人，看到了一個人的內心深處。

裴效維也評論了曼殊詩歌藝術的特質：

> 它們既不同於那些專掉書袋和專用怪字的所謂「學問詩」，也不同於那些喜用新名詞和翻譯名詞堆砌的所謂「革新詩」，還不同於那些以大喊大叫和豪言壯語爲革命的「口號詩」；而是別樹一幟，自成家數：講究色彩的明麗，音響的協調、形象的逼眞、感情的含蓄、意境的幽雅。〔註4〕

誕生在五四之前，傳統與反傳統仍曖昧不明的時代，蘇曼殊的詩存在於歷史過渡的夾縫之中，默默地傳達了屬於那個由「近代」走人「現代」、既古典文浪漫、既含蓄又奔放的時代聲音。或許他的詩在今日看來，其「示範」意義要大於「啓示」意義，但當還原到他的那個時代時，他的詩也就益發呈現出時代的意義。

〔註3〕見王德鍾《燕子龕遺詩序》，收人《蘇曼殊全集》第四冊，頁84。
〔註4〕見《蘇曼殊研究中的幾個問題》，收入《中國近代文學研究集》一書，頁170。

參考書目

壹、專著部分

一、

1. 《蘇曼殊全集》（一、二、三、四、五冊），柳亞子編，北京，中國書店，1985 年。

2. 《曼殊大師全集》，文公直編，台北，文海出版社，民國 60 年。

3. 《蘇曼殊全集》，蘇曼殊，台北，大中國出版社，民國 63 年。

4. 《曼殊大師紀念集》，柳無忌編，上海，正風出版社，民國 37 年 3 月 5 版。

5. 《蘇曼殊詩箋註》，劉斯奮箋注，廣東，廣東人民出版社，1981 年。

6. 《燕子龕詩箋註》，馬以君箋注，四川，四川人民出版社，1983 年。

7. 《蘇曼殊小說詩歌集》，裴效維校點，北京，中國社會科學出版社，1982 年。

8. 《蘇曼殊詩文選注》，曾德珪注，陝西，陝西人民出版社，1986 年。

9. 《蘇曼殊小說集》，本社編，浙江，浙江文藝出版社，1983 年。

10. 《蘇曼殊選集》，陳潞潞編，香港，香港　文學研究社，未註明出版日期。

11. 《曼殊詩與擬曼殊詩》，蔣一安編撰，台北，商務印書館，民國 54 年。

二、

1. 《蘇曼殊年譜及其他》，柳亞子，上海，龍門書店，1927 年。

2. 《蘇曼殊傳》，柳無忌著，王晶垚、李芸譯，手稿影印本。

3. 《蘇曼殊大師新傳》，劉心皇，台北，東大圖書公司，民國 77 年。

4. 《天女散花──民國詩僧蘇曼殊傳》，林佩芬，台北，時報文化，民國 75 年。

5. 《革命詩僧──蘇曼殊傳》，唐潤鈿，近代中國出版社，民國 69 年。

6. 《蘇曼殊的浪漫》，陸愛吟，台北，精美出版社，民國 74 年。

7. 《浪漫二詩人》，張蓬舟，南京，南京書店，未註明出版日期。

8. 《蘇曼殊評傳》，李蔚著，珠海市政協編，北京，社會科學文獻出版社，1990 年。

9. 《蘇曼殊新論》，邵迎武，天津，百花文藝出版社，1990 年。

10. 《從磨劍室到燕子龕》，柳無忌，台北，時報文化，民國 75 年。

11. 《蘇曼殊研究》，柳亞子，上海，上海人民出版社，1987 年。

12. 《蘇曼殊詩研究》，胡丙勛，香港，新亞研究所，文學組，民國 71 年。

三、

1. 《中國文學發展史》，劉大杰，台北，華正書局，民國 71 年 5 月再版。

2. 《中國文學史》，葉慶炳，台北，學生書局，民國 71 年。

3. 《五十年來中國之文學》，胡適，台北，遠流，民國 75 年。

4. 《晚清文學思想之研究》，李瑞騰，台北，文化大學博士論文，民國 75 年。

5. 《中國近代文學史》，任訪秋，河南，河南大學，1988 年。

6. 《中國近代文學史稿》，香港，達文社，1978 年。

7. 《中國近代文學史事編年》，鄭方澤編，吉林，吉林人民出版社，1983 年。

8. 《中國近代文學研究集》，社會科學院文學研究所近代文學組編，北京，中國文聯出版社公司，1986 年。

9. 《中國近代文學研究第三集》，中山大學中文系編，廣東，中山大學，1985 年。

10. 《中國近代文學作家論》，任訪秋，河南，河南人民出版社，1984 年。

11. 《中國近代文學論文集》（概論卷、小説卷、戲劇、民間文學卷、詩詞、散文卷），北京，社會科學出版社，1982 年。

12. 《中國近代文學論稿》，時萌，上海，上海古籍出版社，1986 年。

13. 《現代中國文學史》，錢基博，文學出版，1965 年。

14. 《中國新文學史》，司馬長風，台北，駱駝，民國 76 年。

15. 《現代中國文學史話》，劉心皇，台北，正中書局，民國 75 年。

16. 《中國「新文學」史，周錦，台北，長歌出版社，民國 65 年。

17. 《中國詩歌流變史》，李曰剛，台北，聯貫出版社，民國 65 年。

18. 《現代中國詩史》，王志健，台北，商務，民國 64 年。

19. 《晚清小説史》，阿英，台北，天宇出版社，民國 77 年。

20. 《二十世紀中國小説史第一卷》（1897～1916），陳平原，北京，北京大學，1989 年。

21. 《晚清文學叢鈔小説戲曲研究卷》，梁啓超等著，台北，新文豐，民國 78 年。

22. 《晚清小説研究》，林明德編，台北，聯經出版公司，民國 77 年。

23. 《晚清小説理論研究》，康來新，台北，大安出版社，民國 75 年。

24. 《民國通俗小説鴛鴦蝴蝶派》，范伯羣，台北，國文天地，民國 79 年（原出版者，北京，人民文學出版社）

25. 《中國翻譯簡史——五四以前》，馬祖毅，北京，中國對外翻譯出版社，1984 年。

26. 《南社叢談》，鄭逸梅編著，上海，上海人民出版社，1981 年。

27. 《南社紀略》，柳亞子，上海，上海人民出版社，1983 年。

28. 《南社》，中華書局影印本，未註明作者及出版日期。

29. 《五四與中國》，周策縱等著，台北，時報文化，民國 77 年。

30. 《五四文學與文化變遷》，中國古典文學研究會主編，台灣，學生書局，民國 79 年。

31. 《從傳統到現化》，金耀期，台北，時報文化，民國 76 年 2 版。

32. 《近代中日文學交流史稿》，王曉平，香港，中華書局，1987 年。

33. 《英國文學史》，梁實秋編著，台北，協志出版社，民國 74 年。

四、

1. 《中國通史》，傅樂成，台北，大中國出版社，民國 77 年。

2. 《中國歷史大事年表》，台北，華世出版社，民國 75 年。

3. 《宋史》，脫脫等，台北，鼎文書局，民國 69 年。

4. 《中國近代現代史》，張玉法，台北，東華書局，民國 73 年 6 版。

5. 《革命逸史》，馮自由，台北，商務印書館，民國 58 年。

6. 《近代中國史綱》，郭廷以，香港，中文大學，1980 年。

7. 《劍橋中國史──晚清篇》，張玉法主譯，台北，南天書局，民國 76 年。

8. 《近代中國史事日誌》（清季），郭廷編，台北，自印，民國 52 年。

9. 《中國近代史簡編》，黃敬華，台北，滄浪出版社，民國 76 年。

10. 《中國近代史話初集》，左舜生，台北，文星書店，民國 55 年。

11. 《民國百人傳》，吳相湘，台北，傳記，文學出版社。

12. 《梁任公年譜長編初稿》，丁文江編，台北，世界書局，民國 47 年。

13. 《弘一大師年譜》，林子青，台北，新文豐出版社，民國 63 年。

14. 《清末留日學生》，黃福慶，台北，中研院近史所專刊（34），民國 72 年再版。

15. 《中國近三百年學術史》，梁啓超，台北，中華書局，民國 72 年。

16. 《中國佛教史》，鎌田茂雄著，關世謙譯，台北，新文豐出版社，民國 76 年再版。

17. 《佛學與中國文學》，孫昌武，上海，上海人民出版社，1988 年。

18. 《中國近代佛學思想史稿》，郭朋、廖自力等著，成都，巴蜀書社，1989 年。

19. 《中國佛教發展史》，南懷瑾，台北，老古出版社，民國 76 年。

20. 《中國近代思想史論》，王爾敏，台北，華世出版社，民國 66 年。

21. 《晚清政治思想史論》，王爾敏，台北，自印，民國 58 年。

22. 《近代中國思想人物論──晚清思想》，周陽山、楊肅獻編，台北，時報文化，民國 74 年。

23. 《晚清政治思想研究》，小野川秀美著，林明德、黃福慶譯，台北，時報文化，民國 74 年。

五、

1. 《杜詩鏡銓》，楊倫箋注，台北，華正書局，民國 75 年。

2. 《玉谿生詩集箋注》，馮浩箋注，台北，漢京文化，民國 72 年。

3. 《張文襄公（之洞）全集》，王樹枬編，台北，文海出版社，近代中國史料叢刊第四十九輯。

4. 《海國圖志》，魏源，台北，成文出版社，民國 56 年。

5. 《龔自珍》，孫文光著，上海，上海古籍出版社，1985。

6. 《定盦文集》，龔自珍，台北，商務印書館，四部叢刊集部。

7. 《陳獨秀傳》，鄭學稼，台北，時報文化，民國 78 年。

8. 《盛唐王孟詩派美學研究》，潘麗珠，台北，師大國研所碩士論文，民國 76 年 5 月。

9. 《李賀詩研究》，楊文雄，台北，文史哲出版社，民國 72 年 6 月再版。

10. 《李義山詩研究》，張淑香，台北，藝文印書館，民國 63 年。

11. 《論杜詩沈鬱頓挫之風格》，蕭麗華，師大國研所碩士論文，民國 75 年。

12. 《顧亭林之人格及其詩歌風格》，施又文，師大國研所碩士論文，民國 77 年。

13. 《黃遵憲及其詩研究》，張堂錡，師大國研所碩士論文，民國 79 年。

六、

1. 《文學概論》，王夢鷗，台北，藝文印書館，民國 78 年 8 月 3 版。

2. 《文學論》，RENE & WELLEK 著，王夢鷗、許國衡譯，台北，志文出版社。

3. 《文學欣賞與批評》，W.L.G.等著，徐進夫譯，台北，幼獅文化，民國 77 年 3 月 11 版。

4. 《藝術的奧秘》，姚一葦，台北，開明書局，民國 57 年。

5. 《文藝心理學》，朱光潛，台北，開明書局，民國 69 年 11 月重 14 版。

6. 《文學的前途》，夏志清，台北，純文學出版社，民國 74 年。

7. 《談藝錄》，錢鍾書，台北，藍燈出版公司，民國 76 年。

8. 《文學的散步》，宗白華，台北，洪範書店，民國 76 年 4 版。

9. 《文學批評的視野》，龔鵬程，台北，大安出版社，民國 79 年。

10. 《文學的信念》，蔡源煌，台北，時報，民國 72 年。

11. 《文學社會學》，何金蘭，台北，桂冠圖書公司，民國 78 年。

12. 《箋註隨園詩話》，袁枚著、雷瑨註，台北，鼎文書局，民國 63 年。

13. 《白雨齋詩話》，陳廷焯，台北，河洛圖書公司，民國 67 年。

14. 《清詩話》，丁福保編，台北，藝文印書館，民國 58。

15. 《飲冰室詩話》，梁啓超，台北，廣文書局，民國 62。

16. 《中國詩律研究》，王力，台北，文津出版社，民國 76 年。

17. 《詩心與國魂》，李瑞騰，台北，漢光文化，民國 74 年 4 月 2 版。

18. 《秩序的生長》，葉維廉，台北，志文出版社，民國 64 年 3 版。

19. 《中國詩學》（四冊），黃永武，台北，巨流圖書，民國 65 年。

20. 《中國詩學》，劉若愚著，杜國清譯，台北，幼獅文化，民國 66 年。

21. 《詩論》，朱光潛，台北，開明書局，民國 71 年 11 版。

22. 《詩學箋注》，亞里士多德著，姚一葦譯註，台北，中華書局，民國 75 年 9 版。

23. 《詩的原理》，萩原朔太朗著，徐復觀譯，台灣，學生書局，民國 78 年 3 版。

24. 《中國詩學縱橫論》，黃維樑，台北，洪範書店，民國 75 年 4 版。

25. 《迦陵談詩》，葉嘉瑩，台北，三民書局，民國 73 年 5 版。

26. 《詩與美》，黃永武，台北，洪範書店，民國 73 年。

27. 《古典詩文論叢》，顏崑陽，台北，漢光文化，民國 72 年。

28. 《古典詩的形式結構》，張夢機，台北，尚友出版社，民國 70。

29. 《一首詩的完成》，楊牧，台北，洪範書店，民國 78 年。

30. 《中國小說敘事模式的轉變》，陳平原，台北，久大文化，民國 79 年。

31. 《修辭學》，黃慶萱，台北，三民書局，民國 74 年 5 版。

32. 《字句鍛鍊法》，黃永武，台北，商務印書館，民國 71 年 9 版。

七、

1. 《人格心理學》（及人格之培育），余昭，台北，三民書局，民國 68 年元月再版。

2. 《人格心理學》，普汶原著，鄭慧玲編譯，台北，桂冠圖書公司，民國 71 年。

3. 《中國人的性格》，李亦園、楊國樞編，台北，桂冠圖書公司，民國 79 年。

4. 《中國人的價值觀》，文崇一，台北，東大圖書公司，民國 78 年。

5. 《中國人：觀念與行為》，文崇一、蕭新煌編，台北，巨流圖書公司，民國 79 年。

貳、單篇論文

1. 〈論唐詩的語法、用字與意象〉，梅祖麟、高友工原著，黃宣範譯，《中外文學》一卷第 10、11、12 期。

2. 〈分析杜甫的「秋興」──試從語言結構入手作文學批評〉，梅祖麟、高友工原著，黃宣範譯，《中外文學》一卷第 6 期。

3. 〈清末民初中國詩壇〉，易君左，《東方雜誌》（復刊）第三卷第 5、6、7 期。

4. 〈二十世紀初年的中國自由主義運動〉，張玉法，《中華民國初期歷史研討會》（1912～1927 年）。

5. 〈中國近代知識普及運動與通俗文學之興起〉，王爾敏，《中華民國初期歷史研討會》（1912～1927 年）。

6. 〈一九○○年的中國〉，鄭培凱，《當代雜誌》，第 7、9、11 期。

7. 〈從傳統到反傳統──兩個思想脈絡的分析〉，王汎森，《當代雜誌》第 13 期。

8. 〈沒有思想的性格，沒有性格的思想？──中國人性格的自主性〉，雷霆，《當代雜誌》第 24 期。

9. 〈南社詩歌的藝術特色〉，馬進，《文藝論叢》19 期，1985 年 4 月。

10. 〈論晚清的文學變革〉，趙慎修，《文學遺產》，1989 年 2 月。

11. 〈文學與宗教想像〉，巴斯著，邱文媛譯，《中外文學》十五卷第 6 期。

12. 〈佛學與中國近代詩壇〉，陸草，《文學遺產》，1989 年 2 月。

13. 〈生母、情僧、詩作──蘇曼殊研究三題〉，馬以君，《中國近代文學研究》第一輯，1983 年 11 年。

14. 〈蘇曼殊及其小說〉，林志儀，《江漢論壇》總三十五期，1983 年 7 月。

15. 〈蘇曼殊小說論〉，裴效維，《文學遺產》，1983 年第 1 期。

16. 〈關於蘇曼殊的「斷句」〉，馬以君，《社會科學戰線》，1984 年 4 期。

17. 〈試論蘇曼殊的詩〉，陸草，《中州學刊》，1984 年第 5 期。

18. 〈蘇曼殊的感時憂國詩〉，王玉祥，《北方論壇》總 67 期，1984 年 9 月。

19. 〈蘇曼殊的生平及其譯著〉，張玉法，《新知雜誌》第一年第 6 期。

20. 〈關於蘇曼殊祖籍的一件材料〉，馬以君，《中國近代文學研究》第 3 期，1985 年 12 月。

21. 〈蘇曼殊的拜倫之歌〉，林靜華，《當代雜誌》第 37 期，1989 年 5 月。

22. 〈古代第一人稱小說向現代發展的橋樑——「斷鴻零雁記」〉，章明壽，《文學評論》，1989 年，第 1 期。

23. 〈變形的人格再塑——蘇曼殊人格論〉，毛策，《南社學會會訊》第 1 期，1990 年。